KB267269

예술시대 15

몽당연필로 그린 복제인간

새미

목 차

1. 시

등 단 순 위

정인관　　　　박상철
홍금자　　　　이덕원
김찬윤　　　　정문택
오만환　　　　김솔아
김연대　　　　오양수
김희경　　　　이곤승
오호영　　　　이주환
죠성아　　　　김민지
김준회　　　　한소운
김현기　　　　권순형
박천영　　　　이니나
윤지영　　　　조윤주
조유금　　　　김규훈
제정자　　　　김영복
김민자　　　　곽용남
김선우　　　　<평론> 채수영

첫날 밤 초롱불 꺼지고 나면
— 신랑 다루기

정 인 관

약력
한국문인협회 회원
윤동주 문학상 수상
임실문학대상 수상
한글발전유공 국무총
리상 수상

저서
『다듬이 소리』, 『물래
야 물래야』, 『불놀이
불놀이야』

주소
서울 은평구 신사2동
300-34

전화
집 : 02)305-1971

파란 하늘 밑에
차일(遮日) 고봉으로 올려치고
도구통 엎어놓고 혼례상 차리니
기러기 한쌍에 명태 두 마리라
대나무잎, 솔 잎에 색동실 띄워 놓고

꽃가마 너울 너울
새 신랑 마을 사처(私處)에 도달하니
상객과 배반은 바람에 날아다니고
동네방네 웃음 소리에 신랑신부 재배라
웃으면 딸 낳는다 신부 생긋 웃는 모습에
어르신네 혼인서약 거창하게 낭독하니

잔칫집 밤 깊어
친척, 아낙네들 한반에 모여
신랑 백포(白布)로 묶어 상량에 매여다니
신부는 울쌍이요, 장모는 내 사위 죽는 다 안
달하니

발바닥을 방망이로 내려 칠 때마다
술 닷말, 떡이 두시루, 씨암닭 다섯 마리

신랑 신부 걸판지게 한상 차려 오는 거동보소
구경꾼 모여들고 밤 깊은 줄 모르누나
한잔 술 노랫가락에 신랑신부 사랑놀이
첫날밤의 추억 만들기 짖궂은 장난이라
웃음소리 떠날 줄 모르고 노랫가락 넘쳐나니
신부는 연짓빛 웃음이요, 장모님은 엉덩이만 덜썩덜썩

첫닭 울고 나면 날이 새는지라
신랑은 신부 앞가슴 속에 안겨
포대기 띠로 묶어 입 맞추니
신혼방 밀어 놓고 문을 잠근다

문구멍 천만개 뚫어놓고 바람 솔솔
동네 처녀들 발걸음이 살금살금
간들거리던 초롱불 꺼지고 나면
이불 속의 사랑놀이 아야야~아야야~

우리딸 보쌈되어 업어갈까
잠못 이루는 장인장모 밤 새우누나

오작교의 사랑
─ 칠석

마당벌에 쏟아지는 햇발에
춘하추동 옷을 말리고
은하수 총총 빛나는 깊은 밤
견우직녀 만난다는데

은하수 동쪽엔 견우성
은비늘 서쪽에는 직녀성이
오작교에서 한 해 한 번
사랑을 나눈다는 데

다음날 까치의 머리가
민둥머리 되어 빛나고
오작교 밑에는 눈물이 흐르니
오작교 위에는 사랑이 흐르니
까치들의 아픔에 겨운
쏟은 눈물이려니

그래도 견우, 직녀의 사랑은

하늘의 구름사이
그리움으로 무지갯빛 되고
애태움에 만나는
만민들의 뜻이려니.

그 리 움

이 그리움
파도없이 밀물져와
부재중인 사랑의 그 너머까지
손 내미는 미명의 바다

홍 금 자

약력
수도여사대국문과 졸업
제 8 회 <윤동주 문학
상> 수상
현재 도서출판 <시마
을> 편집장
국제 펜 클럽, 한국문
협, 한국시협, 한국여
성문학인회 회원

시집
『창가에 심는 그리움의
나무』,『너는 바다 크
기로 내안에 들어와』,
『하늘에 걸린 정원』,
『너를 바라보는 것만으
로도 기쁨인 날』,『그
대 따라 나서는 길』

주소
서울 마포구 서교동
451-31

전화
집 : 02)324-9452

나무가 되어

컴컴하게 앉은 오후의 숲
비가 내린다

빗소리는 적막을 두드리며
타악기의 반주처럼
고요를 깨운다

건너편 산으로 날아간 한 마리 새
접시 반 만큼도 남지 않은 한낮을
꼭 쥔채
깃털 몇가닥 걸치고
떨고 있다

나무와 나무사이
거기 한그루 나무가 되어
내가 젖고 있다

세상에서 신음하는
육신의 소리

오늘
비오는 숲에서 듣는다

김 찬 윤

약력
강릉출생
강릉예술인상 수상
한국 문인협회 회원
한국 시인협회 회원

시집
『가슴 채우는 노래가 되어』,『구름따라 물길 따라』,『사랑의 구름다 리는 언제쯤 놓아줄꺼 나』

주소
강원도 강릉시 교1동 899-1

전화
집 : 033)648-8468

돌의 소리

지난밤 꿈에
주천강에서 탐석한
주먹 크기만한 돌은
돌이 아닌 당신으로 서서
깊디깊은 강을 건너기도 하고
찰랑찰랑 일렁이는 모래톱에 눕기도 하고
당신의 요염한 자태에
생긋이 웃는 내게
치마끈 풀어진 허연 허벅지 드러내고
무어라고 말을 하는데
난 그 말을 알아 들을 수 없어
큰 소리로 되묻고 또 되묻지만
아침이 되자
하얀 미소만 흘리고
재잘대는 물소리로
돌의 소리로 남기고 떠났다

어느쯤엔가

내 눈과 마음이 정갈해 지면
알아 들을수 있을런지.

나 미처 너를 몰랐구나
― 참나무

산이 좋아 산을 찾는다는
산사람의 말이 아니더라도
산은 그저 좋은 것, 오늘은
산숲에 앉아서
너를 생각하다가
괜한 두근거림에 놀랐다
산속의 멧돼지,토끼,다람쥐등
모든 생명에게 먹이를 주고
또 산 아래 덕만이네 식구들에게는
도토리를 양식으로 주더니
죽어서는 영지버섯, 표고버섯, 느타리버섯등
썩어 흙이될 때까지 꽃 피우고
제 몸을 불태워 군불 지펴주며
아니 참숯이란 좋은
너무 좋은 숯으로 장독에서 화덕에서

---

* 참나무로는 상수리나무, 신갈나무, 떡갈나무, 갈참나무, 굴참나무, 졸참나
　무 등이 있다

세상찌기를 거르는구나
참,참이란 참나무 이름을
나 미처 몰랐구나.

오 만 환

약력
한국시협, 현대시협 회
원
pen회원 농민 문학회
이사
진천 문학 주간
97 농민 문학 작가상

시집
『칠장사 입구』,『겨울
로 간 나뭇꾼』

주소
서울 은평구 갈현2동
327-78 선정빌라 101호

전화
집 : 02)354-2172
휴대폰 : 018)382-2172

홈페이지
pentown.co.kr/omh

매 미

더위를 식히려 개울에 갔습니다
장마철인데 물이 겨우
찰방 찰방 발목만 적셨습니다
왜냐고 냇물에게 물었습니다

매미가 울면서 답을 합니다
울어도 시원치가 않다고
한 밤중 여의도 아파트에도
매암 매암
미음 미움

겨드랑이를 비벼서 소리를 내는
저 매미들의 기다림
그 몇배의 울음을
아프게 삼켜온 눈물들
뜬 눈으로 텔레비전을 보면서, 기사를 읽으며,
어머니! 어무이

이 놈아 어데 갔다 이제 왔니

그래 자전거 사왔나
<50년 수절한 우리 사촌 형수
올 봄 돌아 가셔서 / 울고 울고
형님을 막대기로 깎아서
깎으며 울고 묻으며 울고
이제껏 온 가족들 / 소식이라도
올까?올까?>

냇물이 마른 이유를
미음 미음 미움 미움
엉엉엉 음음 음.
더 이상의 슬픔이 아니라고 울면서
그렇게 울면서 희망이라고,
매미가 되었습니다
대전에서 평양까지
아들의 꿈 속을 오가느라
힘이 드셔서 두배로 늙으신 어머니는
이 아들을 보지 않고는 눈을 감을 수 없다는 믿음도 버리고
일찍 가실 수밖에 없었던

어머니, 어무이!
그 사랑에 오열하는 시를 읽으며
서정시 맞다고
가슴을 떨면서

양 파

황사 현상 겁내지 말라고
살찌는 것 문제 없다고
껍데기도 약이 된다고
사람들은 버리기만 한다고
귀엣말로 소삭거렸더니
애인도 웃으며, 솔직히
웃으며 믿지 못하고

바닷바람을 맞으며
싱싱하게 커 왔습니다요
보십시오 여러분!
양반님들 벼슬도 하고
휴대폰도 팔고
어서 어서 돈을 벌으셔야
이 몸도 값나게 팔릴테니…

그런데 여러분!
황토＋양파＋한우 드셔보셨습니까?
사투리가 섞인 판소리라야

제 맛이 나고…
너무 얇게 벗기면 부서져…안돼죠이—?

드실때는 큼직 큼직 고추장 찍어서
성인병 걱정 없슴께
세발낙지
마음껏 잡수쇼이—
무안 양파

힘써 농사 지으면 편안함이 온댔는데
무안 무안(務安)이랬는데
신토불이(身土不二)가 고장이 나고…
공적 자금 엄청 들어가도…
물양귀비는 소나기를 맞는
넓다란 燕(연) 방죽이며

변두리도 신경 쓰셔야지요잉—
안그렇습니까?
여러분,여러분!

김 연 대

약력
한국 문인협회 회원

시집
『꿈의 가출』,『꿈의 해우』

주소
대구시 남구 대명9동 374-13

전화
집 : 053)651-2415

유마의 방(2)
― 오수(午睡)

가을비 내리는 휴일 한 나절을
뜰 앞의 잣나무도 묵상에 젖다
살풋 잠이 든다

산다는 일은 꿈꾸는 일

아내는 베틀에서 떨꺽떨꺽 베를 짜고
나는 소 몰고 밭 갈러 간다
한 천 년전 일인 듯 하다

군대에 간 아들이
열 살 소년이 되어
휴대폰으로 전화를 걸어 왔다
'아버지 이 스케이트는 성능이 좋지 않아요.
오늘은 우선 이걸로 타고 훗날 다른 메이커
로 바꿨으면 좋겠어요' 한다

'그래. 그러면 그렇게 하자. 네 좋을대로 하자'

참 관대한 나이기도 하다
한 백 년 뒤 일일 듯 하다

가을비 내리는 휴일 한나절
짧은 오수(午睡)의 꿈 한 가운데
오엽송 나의 누겁이
찰나생(刹那生)한다
찰나멸(刹那滅)한다

중 설 (中說)

내 귀가 때 놓쳐서 듣지 못한 말 들은 어디에 가 있나
내 혀가 때 놓쳐서 뱉지 못한 말 들은 어디에 남아 있나

바람이 동(東)에서 부니
가지가 서(西)로 휘누나

여름 가니
가을 오고
가을 가니
겨울 오네

아버지 백골도 반짝반짝 빛이 날꺼야.

김 희 경

약력
현재 한국 문협, 한국
시협 회원
강남 시문학회 회원.

공저
『장미차를 생각함』,
『여유당 뜰을 걷는 구
름의 말씀』외 다수

주소
서울 노원구 공릉동
태강APT 1020동 104호

전화
집 : 02)971-8307
휴대폰 : 016)459-8307

수평선을 바라보면 눈물이 난다

바람 일수록 더욱 선명한
기억 속의 붉은 깃발은
그대로 굳어버린 풀자욱처럼
여백을 충동질한다
조금의 습기에도 미완성의 모자이크는
눅눅하게 되살아난다
발 헛디뎌 깨어진 무릎 아직도 아픈
첫 사랑
이른 봄날의 풋마늘 내음같이 알싸한
첫 경험

법정에서의 마지막 변론

결코 고의가 아니었습니다 그때는 겨울이었고, 밤이었고, 주위는 캄캄하여서 인적조차 드물었습니다 게다가 눈발까지… 흩날렸었죠 아마?

제게 잘못이 있다면 혹독한 겨울만큼이나 추운 외로움을 견디다 못해 동네 골목 어귀에 있는 이십사시 편의점으로 달려가 캔 맥주 하나 사먹은 죄, 그래서 흩날리는 눈발처럼 갈피를 잡지 못하고 내 안의 지뢰밭에 숨어있던 욕망이 몸 안에서 튕겨나와 순간을 주체하지 못한 죄, 그리하여 알콜지수 25도 만큼의 흔들리는 정신을 부여안고 거리를 헤메었고 곳곳에서 또다른 외로움에 시달리는 사내들에게 나는 아주 행복한 얼굴로 뜻없이 웃어주었던 죄… 뭐 그것이 확실히 요염 했다나 어쨌다나

사내를 후린 것이 죄이거든 벌하십시오 그러나 절대로 고의는 아니었습니다

그때는 겨울이었고, 밤이었고, 주위는 캄캄하여서 반드시 제가 뭇 사내들과 함께 밤을 지새웠다는 사실을 증명할 수 있는 이는 아무도 없을 것으로 확신합니다만 제게 또다시 그런 기회가 온다면 결코 고의는 아니겠지만…아니겠지만…

오 호 영

약력
재단법인 수원화성 문
화재단 감사
경일기술공사 관리본
부장

시집
『새들의 생일이구나』,
『가자, 둥지로 돌아가
자』,『마음에 피는 꽃』

주소
경기 군포시 산본동
을지APT 615동 1501호

전화
집 : 031)384-9251

설 산

기다리고 있었던 것이다

옷 벗고 으시시 떨며
노천욕, 말끔히 씻어내고
순결한 새순 올리기 위해
펑펑 내리는 흰 눈을
기다리고 있었던 것이다

차갑게 깨문 입술
거기서 새순은 나오는 것이다.

알 수 없는 이유

새들이 묵은 둥지 놔두고
새봄이면
새 둥지를 트는 이유

나는 아직 모른다.

우리가 묵은 사랑 놔두고
새날이면
새 사랑을 그리워 하는 이유와 같이

숲 속 낭송 그 날의

조 성 아

약력
한국문인협회 회원
계간문단 편집장 역임
現, 예술시대 작가회 회
장

시집
『널 생각하면 눈물이
흐름에』,『할 말이 없
소이다』
공저
『가슴에 그린 벽화』
외 6권

주소
서울 서초구 반포동 삼
호가든맨션 7동 802호

전화
집 : 02)595-7228

E-mail
poem4me@hanmail.net

억수같이 비가 내린 뒤에 볼 수 있는
흰색 검은색 갈색
시인은 맨발로 서서 그들의 혀를 빌려
노래를 한다
여기 저기 반짝이는 흙덩이
비 내린 숲의 흙은 찬란하다
고흐는 서둘러 숯과 붓 캔버스를 챙겨 나가고
듬성듬성 서있는 나무 사이
바람이 지나가듯
예술시대작가회는
빛과 바람 사이에 행간을 채운다
새천년 팔월 오일
육성문집 野外(야외) 녹음하는 날
잠시 밝게 빛나는 하늘
맨드라미는 색조를 간신히 찾아내었고
채송화 봉숭아 백일홍은
비에 얼룩진 분장 다시 고친다
그들이 온다
님들이 오신다

경기도 지방 호우주의보는 이곳이 황해도이길 바랬고
쏟아지는 폭우에 한치 앞이 안보이는 천막은
철푸덕 주저앉아
징징 우는 의자의 몸을 안아준다
이 詩人과 내 님의 마음엔 눈물이 그렁하다
버스가 도착하자 의리를 보이는 햇살…
누군가 한잔의 위스키를 마신다
사람의 모습은 꽃의 모습
시인나무 수필가나무 소설가나무 평론가나무 뜨락에 서니
눈빛마다 자연(自然)이 흐르고
입술마다 문학이 창을 열고
손마디에서 원고의 말없음표를 찍는
신께서 대체로 잘 구워 만든 괜찮은 사람들
돌아가도 양토(壤土)로 남을 이들
하늘은 잠시 성악(聖樂)을 멈추고 축사를 한다
소쩍새 노래하고 쓰르라미 연주하는 밤 깊은 숲 속
고요 속에
한 잔 술
자연을 타

생각을 마시고
다문 입술 꼭 다문 입술 우리
아무런 말이 없어도 눈동자에 흐르는 별
밤이 어두울수록 빛을 내는
자연속에 너와나
너와 나 안아버린 문학
이미 수정(受精)되 자라고 있는 아기
사랑으로 사랑하리
사랑하리 죽는 날까지
건강하게 키우리

밤은 까맣게 조심조심
하얀 새벽을 업고 왔다

그리운 날에는

네가 몹시도
그리운 날에는
한 뼘의 벽화가 되어
너의 침실에 걸려있고 싶다

눈빛도
목소리도
숨소리도
들리지 않는 작은 벽화가 되어

네가 몹시도
그리운 날에는
한치의 풀꽃이 되어
너의 곁에 있고 싶다

향기도
눈에도 띄지 않는
작은 풀꽃으로
너의 베게 옆에 눕고 싶다.

아름다운 침묵

김 준 회

약력
경기 평택 출생
한국문협, 한국시협 회
원
조운수필 동인

시집
『사연있는 날은 침묵
한다』 외 공저 다수

주소
서울 성북구 정릉 1동
경남 아파트 101-1005

전화
집 : 02)914-5075
휴대폰 : 016)298-5075

대저
누구와도 시비걸 일이 아니다

비가 쏟아지건 말건
지킬 것만
가슴 깊이 묻어 놓고
파란 하늘 떠오르기 바랄뿐
하고싶은 말 있거든
눈 감고 빗방울을 세어 보라
해답이 스스로 찾아올때가
한 두 번이 아니련만

떨어진 물 몇 방울
채 스며들 여유도 없이
뭉개고, 두드리고, 닦아내고

침묵의 시간을 바라지만
소음마저 가세하는
세상은 또 이모양인가

침묵할 시간도 주지 않는
따가운 눈총
행복할수 있을까

대 답

망명한 티베트의 지도자
달라이 라마 텐진 갸초

한국가서 특히 하고 싶은 게
무엇이냔 물음에
한국이 원조인 김치를
현지에서 먹어보고 싶단다
망명가의 대답으론 너무 황당해
이 구석
저 구석
숨은 뜻을 찾으려는 내가
너무 간사하다는 생각이 들었다
좋아한다면 그 뿐

다른 사람이 그 대답을 했어도
그 뜻을 찾겠다고
이리 방황했을까

김 현 기

약력
강원도 삼척 출생
現 청시동인회 회장
한국문협, 한국시협 회
원

시집 ;
『물안개 모아 빈가슴
채워도』,『너는 나를
초대하지 않았다』
공저 ;
『그들의 동면은 휴식
이 아니다』

주소
서울시 영등포구
여의도동 시범아파트
10동 13호

전화
집 : 02)783-1157

달맞이 꽃

외딴 골짜기 긴 물소리에
앙금 더미
깊이 묻혀 있다가
달님하고만
눈빛 주고 받으며
오늘은 오는가
내일은 오겠지-
간절한 꿈
시들고 삭아서
추억은
아스라이 멀어지고
허리끈 풀고 앉아
혼자 지새운 밤이 아파
낮에는 눈을 감는다

테니스장

흩어진 몸 부러쉬로
단정히 가다 듬고
황토색 고운 얼굴
하얀 선 마무리 하면
설레이는 마음으로
님을 기다리네

돌개바람 얼굴로 막아내고
빗물도 안아서
거친 모래 거두어 내며
부신 햇살 가슴으로 받아내는
하늘 향한 심장
님을 위한 기쁨이라면
전신의 핏줄 모두 모두어
힘찬 맥박 영원히 뛰게 하리라

소 나 기

박 천 영

약력
한국시인협회 회원

시집
『그대 기다림에 늦잠
이 들었다』

주소
경남 남해군 삼동면
지족리 234-4

전화
집 : 055)867-3600

이 밤도
눈물 안고 현관 앞에서
기이한 소리 지르며
쓰러진다.

나의 마음 모서리에
툭툭 부딪히며 넘어진다.

그림자도 없이 오는 그대여
왠 발자국 소리가
그렇게 큰가
들로 지나 깊은 산으로 가라.

아름답게 늙은 시인에게
양귀비같은 답장을 해야한다.

지하실

불빛없는 지하에
누워있다.

흥건히 젖었던 가난에
푸석푸석 곰팡이가
피어있다.

곰팡이 냄새에 익숙한 나는
짜릿하다는 향수가
니욱니욱 멀미로 토해낼 때
샛노란 얼굴은
지상의 푸른 하늘과
새털 구름의 힘찬 이동에
나의 동공은 넋을 잃는다.

지하에는
슬픔을 모른다
희망도 아는체 하지 않는다.
네온의 화려함과

광란의 자유를 은닉한 죄로
지하엔 오촉의 불빛마저
거부한지 오래다
지상엔 차분한 가로등과
현란한 네온이 술렁거리는데

윤 지 영

약력
예술세계 수필로 등단
한국문인협회 회원
연세대학교 사회교육
원 주임교수

시집 ;
『사랑에 이르기 위한
세 개의 변주곡』
공저 ;
『홀로서는 풍경』,『흔
들리는 겨울』,『가슴에
그린 벽화』,『선 채로
스며드는 점』,『혼합과
질서』

주소
서울 용산구 한강로 3가
40-876 천일빌딩101호

전화
직통 : 02)3273-6913
핸드폰 : 011)742-2090
팩스 : 02)793-6990

11월의 時

하늘이 파래지는 동안
잎은
영변의 뜰에
金彩로 깔립니다.

그리운 것들은 산 너머
구름으로 떠돌고
뒤 늦게 마주한 시간의 갈피에
못다한 기원을 채웁니다.

흔적도 소리도 없이
힘겹게 다가오는 풍경들이
아픔처럼 무너집니다.

질고운 나목의 그림자 따라
그렇게
달도 집니다
그리움도 같이……

길 위에 서서

길이 산 모퉁이를 돌아 떠나가고 있습니다.
풀 벌레 울음 소리를 데리고
날을 세운 바람결 따라
길은

누구를 찾아 떠나가고 있습니다.
거두지 못한 설음으로 떨어진 나뭇잎들은
그리움의 행간을 채울
그가 남긴 詩語지만

빈 가지들이 어둠에 묻히는 동안
길은
허연 몸둥아리를
달빛에 맡깁니다.

그렇게 길이 가을의 변방에 멈춰 섰을 때
나는 비로소 누구를 찾아
길을 떠나고 싶습니다.

바다의 서약

조 유 금

약력
목포출생
한국문협, 현대시협,목
포출향 시인회, 경기문
학인 협회 회원

시집
『슬픔이 타는 축제』

주소
경기도 평택시 지산동
836-8 유정.바.202

전화
집 : 031)663-8403

섬안에 어둠이 자리를 펴고 노을이 잠들때
면 침묵으로 얼룩졌던 파도가 물기 젖은 목
소리로 서럽게 울먹이며 바다에 서약을 새겼
습니다.
흔들리다 멀어지는 거리만큼
출렁이다 부서지는 아픔만큼 지워버리자고
언제나 그러했듯이
맞닿는 선까지만 서 있겠노라며
영혼과 바다로
수직의 선을 긋는 일이었습니다.

물새 떼를 지어 떠난 자리마다 빛살 너울지
던 언약의 다짐도
지난날 사랑했던 추억까지도 하얗게 떠나
보내야만할
파도는 서약을 새겼습니다.
한번도 건넌 적 없는 새처럼 파닥이며
푸른 눈빛 속 불타는 심장 맥박소리로
언제나 그러했듯이

저무는 노을에 비껴선 바람인양
영혼과 바다로
수평의 길을 트는 일이었습니다.

영상편지
-E-메일을 띄우며

너에게로 닿는 길은 멀기만 하다.

환상을 향한 골뱅이를 그리며 클릭을 한다.
허깨비 같은 몸짓으로 눈썹을 흩날리며
광섬유 파일 속에서 아득타 못해 억만년을 가로질러
광속의 빛으로 날아가 버린
수많은 메시지들을 검색하고 있다.
살아남은 뇌세포를 단절하듯
활자판 속의 낱말을 때리며 명령을 치는 바이러스를
부서진 영상속에서 유행병처럼 번식시키며
스스로 자결해야만 하는 언어,
물결치듯 그렇게 사랑도
찬란한 슬픔의 또다른 허상이라는 것을
그는 알고 있는 것일까.
아프지 않아도 될 존재의 의미를 확인시키며
형체도 없는 너의 환상을 찾아
더 깊은 방황과 함께라는 것을.

제 정 자

약력
한국 문인 협회 회원

시집
『그사람』
공저
『흔들리는 겨울』외 다
수

주소
서울 강남구 압구정동
신현대 APT 105동 801호

전화
집 : 02)3446-7172

E-mail
poemjoy@hanmail.net

꽃잎과 꽃잎 오가는 은나비

무서리 밤 새 안겨 오던 날
세상의 중심에 앉아 길을 떠난다
얼어붙은 땅 맨발로 뛰는 여행은 험하다
세상은 잠들어 있다
조용한 아침의 발걸음 정적을 깨운다
신을 혼불을 내주어 나의 길에 불을 지핀다
오르는 언덕위엔 태양이 있다
태양의 어깨를 짚는다
꽁꽁 얼어붙은 호수는 은나비 춤 사위에 얼
음을 녹이고
그 나래 중심으로 여울지는 동심원
첫 눈(雪) 과 호수의 얼음은
태양이 비친 하늘 보다 더 찬란하다
호수위를 달리는 나는 물결
숲으로 날은다
하늘로 오르는 시그날에 입김을 불어 넣는다
새벽이 어떻게 오는가
종(鍾)의 언어로만은 알 수 없는 것
가슴에 박혀있던 굵은 선 하나

은나비 춤사위로 굵은 선 지워지고
꽃 벙글어 이제
나만의 향기 세상에 띄운다

발자국 없는 빈 터
― Dear형석 ―

오지 않을 전화를 기다린다
만져보고 싶다
너의 부재는 어느새 가슴 속에
또렷이 자리잡고 있는 너의 존재를 일깨웠다

교외선을 탄다

산자락 뿌리까지 뒤져본다 하여도
나의 보물찾기와
저믄 강을 건너야하는 귀가 길은
어떤 음악으로도 어루어 줄 수 없다

내 흐린 시야 반대편으로
날개도 흔들리지 않고 날아가는 것은
무작정 날아가고 있는 것은
이 세상 어디에도 없다는 너

김 민 자

약력
서울 하왕십리동 출생

공저
『가슴에 그린 벽화』,
『선채로 스며드는 점』,
『혼합과 질서』

주소
경기도 부천시 원미구
심곡2동 398-15 12통 4반

전화
집 : 032)652-7332
휴대폰 : 011)9944-7332

삼월의 바람

마포강이 보이는 이곳에 오면
내가 사는 곳보다 더
추운걸 느끼게 한다
옷깃을 잡아매는 바람
올 듯 올 듯 와 지지 않는 봄
무엇을 저항하듯 무슨 핑게인 듯
바람은 몹시도 이유없이 불고 있다
마포가 더 추운 것은
황포 돛대 짠 바람 때문이라고
사람들은 말하지만
나는 이제야 안다
파고다 공원에서 삼일 독립 만세 부르다
마포 전차 종점 여기까지 쫓겨와
저녁까지 외쳤다는 걸
와 와 귓가를 울리는 소리만 모아
삼월의 바람이 여기서 더 많이
울고 있는 것을

오월의 밤비

부산 동삼동
낮에 내린 한 두 방울의 비는
어둠이 내리면서 장대비다
사람들은 등허리에 불빛 하나를 달아 놓고
모두 게딱지 속으로 스며들고
바다에선 뿌연 은하수를 뿌려
견우 직녀를 불러 들이고 있다
늘 떠 있던 오륙도는 (五六島)는 잠을 자러 갔는지
이불 속으로 침잠해 버리고
마당에서도 보이던 아치섬은
오늘 따라 갈 곳을 잃고
청소년이여 집으로 돌아가라 안내 비 소리에
마음 흔들리고 있다
이 한 밤중 안개의 성에 갇힌 사람들은
너와 나의 담을 허물고
바다의 푸른 꿈을 꾸고 있으나
나는 바법에 걸려 돌아오지 않는 사람을 위해
쐐기풀로 아픈 그물을 짜고 있다

김 선 우

약력
충북 보은 출생
예술세계 신인상 수상
한국 문인 협회, 한국
시인 협회 회원
청시동인

공저
『아스팔트위에 핀 들
풀』,『가슴에 그린 벽
화』,『선 채로 스며드
는 점』,『혼합과 질서』

주소
서울시 영등포구
신길3동 342-324 3층

전화
집 : 02)835-2482
휴대폰 : 017)224-2404

종이 꽃을 만들며

손 끝에 힘을 주어 접습니다
아버지
한 줌 햇살을 이고 미소 짓는 얼굴
속이 보일 듯 꽃이파리는
당신의 얼굴로 흔들리고
닦아 놓은 고무신 같이
해맑은 어느 여름날
떠나신 당신은
종이 갈피마다 문신처럼 피어나는
추억입니다
또 손 끝에 힘을 줍니다.

토마토

자꾸만 몸이 달아
토실토실 살이 오른
육질의 관능

한껏 무르익는 절정의 순간
과즙처럼 붉게 젖어드는 소리
아
아
아

박 상 철

약력
경기 김포 출생
예술세계 시부문 신인
상 수상
청시운영위원
양천문인협회 이사

동시감상집
『해바라기야 너의 키
보다 나의 꿈이 더
크단다』, 『꽃보다 먼
저 일어나는 봄』
공저
『흔들리는 겨울』, 『가
슴에 그린 벽화 97』,
『청시사화집』, 『선채
로 스며드는 점』, 『혼
합과 질서』

주소
서울 양천구 목4동
773-5 성재빌딩 3층

전화
집 : 02)2649-0341

예 감

상상이 아니었어 꿈은 더욱 아니었고 불같
은 불자동차가 119 119 소리지르며 급히 달
려가는데 그 새벽을 밟고 달려가는데
　갑자기,

　홍수에 떠내려가는 집 위에 앉아있는 기분
이었어

생각나는데
물독에 빠져죽은 쥐가 생각나는데

진동하는데
온돌방에 피어난 곰팡이 냄새가 진동하는데

　또,
　또, 꽃이 지려나봐

누가,

누가,

저리 멀리 가는 거야

꽃 지는 소리 애잔한 날

섬돌 밟는 소리 들으려는데

누가,

저리 멀리 가는 거야

태양이 말려 놓은

흙무덤 먼지속 지나

손 흔들고 싶은 마음 접으려는데

바람 넘실대는

푸른 비단결 끝자락으로 가라

웃음 지으려는데

누가,

누가 저리

멀리 있는 거야

산 촌

이 덕 원

약력
충남 예산 봉산에서
출생
예술세계 신인상 수상
예술시대작가회 회원
한국 시인협회 회원
한국 전자문학도서관
(www.KII.co.kr) 정회원
시울림 동인

주소
경기도 안양시 동안구
부흥동 성원아파트 305
동 711호

전화
집 : 031)384-1199

E-Mail
doma112@ hitel.net

쿨럭 쿨럭 : ||
일정한 음, 모데라토
때론 거칠게 흐르다
개여울 물소리는
아버지의 독한 기침에 녹아
뒤질세라 참매미 자지러지고

약사골의 여름밤은
고독보다 더 깊게
적막속으로 빠져들어가고
佳人은 홀로
달빛아래서 울고 있다.

왜 목 마 을

시퍼렇게 날름거리는
파도의 혀
그 헛바닥 위로 접히는 시간
태초의 빛이 그랬다지
가슴에 응어리가 점점 자라
미련도 죽음의 고통도
다 참아내야지
야트막한 산아래
저음으로 깔리는 어부들
노젖는 소리
새벽이 열리고
금빛 파도가
내 가슴속으로 들어와
출렁이고 있다.

---

* 왜목마을
 충남 당진군 석문면 교로2리 서해에서 유일하게 일출, 일몰, 월출광경을
 감상할 수 있다.

정 문 택

약력
전북 김제 출생
고려대학교 졸업
서울대 대학원 졸업
예술세계 신인상 수상

저서
『하늘과 땅과 사랑과』
(시집) 외 공저 다수

주소
서울 관악구 신림 9동
1557-1

전화
집 : 02)886-1814

E-Mail
mirim@hanmail.net

역사라는 것은(2)

가득하던 아름들이 수목이
바뀌어 석탄으로 나오고
보이는 것은 공룡만인 세상이었는데 이젠 한낱
돌덩이 모양으로 나오는 것이라니
뒹굴며 미끄럼 타는 아이들이 오르내린
기다란 흙더미 놀이터가
견고하게 쌓았던 천 삼 백년 전
백제 위례성으로 살아나고
아비를 도와 먼 나라 조선을 세워
왕 만든 후엔 아들에게 몰려 죽는 것이란다
방울달고 얼굴엔 색칠하여
말 달리던 인디언은 하나 둘 사라지고
바라뵈는 저 별은 지금 별도 아니란다
바닷물과 눈보라로 온통 뒤덮인
커다란 행성을 일곱 바퀴 반이나 돈다는 빛이
지루하게 사 년반 혹은
이백억 년을 숨 몰아쉬며 달려온 별이란다
이억 삼천만 년이나 육천 오백만 년을
검은 암반 속에 지내던 이무기가 올라오듯

그래도 모두는 오늘로 돌아온다
그러니 나는 너를
그러니 나는 너를 바라본다

금강산, 금강산

신비로 빚어 만든
온갖 물렁이 바위
서 있거나 누웠거나
거대한 시루떡 같은
그림 투성이다
아래로는 천길 낭떨어지
폭포수 옆으로
석기 시대 빗살 무늬 토기 보다
고색 창연한 병풍이 둘려있고
위로는 하늘을 중구난방으로
찌르는 갖가지 모양의
하소연이 즐비하다
그만이 가지고 있는
미송은 그렇게
매끄럽게 치솟아 오를 수 없다
신들린 듯 아름다운 것들은
다 모였다
평양에서 날라온
교예단 공훈 배우 그네 귀신

김홍도 그림의 여주인공 이쁜 귀신
모두 모여 혼백으로 감탄한다
나뭇꾼은 선녀를 탐낼만 하여
연정 젖은 하얀 희열
하늘이 오히려 낮게 떠있다.

김 솔 아

약력
전남 무안 출생
예술세계 신인상으로
문단에 나옴
한국 문인 협회, 남북
교류 협회, 예술시대
작가회, 은평 문인 협
회, 청시동인회, SGI회
활동 중

저서
『결 고운 물결로 젖어
스밀래』

주소
서울 은평구 신사2동
337-17호

전화
집 : 02)302-4680
휴대폰 : 011)9733-4608

E-Mail
sola1000@hanmail.net

세탁기의 말문(OK)

찌드른 때를 벗기고 있다
시간의 초침까지 돌고 있는 물 속에서
보송보송 탈수되는 숙명의 변화

마음의 구정물을 빨아내면
가벼워지는 삶
엉키어진 탐(貪)을 훌훌 털어 버리고
베란다 건조대에 앉아
햇빛을 빨아드리고 있다

세상 바람 머금으며
팔랑팔랑 하얀꽃 피어오른다
내가 투명해야 상대가 비치는 것을
두꺼운 탐욕(貪慾)에 가리워 져 세상만 어둡
다고 원망했어
 삶의 세탁기 속에 욕기(慾氣)를 헹구어 내야
하는 것을!!

0시 50분

택시들이 번개를 치는 시각
고속도로 진입로에서 음주운전 휘청거린다
역진하는 무법자,
시신경에 풍선이 부푸는 것일까
깨지는 소리, 가득 본네트가 우그러지고
조각난 백미러 속엔 욕설이 떠다닌다

아이구 저런, 저 저런
앗 참: 112지요? 예,119라구요?
핸드폰소리 거미줄치며,허공에도 막혀버렸다
헝클어진 좁은 통로
전쟁이 지나 간 것처럼
가해자는 간데 없고 피해자만 피를 말리는데
아하 아직도 못잡았남, 생명에 도전장을 내 밀 던 그 술잔.

경찰보다 더 빠른 견인차
역시 생존권은 업무보다 한발 높이 떠
부릉부릉 인맥의 끈을 당기고 있는데
적색 酒 선생……!

핸들 잡는 그 날 만큼은 밀 밭 곁에도 그만.
마음 술 가에 백기를 꽂고……

내 마음 풀물 들여

오 양 수

약력
전북 남원에서 출생
예술세계 신인상으로
등단
백미문학, 서울초등 문
예창작연구회, 예술시
대 작가회, 청시 회원
으로 활동

시집
『당신은 나의 바람』,
『먼 불빛 사랑』,『나
의 큰 신발』,『얼뜨기
의 사랑이야기』

주소
경기 성남시 분당구
분당동 샛별 우방 아
파트 302-1401

전화
집 : 031)706-1372

초록빛 잔디 위에 서면
내 마음 풀물 들여
실살스럽게 살고싶다.

녹 빛 이야기 도란거리고
비취빛 소나타 뒹구는 그 곳에서
한물로 두리두리 살고 싶은 거야.

끝없는 벌판에 서면
내 마음 풀물 들여
즐거움 더하고 반가움 일구어서 살고 싶다.

젊은 날의 노트 들바람이 읽어주고
옛 생각 안개비와 속삭이는 그 곳에서
질겅질겅 풋내음 씹으며 살고 싶은 거야.

내 마음 풀 물들여
들풀로 살고싶어
괴로움 더하고 슬픔 초래하는 일 없이

흙에 뿌리 내리고
철 따라 몸 풀어 사는
들풀 이고 싶은거야.

비어 있는 멋

열정의
빈 잔
동그마니 놓여진
탁자

빈
하늘이 모자라서
먼 산
넘보는 뚝배기

술익는 향기
담배 연기
여자
그리고 남자

술항아리
용수 질러 놓고
비어 있음에
「멋」이라지.

비구니

이 곤 승

약력
대구 출생
한국 문인 협회 회원
송파구 잠실3동장

주소
서울 노원구 상계6동
주공APT 317동 108호

전화
집 : 02)934-2024

향기로운 자태
잿빛 가사로 감추고
세상과의 인연
둥글게 깎아내려 펼쳐 버렸다.

새벽 바라의 여운과 함께
내 밥 덜어 귀신 먹이고
죽비 소리에 나를 찾아 헤매는
삼매경

모른다
모른다는 마음 밖에
어디서 시작되고
어디서 끝나는가

옥류동 계곡 맑은 물
버들치 꼬리질에
시름 없고

선사의 얘기 담은 솔바람에
하루가 저물면
돌고 돌아 비어버리는
탑돌이

세상의 번뇌
인연의 굴레
보랏빛 도라지꽃 되어
전설 타고 하늘 거린다.

폭 우

하늘이 울고 있다
주룩 주룩 눈물을 흘리며
울고 있다.
미친 바람에
핏빛 장미는 부들거리고
즐겨 찾아와
재잘거리던 참새떼는
고개를 떨구었다
가슴에 맺힌 한은
낮게 드리운 검은 구름바다 되어
숲을 휘어감고
뇌성과 일갈로
세상을 내려치고 있다
하얀 분노는 흙탕물 되어
포탄 파편처럼 튀어오르고
터져버린 응어리는 내를 이루어
들판을 가로 지른다
머언 강을 향해

이 주 환

약력
1963년 전남 돌산도
출생
청시동인

공저
『아스팔트 위에 핀 들
꽃』,『선 채로 스며드
는 점』

주소
서울 관악구 신림10동
1단지 주공APT 107동
2103호

전화
집 : 02)874-9086

E-Mail
zooh@ktl.re.kr

옥수수밭 · 1
— 낯선 오후

숨어서 두런거리는 서걱서걱 푸른 잎 들추
는 바람 왠, 빈 집을 뒤집나, 형은 월남전에
참전하고 누구의 눈빛인가, 어머니는 옥수수
밭 어디에 계실까, 텅 빈 마루를 들락이는 산
고양이, 어머니는 옥수수 꽃이 흔들릴 때마
다 요령 소릴 듣고, 형은 황동탄알 같은 옥수
수가 먹고 싶어, 누구의 인기척인가, 후두둑
후두둑 소나기 몇 방울 옥수수 잎을 적시자
옥수수 밭에서 누군가 벌레처럼 숨어서

옥수수밭 · 4
— '서내기'라는 이름의 여자

땅이 빚은 항아리, 불룩한 배를 갖은 그녀를 '서내기'라
고 불렀네. 아무 뜻도 없는, 그래서 나는 그것이 벌레의 이
름인 줄 알았네. 그녀는 거친 말 같았네, 지푸라기 같았네

여린 옥수수 허리가 꺾이던 밤, 겁탈 당한 달은 구름 속
에서 떨었네, 달이 차오르는 것처럼 '서내기'는 청동 탄알
같은 옥수수를 키웠네. 아마, 동네 사내들은 옥수수가 크는
것을 땅이 빚은 못생긴 항아리가 배가 불러오는 것을 보았
을 것이네

난폭한 여름밤, 아무도 몰랐네. 물난리에 옥수수 밭이 몽
땅 쓸려가고 사람들은 둥둥 떠가는 널빤지와 돼지를 건졌
네. 사내들은 보고만 있었네, 악, 악, 소리지르며 떠가는 둥
근 항아리를

그때야, 난 '서내기'란 이름이 정말로 벌레의 이름인 걸
알았네

김 민 지

약력
전북 남원 출생

공저
『사는 것은 슬픔 아
닌 것이 없다』, 『청시
동인지1』, 『청시 동인
지2』, 『선채로 흐르는
점』, 『혼합과 질서』

주소
성남시 분당구 서현동
효자촌 현대APT 111동
503호

전화
집 : 02)605-3067

청량사 가는길

서 있는 듯
길은 가파르다
얼마를 더 올라야 닿을 수 있을까?
나는 묻고 묻고 묻고……
비는 지우고 지우고 지우고……
동행이라 의지가 될법도 한데
억세지도 성글지도 않는 빗줄기는
마음부터 앞세운 발걸음을 더디게 한다
여느 산길처럼
잠시 걸터앉을 튼튼한 너럭바위나
비를 피할 넉넉한 나무 한 그루 없다
껍데기는 비로 젖고
몸뚱이는 땀으로 젖어
걸음걸음 물길이다
이쯤에서 돌아갈까
설핏, 돌아보니 길은 보이지 않고
산자락이 뿜어 올린 구름만 가득하다
산다는 것은 돌아갈 길을 지워가며
무작정 시간의 등성이를 올라야 하는가

길을 버려야 길이 보이고
길이 끝나야 비로소 만나는 청량사
수고롭지 않은 곳에 청량사는 없다

1004호 멍순이

1004호에는
복슬복슬한 털을 가진
멍순이가 살고 있다
머리에는 빨간 리본도 달고
목에는 반짝빤짝한 목걸이도 걸었다
나는
3개월이 지나야 한 번 갈둥말둥한 미용실에서
절약형 파마값으로 3만원을 지불하고
몇 날 며칠 자꾸 자꾸 본전 생각을 하는데
멍순이 미용비는 10만원 플러스 알파란다
알파란 뭘까를 궁금해하는 나에게
털 자른 값 말고도 또 팁을 준다나
멍순이를 대신한 1004호 만족스런 미소를 보면서
팁은 고사하고 칭찬마저 인색한 나를 반성시킨다
목소리가 영 마땅치 않은 나는
목소리 성형이 그림에 떡이건만
멍순이는 거금을 들여 성대 수술까지 했단다

개가 개다운 것은 잘 짖는 일인데
짖지도 못하고 눈만 멀뚱멀뚱한 멍순이
그나마 개다운 것은
차마 주인을 버리지 못하는 것이다.

한 소 운

약력
경북 건천 출생

저서
『그 길위에 서면』
공저
『혼합과 질서』 외 다수

주소
서울 동대문구 휘경
1동 118-10 휘경빌라
303호

전화
집 : 02)961-6194

E-Mail
hsw6194@ hanmail.net

간월도

그가 말했다
그리움은 닿을 수 없는
거리를 두고 있다고

속깊이 숨겨둔 상처가
어찌 그 웃음으로 가려지겠냐고
차라리 흠뻑 젖어보란다

너를 보내던 그날처럼
벼랑 끝
종일 비를 맞고 서 있는 간월암

예고 없이 쏟아지던 폭우 속
길이 끊어질까 두려워하면서도
차라리 세상과 단절되고 싶었던 시간들이
여기, 나보다 먼저 와 있었구나

한번쯤은 저 절벽 아래로
뛰어내리고도 싶었으리라

가까이 서면 상처가 되고
멀어져 가면 그리움이 되는 파도의 뒷모습 같은

너를 보낼 때
내 안에 있는 너도 보내야 했는데
그러지 못하여 흠뻑 시름에 젖는다

한 발짝도 움직이지 못하게
너 거기 섬으로 남겨두고
나만 혼자 돌아갈 길 아득하구나

보리를 밟으며

학교 가는 길 보리 밟고 가거라

가고 오는 십리 길
그 보리 허리까지 차면
꽁무니 빠지도록 달렸지요

문둥이가 간을 빼먹는다는
그 무시무시한 보리 밭
바람에 푸른빛 넘실거리기만 해도
어디선가 불쑥 손을 내밀 것 같던
그 문둥이는 지금도 보리밭에서 살까요

문득
다시 밟아 보고 싶은 보리 밭
진정한 보리가 될 때까지
꼭꼭 눌러 밟으며
깨닫고 싶은
보리심

권 순 형

약력
충북 제천출생
토요시, 청시동인,
원주문협회원

주소
강원도 원주시 단계동
은행아파트 101-806호

전화
집 : 033)746-6273
휴대폰 : 017)224-6273

E-Mail
ksh6273@ hanmail.net

부 재

도시가 텅 비었다
목소리도 들을 수 없는 공백
머물렀던 자리
맴돌며 떠도는 나

돌아 올 수 있는 건 다행이다
다시 제 자리에 서서
용서하고 바라보는
모든 것은 고마운 것이다
침묵을 넘어
불길로 치솟는 사랑

내 안에서
그가 웃고 있다

나무에 기대어

하늘을 본지가 꽤 오래되었다
봄이 꽃을 보내온 것도
까맣게 잊고 지냈다

햇살을 따라 걷다가
천천히 올려다 본 하늘
쏟아지는 연두빛 웃음소리

어쩜 이리도 무심했던가

가끔씩 하늘을 보라고
잎들이 속삭인다

은빛나무는
먼데서도 희망을 키우는
성자를 닮았다

이 니 나

약력
경북 경주 출생
경주 근화여고 졸업
총신대 종교음악과 졸업
청시동인
모스크바 레닌 국립 사
범대학 노어노문학 연
수
'89별밭 어머니 글짓기
공모전 시 부문 대상

시집
『모스크바의 겨울은
혼자 열린다』, 『볼가
강의 눈물』

주소
1231 54 MOCKBA
RuccNя   by∧bBap
TeHepa∧a KapBblweBa
gom24 K.P I K.B5

전화
001-7-095-199-6388

아라사의 아리아

건너편 창가에 불이 켜지면
나는 작은 등불을 켭니다.

저녁 잎새 누누 유혹하지 않아도
비취빛 동그란 눈물이 켜집니다.

그렇게 멀리 말씀도 못하시어
어스름만 나직히 슬픔을 태우기에

나도 작은 등불을 켜봅니다,
건너편 창가에 불이 켜지면.

당신의 무이소리 찬미 같아서
동쪽 하늘에도 별이 뜨더인데

나의 끝도 없는 해열의 묵도가
긴 밤 외연히 아바아바 하더이다.

석골풀

겨울에도 잎이 푸른
님이야
내잎을 꺾어 가세요
여름엔
당신의 화단에 초련초(初戀草)피고
가을엔
당신의 손 끝에 애련화(愛戀化)되어
님이야
내 줄기를 쑥덕 잘라가세요
나는 바위에 기생하는
당신의 석골풀
겨울에도 잎이 맑은
님이야
내눈 두눈 아 아 가져가세요
흰빛이 빛인 분홍 붉은
님이야
겨울에도 잎이 피는
당신은 나의 피튜니아

조 윤 주

약력

설악 중고 졸업
중앙대학교 졸업
중앙대학교 예술대학
원 졸업
예술세계 신인상 당선
구로문학회원, 예술세계
회원, 한국여성시회원

시집

『미완성의 노래가 그
녀를 일으켜 세운다』,
『그 사랑에 눈을 떼
지마』

주소

서울 구로구 구로5동
442-162

전화

집 : 02)838-9359
휴대폰 : 011)207-2142

E-Mail

yunju415@chollian.net

자화상

자화상

쥐가 그린 그림
거울에서 풍겨져 나오는 냄새
그림을 그리다
더 이상 나오지 않는 물감에
지린내를 풀어 손털어버린 얼굴
쥐의 새끼들은 배가 고픈걸까?
말라버린 젖만큼 마른 세상에서
검은 꼭지점 두 개 나란히
바람빠진 희망에 매달려 아스라하다
절벽같은 난간이 떠받들고 있는
저 그림의 세계

쥐들이 파놓은 구멍엔 볕이 들지 않는다
볕이 들었을땐 이미 구멍이 아니다
내 목구멍에 볕들날 있었던가
볕을 찾아 울어본 몇날 며칠을 따라

목젖아래로 길게 누워있는

욕구의 길이를 잘라보면

한줌의 흙이
구멍이 되기도 하고
소리나는 그림이 되기도 하는

수많은 무덤들이 매일아침 거울을 본다

거울속에서
쥐가 갉아먹은 여자가
하루의 그림을 그리고 있다

누군가 내 몸 위를 다녀간다

누군가 내 몸 위를 다녀간다

짓밟히다가는 간혹 깨진 상처의 껍질로
맨발로 뛰어드는 자들의 발바닥을 찔러
피를 핥는 고통을 너는 아니?
혼자 중얼거릴 때쯤
바다는 저녁나절이 되어서야
갯벌로 돌아왔다

삶이란 남아 있는 자나 떠나간 자
　　모두에게
하루분의 고통을 감내하는 일이라고,
철썩철썩
나팔을 불며 돌아와
남아있는 것들을 감싸안는다
순간, 물결위에 빛나는 금 빛 오선지가
바다 저쪽까지
끝없이 펼쳐지는가 했더니
화려한 것들의 순간은 늘

생명력이 짧아
어둠에 의해 찢어지고 있다
난 바다 속에 있는 갯벌이 왜
고운 살결을 하고 있는지
문득 궁금하다
바다의 거대한 육체를 떠받들고 있는
분진의 무게
먼지같은 것들이 모여
바다를 돌리고 있나?
갯벌이 당겼다가 놓으면 놓은 만큼
멀리 나가는
사람들은 그 풍경 속에서
밀물과 썰물처럼 모였다가 흩어진다
영종도 을왕리 바닷가
뻘 밭을 빠져나온 모래알들이
나체로 누워있다

벌거벗은 모래알
누군가 내몸위를 다녀간다

김 규 훈

약력
전남 벌교 출생
청시 동인
예술세계 시부문 신인
상 수상

공저
『아스팔트 위에 핀 들
풀』,『그들의 동면은
휴식이 아니다』등

주소
서울 영등포구
신길동 342-324

전화
집 : 02)842-5858
fax : 02)833-1582
휴대폰 : 011)799-2424

그루터기

바람인가
지난 것은 남아있지 않고
상처의 골만 깊이 패였어
이제
서 있다는 것이 그림자인가 싶어
더듬거려 보는

가버린 시간과
사랑과
사람
아주
작은 나

흘러가는 것이
마땅한데
왜 이리
서운함만이
쌓여 쌓느냐

거꾸로 뜨는 배

먼 수평선에서
하늘이 파도를 부둥켜 안고 운다
끓어오른 바다는 배 꽁무니에 매달리고
싫다고 내 달리는 사람 하나
뱃속에서 분노같은 소주가 출렁이는데
내 몸 속에 작은 바다가 소리치고 있다
바다에선 갈매기가 울고
내 작은 바다에선 누군가의
이름으로 울고 있습니다 그려……

김 영 복

약력
함경남도 출생
청시동인

공저
『그들의 동면은 휴식
이 아니다』 외 다수

주소
경기도 용인시 수지읍
풍덕천리 694 건영APT
101-102

전화
집 : 031)261-2606
휴대폰 : 011)245-3780

꽃이 진 자리 마다

비가 내리는 오후
봄꽃들이 모두 지고난
아파트 담장아래
허름한 난전
여자는 푸성귀 몇가지와
빛 바랜 세월들을 펼쳐놓고
꿈을 꾸듯 앉아있다

가슴속에 섬 하나
목숨처럼 끌어안고
날마다 바다로 떠나는 여자
꽃이 진 자리마다
바람이 불고
바람이 되어 바다로 떠나는

젖은 푸성귀들은
좌판 위에 누워
축축한 오후를 게워 내는데

긴 그림자 끌며 걸어가는
후줄근한 바람줄기

그대에게 가는 길

먼-빛으로만 바라보다
그리움 가득 안고
집을 나섰네

안개비 흩뿌리는 길을 지나
발목 적시며 걸어온
낯선 길 위에
어둠처럼 서 있는
늙은 해오라기의 슬픔

들녘을 지나고
마을을 지나
기다림으로 젖는 저녁
그대 내 안에서 나를 부르네

마음 깊은 자리
예감되는 새벽빛 속으로
그림자 하나
어느 강가를 돌아 오는가

사라지는 안개

곽 용 남

약력
99. 10 예술세계 등단
서예가 · 문인화가
길갈문학 및 향천 시
인들 동인

주소
서울관악구 신림11동
미도 아파트 5-404

전화
집 : 02)868-9308
회사 : 02)530-1276

먹물같은 어둠속에
불쑥 던진 한마디
아!

농밀한 어둠을 찾으나
맞바람 통하는 가슴에
불끈 솟아오른 힘줄 같은 태양은
현란한 생명력 보다는
회색빛 재로

열기묻은 목소리
안개 사이사이 빛의 조각으로 부서지고
소나기로 쏟아져 내리는
흰빛 햇살같은 한마디
아!

누군가 너에게

누군가 너에게 시비를 걸면
  바람타고 번지는 타오르는 불꽃
누군가 너에게 핍박을 할때
  끝이 아슴하도록 불쑥 던진 인내의 응결
누군가 너보다 한발 앞서면
  스산한 바람의 칼날같은 한 바지개의 정적
나로 하여금 싱싱한 미소
  한 개비 담배 마저 태우게 하소서

문학의 퓨전화와 시의 미래

채 수 영

약력
시인, 문학박사
문학평론가
신흥대문창과 교수

인간은 변화 속에서 새로운 전환의 계기를 마련하는 데서 역사의 얼굴을 새롭게 하는 연출을 진행해 왔다. 물론 인류사의 변화 기준을 동양으로 잡을 것인가 아니면 서양으로 할 것인가에 따라 다른 각도의 표정을 거론할 수 있을지라도 표현도구의 일치성—붓이나 펜이든—남자들만의 전유물이었다는 전래의 사실은 틀림없었다. 그러나 모든 문화현상이 컴퓨터에 의존하게 되었고 문학표현의 방법도 펜에서 자판으로 대체함으로써 급격한 변화를 맞게 되었다. 문학은 예술에서 가장 보수적이라는 특성을 감안하더라도 변화에 따른 필연성을 외면할 수 없게 되었다. 본고는 이런 가정 하에서 문학이 어떻게 변화될 수 있을 것인가를 추정하려한다.

1. 과학과 원시 회귀

2000년 3월 2일 미국의 대통령은 자기의 생애에서 가장 득의로운 — 인간의 유전자 지도를 작성할 수 있는 이른바 Human Genome

프로젝트라 불리우는 인간 유전자 해독 작업과 관련, "두 달 안에 인간의 유전자가 완전히 해독됐다는 발표를 할 것이며, 이는 내 생애에 가장 자랑스러운 발표가운데 하나가 될 것"이라는 보도를 접한다. 이로부터 여름의 입구에서 거대한 인간의 모든 유전자 조직을 이해할 수 있는 길을 언론에 공개했다. 이는 인간의 난치병을 치료할 수 있을 뿐만 아니라 인간의 역사를 새롭게 써야 하는 시대로 접어들었다는 사실을 뜻한다.

인간의 탐구가 어디까지 미칠 수 있을까에 대한 예상을 할 수 없는 오늘의 과학 문명 앞에 행복한 안도감을 갖기보다는 차라리 불안하다는 편이 옳은 일인지 모를 일이다. 왜냐하면 인간의 일은 항상 양면의 얼굴을 가지고 있고 또 이런 양면은 항상 밝은 면만 전면에 등장하는 것은 아니기 때문이다. 고도한 과학 메커니즘의 시대에도 점술가의 깃발은 지붕에서 펄럭이고 운명을 알기 위해 고민하는 인간사는 예외가 아닐 것이다. 첨단의 이기(利器)가 인간을 편리하게 할지라도 인간에게 불안의 와중을 떠나지 못하는 것은 유전자 지도나 과학의 수단으로는 해결할 길 없는 또 다른 문제가 대두될 수 있을 것이다.

아마도 21세기의 입구에서 원시 회귀라는 말을 사용한다는 것은 어리석은 잠꼬대라 말할 것이다. 왜냐하면 극도로 발달한 과학의 극치를 누리는 시대에 원시라는 어휘는 상상으로 접근하기 어려운 일이기 때문이다. 과학의 발달은 필연적으로 분석에서 시작된다. 쪼개고 쪼개는 일이 분자 혹은 원자라는 용어에 옷을 입혀서 더 작아지는 의미를 찾아가는 일이 지금까지의 과학이 만들어 놓은 현상이었다면 21세기의 입구에서는 이런 일에 대한 의문을 설정하는 조짐이 나타나고 있을 뿐만 아니라— 이는 분석에서 오는 자연 질서의 파괴에 대한 자각을 하기 시작했고 여기서 쪼개는 일에 대한 의문이 점차 확대되면서 부작용의 심각성을 자각하게 되었다. 다시 말해서 분석의 형태를 빌리는 과학은 필연적으로 해체에 대한 임무를 목표에 집중하기 때문에 종합적인 형태에 대한 배려에서는 간과하게 된다. 이런 일은 결국 부메랑이 되어 인간에게 돌아오는 결말은 부작용을 수반하게 된다. 유전자 변형이니 동물 복제에 이어 인간 복제 등의 문제는 인간의 근원을 파악하기 위한 과학적인 시도였지만 이런 일이 인간의 재앙을 수반하는 일로 이어질 것을 염려하는 생각은 이미 현실로 나타나고 있다. 인간의 복제는 신의 창조라는 문제에 접근할 것이고 이는 다시 신을 복제(?)하려는 실험 ― 이런 황당한 상상력에 도달하지 말라는 법이 없을 것이다.

그렇다면 이런 과학 발달의 추세에서 인간의 의식은 행복해지기보다는 절망하였고 또 지금도 절망의 심화는 과학의 발달과는 전혀 상관없이 비참해지는 자각 의식을 갖고 있다. 이런 절망에서 위안을 찾기 위해 인간은 다시 자연을 생각하게 되었고 생명의 고귀함과 경이로움을 생각하는 쪽으로 눈을 돌리고 있다. 다시 말해서 자연과 인간을 과학적 실험 대상으로 생각했던 관점에서 실험할 수 없는 절대의 대상으로 생각하는 경향이 대두되고 있다는 점이다. 여기서 자연의 소중함은 곧 인간의 소중함으로 이해하게 되고 또 어떤 경우에도 실험의 대상이 될 수 없다는 점에서 「자연」 즉 있는 그대로 바라보는 깨달음이 필요하게 되었다. 이런 징후는 의식의 원시화 혹은 자연에 동화됨으로써 평화와 행복을 터득하는 의식과 상통해진다. 있는 그대로 혹은 과학이라는 이름으로 쪼개거나 더하지 않는 상태야말로 인간이 추구하는 본질에 이를 수 있기 때문이다. 이런 염원은 실현될 수 있다는 개념보다는 오히려 실현해야 할 목표로 설정되었을 때 오히려 건강한 삶을 추구하는 의식의 전환이 될 수 있을 것이다. 인간의 삶에서 과학적 사고를 폐기하거나 덮어둘 수는 없는 일이기 때문이다.

인간사가 변하는데 문학이 땅은 안주할 것인가? 이런 물음은 어리석은 일이다. 왜냐하면 문학은 오직 인간을 표현하기에, 변화하는 인간을 버리고 따로 놀 수 있는 문학의 땅은 존재하지 않기 때문이다.

21세기 문학의 전망이라는 거창한 요구에 답할 수 있는 안목의 예언가는 없을 것이다. 왜냐하면 앞으로 10년이나 100년이라는 미래의 단위는 너무 급속하게 변모할 것이고 또 그 변모는 전혀 예측할 수 없는 속도감을 갖고 있는 것이 현대의 특성이기 때문이다. 다만 변화의 조짐을 어떻게 예상할 수 있을 것인가의 축소된 개념을 정리하는 수준에 이를 뿐이라는 점을 말하고 싶다.

시는 지금까지 문학 장르의 앞자리에 있었지만 앞으로도 그럴 것인가? 나는 이 의문 앞에서 「아닐 것이다」라는 말을 단호하게 쓴다. 그 이유를 증명하기 위해 논지의 길을 서두른다.

2. 표현의 변화

디지털 테크놀러지를 도구로 새로운 표현의 시도는 이미 다양하게 전개되고 있다. 이는 전통적인 예술 표현의 방법이 새로운 각도로 진행됨을 의미한다. 미술계에선 이미 '웹 아티스트'들이 전통적인 전시공간이나 프로모션수단으로 보지 않고 처음부터 인터넷을 겨냥해서 창작한다. 동영상, 음향, 3D 애니메이션까지 무엇이든 동원하고, 접속자와의 상호소통(interactivity)이 생명이 된다. 표현영역이 웹 소프트웨어의 발전에 비례해서 넓어지게 될 것이다. 미술교육을 받지 않아도 컴퓨터 프로그램에 익숙한 user는 누구나 웹 아티스트가 될 수 있다. 음악의 작곡 연주 편곡까지도 컴퓨터와는 능히 가능해진다. 대중음악에 이미 보편화되고 있지만, 문학에도 다소 늦지만 예외가 아니다.

인터넷문학에도 '인터랙티브 소설가'들이 탄생했다. 두루넷은 작년(1999)12월 국내 처음 독자가 줄거리를 선택하는 인터랙티브 소설유료서비스를 시작했다. ……중략……. 문화－예술계는 '디지털화'와 장르해체가 21세기 예술의 중요한 흐름이 되리라고 전망하고 있다.

<조선일보.1월25일>

모든 기존의 관념이 무너지는데서 21세기의 인간의식은 새롭게 시작된다. 특히 예술의 변화는 더욱 심화될 것이고 문학의 경우는 항상 그렇듯 변화의 가장 후발주자가 될지라도 타예술의 변화를 궁극적으로 받아들일 수밖에 달리 길이 없다. 우선 인간의 의식이 변하고 의식이 변하면 표현의 방도가 변하게 된다. 문학의 토대가 인간의 의식을 표현한다는 영역에서 결코 벗어날 수 없는 진리에서 살 수 있다면 컴퓨터의 표현방법에 따를 수밖에 없다. 여기서 모든 예술의 표현이 기존의 형태를 해체 혹은 혼합되는 잡탕의 이론이 필연적일 수밖에 없다. 여기서 모든 예술의 표현이 기존의 형태를 해체 혹은 혼합되는 잡탕의 이론이 필연적일 수밖에 없게 될 것이다.

21세기의 한국 시문학을 전망하는 일은 점 집에 가서 점을 쳐보는 일과 다름이 없을 것이다. 다시 말해서 예언이란 결국 O.X의 선택을 구분하는, 둘 중에 하나가 결말이 되기 때문이다. 그렇다면 믿거나 말거나요 설사 맞는다 해도 다시 함정이 발목을 잡는 결과를 벗어날 수 없는 현상의 예언이다. 여기서 21세기를 말한다는 것은 가정법으로 출발해서 예언으로 끝나는 일에 다름이 아닐 것이다.

인간은 일정한 시기 구분을 마련하여 그 안에 어떤 특별한 내용을 담으려는 발상으로 역사라는 이름을 만들었다. 이는 살아왔다는 인간의 득의로운 뜻을 기록하기 위한 일이었지만, 승리자의 기록이 앞장을 장식하고 패배자의 기록은 항상 승리자를 위한 들러리 역할을 수행했다. 이를 역사라는 이름으로 정리하면서 오늘에 이르렀지만 승리는 항상 순서를 정해 놓지 않고 힘의 균형을 상실할 때면 어김없이 역전 현상을 드러낸다. 20세기에서 21세기라는 말도 그런 조짐을 보이고 있다.

여기서 한 가지 정리하고 들어갈 문제가 있다. 다시 말해서 숫자 개념만으로 의미를 삼아야 할 것인가 아니면 문화사적인 근거 위에서 변화를 수긍할 것인가를 정리할 필요가 있다. 21세기라는 말에 호들갑을 떨었고 이런 집단 중독 현상은 여전히 기승을 부리고 있지만 숫자 개념으로의 21이라는 말은 서양 중심의 현상을 추종하는 면이 강하다. 우리만 해도 4333년이란 역사를 가지고 있고 종교적으로 말한다 해도 석가모니 탄생은 예수보다 무려 544년을 앞섰기에 숫자로서의 서양기준에 호들갑을 떠는 것은 무리가 있다.

여기서 숫자의 희롱에 집착할 것이 아니라 문화적 변화를 거론하는 이유가 있다. 이는 인간의 생활에 변화를 거론하는 일이고 이에 따라 삶의 본질이 변한다는 근거를 내세우는 일이기 때문이다. 물론 미국이라는 거대한 문화가 세계를 지배하고 있다는 점은 21세기에도 지속할 것이라는 예상 때문에 중국이라는 거대한 국가조차 얼굴을 내밀지 못하고 있다. 이는 기독교 세력의 맹위와 연결되는 문제이기 때문에 얼마 동안은 피할 수 없는 현상을 감내 할 수밖에 없다. 정적(靜的)인 불교문화와의 대적보다는 오히려 회교 문화권과의 충돌에서 변화의 세기를 맞을 가능성은 헌팅턴의 말처럼 지금도 진행 중이다. 여기서 21이라는 숫자에 얽매이는 현상보다는 오히려 문화적인 구분으로 갈래를 잡는 것이 현명하다는 논리이다.

본인은 인간의 역사를 표현하는 방법을 두 가지로 구분하고 있다. 다시 말해서 서양식으로 말해서 20세기까지는 Pen(Pen의 주 사용자는 남자이고 여기서 파생한 것은 남자의 생식기인 Penis이다)의 역사였다. 이는 권력의 뜻이면서 표현에 절대 수단이었다. 그러나 20세기가 저물어지는 무렵에 나타난 컴퓨터의 출현은 20세기와는 다른 표현의 시대로 접어들었다. 표현 매체의 구분으로 말하면 20세기까지의 펜의 문화를 1세대 표현이라 한다면 컴퓨터 자판의 표현 방법은 2세대라는 말을 사용하고 싶다. 여기서 남자나 여자만의 전유물이 아닌 중성화 혹은 여성화로 기울어지게 된다.

　나는 이런 점에서 컴퓨터의 출현 이전과 이후로 문화적인 구분을 주장하는 이유가 있다. 왜냐하면 컴퓨터의 출현은 이전의 문화와는 판이한 — 펜으로의 표기 문화에서 터치의 표현 문화로 변모 — 펜으로 표현한 역사는 무려 2천년이라면 컴퓨터의 출현은 불과 1세기도 못 되는 시기에 그 변화는 서양 2천년의 표현 결과를 웃도는 성과를 예측하게 되었기 때문이다. 이는 인간 모든 면에서 변혁을 가져오게 되었고 또 변화의 사이클이 과거 펜으로의 문화 양상과는 판이한 판도를 그리게 되었다. 펜이 명상적이요 사고 중심적이라면 인간 행동의 묘사에 중심을 두게 된다. 아울러 인간 중심으로의 표현이었지만 컴퓨터의 출현은 이 같은 과거 문화 양상과는 판이한 인간의 의식구조를 가져오게 되었다는 점이다.

　20세기의 12대 발명품의 하나인 컴퓨터의 출현은 1943년이었지만 개인용 PC의 보급은 대학 중퇴생인 스티브 위즈니악과 스티브 잡스가 애플사를 설립하고 캘리포니아 산타클라라의 차고에서 첫 작품 애플 1을 조립한 것은 1976년에 650달러에 고작 200대를 팔았다. 물론 IBM설립자나 다름없는 토마스 왓슨이 수백만 달러나 되는 기계 — "세계 시장에서 컴퓨터 수요는 5대면 족하다"고 잘못 예상한 것은 1948년이었지만, 12만 달러 정도로 살 수 있는 소형 컴퓨터를 만들어 낸 것이었다. 70년대 말까지 100만대를 돌파했지만 그로부터 20여년 동안 한 가정에 한 대 이상의 컴퓨터를 소유하고 있고 기업의 생산성은 물론 인터넷을 통해 세계를 하나의 공간으로 축소했고 또 의식의 구조를 짧은 사이클로 묶어버리는 기능을 수행하고 있을 뿐만 아니라 지능형 컴퓨터가 인간의 영역을 커버할 가능성이 언제 우리 앞에 전개되는가의 시간만을 계산하게 되었다.

　그렇다면 컴퓨터가 글을 쓰는 시대는? 이런 질문의 답을 위한 기사를 인용함으로써 변화 속에 한국 시의 얼굴을 예상하게 된다.

인터넷이 영화 대본 집필 과정에서 창작의 산고를 없앴다. 컴퓨터를 켠 다음 20~30만원 짜리 소프트웨어를 작동시킨다. 프로그램이 시키는 순서대로 아이디어를 쳐 넣은 뒤 마우스 클릭 몇 번이면 근사한 시나리오 한 편이 완성된다. 최근 미국 할리우드 기성 작가와 지망생을 막론하고 애용하고 있다는 '영화 대본 소프트웨어'이다. ……생략…….대표적인 소프트웨어가 속 '스토리 엔진'이 가공해 낸다. 줄거리 뼈대를 세우고, 등장 인물을 새로 만들거나 삭제한다. 인물의 행동 동기가 타당한지도 검토한다. 회사 측은 "프로그램의 인물 무의식 상태까지 파고든다"면 "작가가 미처 생각지 못한 문제점을 짚어 내고 아이디어 샘을 자극한다"고 말한다.

<조선 일보 2000. 1. 11> ― 「시나리오 척척 쓰는 SW도 등장」

컴퓨터가 글을 쓴다는 것을 예상한 사람은 별로 없었다. 그러나 이런 예상은 현실로 다가왔고 또 급속한 진행을 보일 것은 당연한 일이다. 물론 작가 정신이라는 본질을 어떻게 이해하고 변명할 것인가는 기계에게 물어 볼 방도가 없는데서 인간의 희망이 있을 수밖에 없다는 점이다. 어떻든 시 또한 컴퓨터가 쓸 수 없다는 부인을 할 수 있는 방도가 묘연하다는데서 시인들의 임무에 새로운 탈출로가 있어야 한다는 주장이다. 이는 변화의 필연 속에 존재하고 있다는 것이 문학의 현실성과 연관이 있다는 말이다. 또한 컴퓨터의 발달은 인간의 모든 성향을 바꾸어 놓고 있을 뿐만 아니라 전통적으로 남자의 영역이 여자 쪽으로 이동하면서 여성이 남자보다 적극적이고 활동적인 양상으로 전개된다. 이는 펜(penis)이라는 파워의 형태에서 자판으로 이동 한 데서 오는 변화이자 모계사회의 형태 변화로 문화의 중심 축이 이동하게 될 것이다. 이는 펜에서 자판으로의 변화 즉 컴퓨터라는 이름에서 맞게 되는 남성 사회의 전통성이 무너지는 형태로 전개될 것이다.

3. 문학 본질의 변화

21세기라는 말에 호들갑을 떠는 일에 식상한다. 우리 문학은 우리 문학의 영토가 있고 서양 문학은 서양의 풍토와 영토에서 자라난 특성이 있기 때문이다. 그러나 오늘의 세기는 국수주의라는 편협한 협심증으로는 살아갈 방도가 없다. 개방적이고 또 포괄적인 마음으로 살아가야 하는 시대를 재촉하는 이유는 오늘의 시대적인 특성과 맞물리고 있기 때문이다. 이는 컴퓨터의 출현이 주는 급박한 변화를 어떻게 수용하는가에 따라 다른 삶의 문제뿐만 아니라 문학의 표현도 달라지기 때문이다. 가령 음악이나 미술에서 휴전이 실험되고 있다. 그렇다면 문학의 패러다임은 무엇이어야 하는가? 사실 문학은 미술이나 음악의 영향을 많이 받아 오면서 문학의 땅을 비옥하게 만들어 왔다. 이런 징후는 21세기에도 어김없이 진행될 조짐을 보이고 있기 때문이다. 이는 문학이 보수성을 나타내는 일이고 명상적인 특성과 문자라는 표현이 도구로 작용하기 때문이다. 그러나 21세기에도 이런 입장은 확고한 문학의 위치를 점할 것인가. 다시 말해서 이질적인 하이브릿드문화속에서 문학의 발판은 순종 고수가 아니라 착종 혹은 이종(異種)배합에서 개성을 찾는 시대로 변모하고 있지만 문학의 표정은 아직도 지난 세기의 표정을 짓고 있는 슬픈 모습을 돌아보아야 한다. 지금 컴퓨터의 출현은 인간의 기존 질서를 모조리 변모하는 와중에 어떻게 변모할 것인가를 예언할 수 없는 마치 기계가 인간의 의식을 대행하는 시대로 접어들었기 때문이다. 2000년 1월11일 MBC 텔레비전의 9시 뉴스는 음악과 미술이 컴퓨터에 의해 이종(異種)의 요소를 하나의 목적으로 합치하여 예술적인 세계를 보여주는 변화의 예를 들려주었다. 그렇다면 문학은 어떻게 받아들여야 할 것인가. 물론 대중 음악에서는 퓨전(Fusion)이라는 말―퓨전 재즈니 음악이라는 용어를 쉽게 들어왔지만 문학의 영토에서는 순정만을 고집하는 보수적인 특성에서 쉽게 문을 열지 못하는 점을 감안한다 하더라도 변화를 위한 속도 조절이 필연적이라는 점을 인정해야만 한다. 마치 구조 조정을 해야만 살아남을 수 있다는 기업의 급박한 현상— 문학의 세계는 아직도 잠을 자고 있다는 현상이라는 점이다. 여기서 문학도 퓨전의 길을 걷지 않을 수 없고 순종만을 고집하는 사고로는 예술의 자리에서 밀려나는 운명을 감당하게 될 것이다. 이는 변화에 대응하는 작가나 시인의 정신적 문제요 존재 자체와 연결 될 것이다.

4. 문학의 Fusion화

앞에서 문화 예술의 퓨전화를 언급했지만 문학의 땅도 이런 변화에 홀로 독야청청을 고수할 수 있다는 가정은 성립할 수 없는 일이다. 여기서 문학의 퓨전화라는 말이 미래를 위한 방법으로 대두된다. 결론부터 말한다면 문학이 장르라는 구분을 충실하게 지켜 왔지만 앞으로의 문학은 그런 형태의 집착이나 고수가 아니라 비빔밥식 혹은 모든 장르가 혼합된 퓨전화의 문학이 될 것이라는 점이다. 시 또한 전통적인 양태에서 이런 와해 혹은 변화를 절감해야 한다는 것은 시의 모독이자 시의 파괴라는 점에서 시인들은 우울할 것이다.

이는 시적인 패러다임의 변혁이고 이 변혁은 곧 시인들의 자리가 없어지면서 통칭되는 「문학인」이라는 용어로 대체될 지도 모른다. 그렇다면 그 증거를 앞세우는 논리는 무엇이라야 쉽게 납득할 수 있을 것인가?

어느 백화점에는 4층이란 말 대신에 유니섹스란 말을 쓰고 있다. 물론 이 말의 어원은 남녀 공용의 옷을 취급한다는 말이지만 상징성은 충분한 것 같다. 또한 전통적으로 남자와 여자라는 구분은 재래적인 관념으로 볼 때, 확연했고 명백하게 구분했기 때문이다. 왜, 남녀 공용이라는 말을 써야 했을까는 오늘의 문화를 살아가는 사람에게는 어려운 구분이 아니다. 가령 나이 많은 사람들은 이발소를 가야 하는 걸로 알았지만 요즘의 젊은 사람들은 이발소 대신에 미장원에 간다는 사실도 우리 곁에서 변화를 실감하는 일이고 머리 모양도 이미 남녀를 구분하기 어려운 현상으로 변화했다. 전통적인 것이 무너지는 자리에 이미 혼합 혹은 혼용의 조화만이 자리잡고 있는 것이다.

그렇다면 문학이 인간을 떠나서 표현의 문제를 제기할 길이 없다는 것도 잘 아는 문제이기에 표현의 전통적인 문제도 무너지고 있다는 명백성도 간과할 수 없는 일이다. 또한 전통적으로 예술은 개인이 하는 걸로 알았지만 이미 인터넷에서는 집체창작이라는 형태로 시험의 문을 지나고 있다는 점도 변화의 조짐일 것이다. 나는 이런 현상을 퓨전화 문학─영상과 미술과 기계의 혼합으로 이루어진 문학의 변화가 시작되고 있다. 여기엔 사회변화의 속도감에 먹히울 때는 명료한 구분의 애매성을 갖지만 완만하거나 느린 것에서는 뚜렷한 구분의 확실성을 갖게 된다.

그렇다면 전통적으로 시와 소설 그리고 수필과 평론, 희곡이라는 구분의 형태가 앞으로도 지속될 것인가라는 점을 떠올리게 된다. 여기에 대답은 「아니다」라는 쪽으로 고개를 돌리게 된다는 말은 모두(冒頭)에서 피력했다. 다시 말해서 문학은 장르 구분이 모호해지면서 「어떤화」라는 추상적인 단계로 접어들게 된다. 이런 근거는 「문학은 현실을 반영한다」는 아리스토텔레스의 주장 이후 인간의 생활과 삶과의 관계는 변함없는 현상으로 유지되어 왔다. 또한 문학을 컴퓨터가 창작하는 시대가 온다 하더라도 변함이 없을 것이란 점에서 예상의 근거를 마련할 수 있을 것이다. 왜냐하면 컴퓨터가 인간의 지능을 갖고 사고를 한다 해도 결국은 인간이 조정하고 입력하지 않으면 그것은 기계라는 싸늘한 체온을 갖고 있는 덩어리이기 때문이다. 현실을 살아가는 사람만이 문학을 창조할 수 있고 또 그런 사람에 의해서 사상─여기에 다른 감수성을 미적으로 조합할 수 있는 소프트웨어를 조작할 수 있기 때문이다.

5. 문학의 「어떤화」

변화를 말한다는 것은 구체적인 상황을 만들기 위한 예측일 것이다 .그러나 그 변화가 현실로 나타나기 전까지는 항상 모호하고 추상적인 형태로 모습을 드러낸다면 문학도 시와 소설과 평론 그리고 수필이 합해져서 「어떤화」로 변모된다는 점이 미래의 문학적인 모습이라 말할 수 있다. 앞에서 언급한 바와 같이 성의 구분이 모호해지는 것 같이 미래의 사회는 시와 소설이라는 구분보다는 이들이 합해져서 나타나는 현상을 나는 —수필화— 혹은 그런 양만큼의 형식적인 한계와 내용에서도 엄격한 격식을 떠난 자유화의 길이로 변모할 것이다. 여기에는 매우 모호한 구분의 애매성을 간파하는 일이 우선일 것이다. 그렇더라도 애매성에는 거기에 따르는 문제를 항상 내포하고 있고 도 그런 애매성을 구분하는 일정한 절차는 있어야 한다. 아무리 모호라는 의복을 입었다 하더라도 명백하게 정리되는 현상—나는 이를 존재의 원리라는 이름으로 명한다. 존재라는 현상은 어떤 구분을 가능하게 하지만 정작 존재를 이끌어 가는데서 섞어지는 일이 인간사의 일이기 때문이다. 섞어진다는 말은 앞에서 말한 퓨전이라는 말도 적용되겠지만 이와는 달리 구분의 명료화 또는 남자와 여자라는 성의 구분을 지을 필요는 있다. 이런 본질은 가령 낮과 밤이라는 구분을 아무리 섞어 놓는다 하더라도 낮은 낮이요 밤은 밤이라는 명백성을 혼동할 수 있을 것인가? 여기서 「어떤화」라는 말은 결국 양적으로는 혼합되어 애매하더라도 질적인 문제에서는 확실한 자태로 정리된다는 점이다. 그렇다면 어떤의 표정은 어떻게 될 것인가라는 의문이 설정된다.

한 가지 명백한 것은 수필화라는 점이다 이는 형태에서 수필화라는 말을 쓰는 이유가 있다. 나는 이런 현상을 「어떤화」라는 말로 정리한다. 이는 현대인의 특성이 조급하고 또 컴퓨터에 길들여진 인간의 심정을 문학의 감수성을 전달하는 방법에서 길이와 내용의 변화를 재촉하는 이유가 될 것이기 때문이다. 이런 모든 이유의 근저(根柢)는 시대의 변화 즉 삶의 변화가 농경 사회에서 정보화라는 스피드로 살아가는데서 얻어진 인간 심성의 변화를 문학이 수용하는 절차라는 점이다. 인간의 삶의 변화에 따른 문학의 변화는 결국 명상적인 혹은 철학의 깊이와는 무관한 그리고 영상 매체에 의해 사고가 형성된 현대인에게 과거의 문학적인 형태가 납득할 수 없다는 것은 명백한 가정이기 때문이다. 여기서 길이와 내용의 입체성이 이니라 단순화 혹은 일과성에 길들여진 심성에 상상력을 돋구어 줄 문학의 역할이 있게 될 것이다.

6. 시의 역할

지금까지 시의 역할은 문학의 선두 주자로서 임무를 다 해 왔다. 다시 말해서 문학의 다섯 형제 중에서 시는 앞자리에서 그 소임을 다 해 왔다는 뜻이다. 그렇다면 왜, 시가 앞자리에서 이름을 유지했는가를 점검하는 일이 중요할 것이다. 이는 시의 특성이 비단 문자로 표현하는 기능에서 벗어나 인간의 본질적인 감성에 접근해 있다는 의미를 발견해야 한다. 다시 말해서 시는 인간의 영혼을 위로하고 인간의 정서를 순화하는 가장 깊은 의미를 간직하고 있기 때문에 시를 앞자리에 앉히는 의미가 될 것이다. 물론 그 장치는 상징과 비유를 통해 직접적이기보다는 이미지의 숲을 만들어서 인간을 바라보는 예술 ─가령 공자의 생각으로 시는 곧 인간의 윤리였다. 이는 만년에 톨스토이나 괴테가 「인생을 위한 예술」을 주장하면서 도학자로 기울어진 것이나, 유명한 詩三百 一言而蔽之 曰 思無邪라는 말은 곧 시가 인간의 본능적인 감정이 적나라하게 표현되어 있고 또 자유분방한 사랑 혹은 인생의 고뇌를 순수하게 읊조린 노래를 뜻했다. 다음 양화편의 말은 앞에서 공자의 뜻을 집약하는 의미를 담고 있다.

子曰『小子.何莫學夫詩,詩,可以興,可以觀,可以群,可以怨,邇之事父,遠
之事君,多識於鳥獸莫木之名』
　(너희들은 어찌 시를 배우지 않느냐? 시는 감흥을 일으키며 감
흥을 일으키며 인정을 관찰케 하며 사람과 어울리게 하며 非情을
원망할 줄 알게 한다. 가까이는 어버이 섬김을 가르치고 나아가서
는 임금 섬기는 바탕이 되며 새와 짐승과 초목의 이름을 많이 알
게 한다.)

　공자의 시 효용론을 집약한 말이다. 시는 사람의 정신을 자극케 하
여 밝은 마음을 갖게 한다. 이는 사람이 사람의 역할을 하려면 정신
의 자각 현상이 있어야 하기 때문이다. 진선미에 대해 감동할 줄 알
아야 하기 때문에 희로애락을 있는 그대로 수용하게 되면서 정서의
균형을 유지하는 인간의 얼굴로 돌아갈 수 있게 된다. 여기서 시는
스스로를 위장하거나 꾸미는 것이 아니라 오히려 인간의 순수한 모
습으로 돌아가는 길을 제시하는 것이 공자가 말한 시의 효용론이다.
즉 시는 인정을 관찰하고, 더불어 사는 감정을 유지하게 하고 비정을
원망하는 평형의 마음과 국가를 생각하는 마음을 가질 때, 시는 자연
현상에서 자기의 존재를 자각하게 하는 기능을 갖는다는 뜻이다. 이
리하여 興於詩의 경지에 이르는 길을 제시하는 것으로써 사상의 중심
으로부터 인간의 완성을 제시하였다.
　이런 논리의 제시는 전원 중심의 20세기까지 전통적으로 동서양의
시(예술)는 인간 완성의 도구로 생각했다는 점에서 예외가 아니었고
시가 앞자리에서 위용을 자랑하는 기능이 되었다.
　그렇다면 21세기 - 산업화를 지나 정보화의 초스피드한 사회 - 영
장류의 원숭이까지 복제하는 시대에 시의 기능도 과거와 같은 영화
를 누릴 것이라는 예상은 환상일 것이다. 이미 시는 인간의 곁에서
초라한 몰골로 자리를 지키는 신세가 되지 않았는가? 여기서 그 대답
은 확실하게 피력할 수 있는 예상은 없다. 왜냐하면 시 또한 컴퓨터

가 제작할 수 있을까라는 의문에 강하게 부정할 수 있는 자신감이 없기 때문이다. 인간을 복제하는 시대에 시의 제작을 의문한다는 자칫 어리석은 질문일지 모른다. 그러나 여기서 명백한 것은 인간 생명의 본질을 복제하는 것은 가능할 지 모르지만 예술의 복제는 이미 복사기로 찍어내는 것 자체가 가짜라는 점에서 예술의 복제는 불가능하다. 그 자체가 이미 가짜일 뿐만 아니라 오로지 하나의 생명이 있어야 한다는 것이 예술의 운명이다. 비록 시대의 현란한 변화의 와중에서 인간에 의해 탄생된다 하더라도 시는 단연 홀로 지켜 온 인간의 운명과 같이 세기를 넘어가는 이유가 될 것이다.

그러나 시의 자리는 확실히 변모할 것이다. 과거처럼 명성의 앞자리에서 진두 지휘할 힘은 잃을 것이다. 왜냐하면 시는 영상과 결합하는 탈출로를 가져야 살아갈 수 있는 명분을 얻게 되고 또 존재할 수 있기 때문이다. 즉 빠르게 변화를 체험하는 인간에게 평면적이고 사고 중심적인 시에서 입체적인 방도로 전환하는 자리를 가져야 한다. 길이에서 지리하고 또 명상적인 태도의 문화가 아니라 변화의 스피드 속에서 스릴을 맛보는 것이 현대인의 심리적인 현상이고 또 이런 정서는 정지에서보다는 활동에서 감각적인 정서로 변모되었다는 점이 과거에의 시의 입장을 변모시키는 원인이 될 것이다. 이런 사회 변화의 추세는 결국 시의 형태와 내용을 변모시키는 원인을 제공할 것이고 또 변해야만 시의 묘미를 전달하게 될 것이다. 가령 1920년대의 김소월의 「진달래꽃」이 젊은 현대인에게 감동으로 다가갈 수는 없기 때문이다. 시의 구조가 문제가 아니라 담겨져 있는 시적 화자의 정서는 이미 과거의 유물이 되었기 때문이다. 여기서 멀티포엠의 현상은 아마도 필연적인 사실로 대두될 것이고 또 이런 추세는 곧바로 영상이 위주가 되고 문자는 영상을 떠받치는 역할을 수행할 지 모른다. 그림을 먼저 보고 그 뒤에 따라오는 훈련 - TV를 바라보고 성장한 현대인의 문화 훈련은 TV 및 영상의 출현과 동시에 시의 위기가 다가왔었다. 이런 현상은 느리게가 아니라 급격하게 다가왔다는 점에서 준비를 갖추지 못했고 여기서 시의 정체성을 가져왔다.

이제 시는 공자가 말한 윤리 도덕을 거론하는 기능도 또 톨스토이가 말한 생활 예술의 자리도 아니다. 다만 시는 인간의 정서를 순화하고 상상력을 촉발하는 임무에 가까이 가는 위치의 협소를 스스로 자초해야 할 것이다. 그리고 다만 시가 자리할 수 있는 위치에서 성실한 역할을 수행하는 감성의 조련에 임해야 한다.

인간의 사회 현상과 감정이 변한다 하더라도 인간은 시적인가? 물론 그 대답은 「그렇다」이다. 이는 시가 인간 존재의 곁에 있어야 하고 또 인간을 위무하고 인가의 감정을 밝은 곳으로 이끌 수 있는 기능을 포기할 수는 없다. 돼지나 짐승이 아닌 한, 시는 인간의 몫이고 인간을 위한 자리를 마련해야 한다. 설사 인간이 시를 이해할 수 없다 하더라도 시는 인간의 곁에서 그 자리를 위한 노력을 해야 할 시인의 임무가 포기되어서는 안되기 때문이다.

시심은 인간을 위해 담당해야 할 책무가 있다면 이는 곧 앞으로 시의 표정을 다시 바라보아야 할 인간의 의무도 있다는 뜻이다.

7. 카오스의 함정에서

고전 물리학과 현대 물리학의 구분은 절대시간과 공간이 「있다」에서 「없다」라는 사실을 증명한 아인슈타인으로부터의 변화를 말한다. 자연과학은 증명이 필요하지만 예술은 증명할 방도가 없다. 다만 현실과 밀접성을 가질 수 있는가 없는가의 여부에 따라 인간의 필요에 얼마나 접근하는가의 여부를 따져 볼일이다. 다시 말해서 시가 인간에게 절대 함량으로 다가갈 수 있는가의 문제를 판별하는 일이 시의 새로운 효용으로 나타날 일이다. 시의 기능이 과거와는 달라졌지만 현대인의 정서와 감수성의 바탕을 이루는 요소로 작용하는 필요를 세상에 펴는 일이 시인의 새로운 임무요 이는 시의 초창기에 감당했던 음유의 노릇으로 다가가는 원점 회귀와 다름이 없을 것 같다. 어떻든 문학―시의 위기라는 말과 또 변화를 위한 새로운 몫이 있어야 한다는 점에서는 명백한 현상일 것 같다. 즉 시의 원시화라는 고향으로의 귀환에서 무슨 표정을 지을 수 있을 것인가를 예언할 수 없는 카오스의 함정에 점차 빠지고 있다.

2. 수 필

등단순위

임중택	황태근
송영만	정정성
남궁선순	사공정숙
권영재	김계순
박지연	차갑수
강해경	김지영
엄명자	〈음악평론〉 서영환
위불 최영태	

임 중 택

약력
한국 수필가 협회 회원
강동문인회 회원
예시수필 동인

저서
『사랑이 머무는 노을
비 고향』
공저 ;
『사랑을 줍는 사람들
의 기침소리』,『갈숲에
이는 바람』

주소
서울시 강동구 상일동
주공APT 320동 301호

전화
집 : 02)427-0733

자화상

선생님이란 무게에 눌려 옆 사람 얼굴 한 번 제대로 쳐다보지 못하고 살아온 교직생활 40여년.

퇴직을 하면 못 다한 일 마음대로 해보고 자유인이 되고 싶었다. 가족들과 여행도 많이 가고 책도 많이 읽어 좋은 작품도 많이 쓰고 싶었다. 가족들과 여행도 가고 재미있고 행복하게 살고 싶었다.

그러나 모두가 계획일 뿐 이루어지는 게 한가지도 없다.

직장에 있을 때 보다 낚시질 횟수도 오히려 줄었고 책 읽는 빈도수가 더 줄었다.

퇴직 한 지가 4년이 지났건만 여행다운 여행 한번 가보지 못했다.

어디서 와서 어디로 가는지도 모르는 세월. 눈에 보이는 것도 바람만큼의 느낌도 없으면서 되풀이되는 세월의 흐름은 무한의 회전만을 계속 할 뿐이다.

매일의 일상은 끝도 없고 무수히 치러야

할 일과 속에 지친 걸음을 걷다보면 즐거움과 기쁨은 순간일 뿐 이를 쫓다보면 어느새 정체가 보이지 않는 그림자일 뿐 눈앞의 실상은 순식간에 사라지고 만다.

사람의 마음은 잠시도 쉴 사이가 없나보다. 이 생각이 끝났는가 하면 저 또 다른 생각이 밀려오고 이 문제가 해결되었는가 하면 저 문제가 새로이 고개를 든다.

이러한 일상의 일에 정신을 쫓다보면 자신의 모습이 어디에 있는가조차 의심이 가기도 한다.

반대로 거대한 자연을 바라보고 있으면 그 묵묵한 자세에서 나를 되찾는 환원을 느낀다. 그리고는 챙겨서 나 자신의 자리로 돌아가야겠다는 노력을 하게 된다.

원점을 버리고 있을 때라야 사람들은 객관적인 안목을 가지게 된다. 세상물정을 보는 안목이 정확해지고 떨어지지 않게 된다.

그런데 우리는 원점에서 너무나 먼 곳에 떨어져 살고 있는 것 같다. 공연히 미워하는 일에 열을 올리는가 하면 때론 무익한 고독에 빠져 들어가서 자신과 싸움을 벌리기도 한다.

도대체 '나'라는 것이 무엇인가?

나를 떠나야만 진실한 자연을 만날 수가 있다는데 왜 이렇게 살아야 하는가?

'나'라는 것에는 시간과 더불어 묻어온 또 다른 '내'가 있는 것 같다. '내' 아닌 모습으로 변해온 '나'의 역사를 무시하지 못한다.

무슨 일을 하거나 처리할 때 일을 담당하는 사람은 내가 아니요 나의 경험에서 나와 더불어 살아온 시간의 능력이 아니겠는가?

늙기를 두려워하고 주저할 것이 아니라 어떻게 품위있게 늙느냐에 고민할 것이며 그냥 나이만 먹는 늙은이가 아니라 진짜 늙은이가 되기 위하여 노력할 것이다.

나는 바람이 되고 싶다. 흔적도 없이 사라지는 평범한 바람이 되고 싶다.

산에서는 산바람이 되고 강에서는 강바람이 되고 싶다. 바람은 아무런 제약도 잔소리도 얽매일 것도 없다. 그런데 난 바람도 못되고 물도 못된 채 돌멩이처럼 떠 밀려가고나 있지 않는지…….

풀 한 포기 나무 한 그루를 보면서 내가 지금 서있는 위치가 어떤 위치인가를 두려운 마음으로 보게 되는 것이다.

멀어져가는 것은 아름다운 것.

기억 저편 풋풋한 추억이 있기에 그리고 나를 항상 반겨주는 고향이 있기에 우리의 삶은 지치지 않고 아름답게 이어가는 것이 아닐까?

이제 내 일생도 머지않아 가을의 끝이 될 것이다. 끓는 피도 터질 듯한 심장의 박동 소리도 아스라한 옛 이야기가 되어버릴 나이…….이 나이에 무엇을 갈망하며 무엇에 더 집착할 것인가.

오늘은 유난히 가을 하늘이 드높고 청아하다.

싱그러운 햇살이 아름으로 쏟아진다.

정말 정갈하고 물빛 고운 아름다운 날씨다. 이런 날이면 모든 것 훌훌 털어 버리고 어디론가 훌쩍 떠나고 싶은 여심(旅心)이 인다.

송 영 만

약력
1937 전북 군산 출생
1988 "예술계" 수필부
문 신인상 수상
1988 한국문인협회원
1991 전북수필문학회
부회장
1996 예술시대 작가
회 부회장
1998 전북수필 문학
상 수상
1999 군산 신풍 초등
학교 교장(퇴직)

주소
전북 군산시 금광동172
삼성APT 6동 509호

전화
집 : 0654)462-8860
휴대폰 : 011)651-8869

측간고(厠間考)

　외국 여행길에 사진 찍을 만한 곳이 많기
도 한데 그 중에서도 변소 앞에서만은 반드
시 사진기를 들이댔다. 평소 우리네 변소를
화장실이라고 하는 걸 마땅치 않게 생각해온
터라 미국에 갔을 때도 변소간 명칭을 뭐라
고 하는지 그냥 뒷간이라고 쓰는 곳은 없는
지 두리번거렸고 일본, 중국 가는 곳마다 유
별난 짓거리를 하여 왔다.

　정작 미국에 가보니 워싱턴과 뉴욕에도 호
놀룰루에도 레스트 룸(Rest Room)이나 워쉬 룸
(Wash room)은 있어도 토일릿(화장실)은 없었
다. 영국에 갔더니 토일릿(Toilet)이라 하더라
만 이번 중국 여행길에서 곳곳에 쳐수어(厠所)
를 발견하고는 '요거다! 하며 제대로 측간을
만난 반가움에 신이 나서 셔터를 눌러댔다.

　상해의 호텔에서건 북경의 고궁에서건 중
국인을 만날 때마다 알면서도 '쳐수어 짜이
나얼(변소가 어딥니까?)'하고 물어 보는 게
재미있었다.

우리 나라에서 화장실이 어디냐고 묻는 것보다 훨씬 소박한 품성이 통했기 때문이다. 정말 나는 이 화장실이란 말이 도무지 마음에 들지 않았다. 그 동안 우리 나라 공중 변소 어디에서 무슨 화장을 할 수 있었던가.

대변(大便)과 소변(小便)을 배설하는 곳 - 변소(便所) - 이 얼마나 다정하고 솔직한 표현인가.

인간이 살아가는데 있어 반드시 행하여야 할 식사, 배설 등의 원초적이고 본능적인 단순한 생리 현상에도 어느새엔가 어떤 규범이 생겨 식사 예절이랄지 나름대로의 위상이 정착되어 있다.

배설 작용을 하는 장소인 뒷간에 있어서도 우리 민족 나름대로의 여러 가지 이야깃거리가 따라 다녔다.

일본인에게도 예외는 아니어서 그들 최고(最古) 역사서인 고지끼(古事記)에 나오는 뒷간의 이야기는 음산스럽고 전쟁이야기 만큼이나 무서우나 싫지가 않다.

수렵시대에서 농경시대로 변하면서 뒷간 설화도 용변이라는 끈적끈적한 냄새 나는 행위가 음산하기만 한 것으로 변질되지는 않았다.

농경이 이루어지고 분뇨가 비료로 이용되고 뒷간이 저장고화 된 중세에 들어와서 뒷간은 신이 지켜주는 곳으로 생각되고 있었다.

중국의 고승인 혜과(惠果)가 뒷간에서 전생에 죄를 범한 귀신을 만나는 이야기가 있다. 또 그 밖의 이야기에서도 뒷간은 안채에서 떨어진 인적없는 장소로서 요괴(측귀厠鬼)를 만나는 곳으로 되어 있어 무서움을 주었다. 현대적 의미로 해석하면 고혈압 환자가 아니라도 밤에 추운 변소에 가서 둔부(臀部)를 노출했을 때 생길지 모르는 응급상황을 경계하기 위함이란 생각도 든다.

무서운 곳으로서의 뒷간은 그 때문에 신비적인 곳이라고 생각하게 된 것은 당연한 일일 것이다. 특히 농민에게 있어서 인분은 귀중한 비료였기 때문에 뒷간을 소중하게 여기는 것은 필수적인 행위였다.

거기에서 뒷간의 신이라는 것을 생각하게 된 게 아닐까?

뒷간 신(廁鬼)은 인간이 대변을 보면 오른 손으로 받고 소변은 왼손으로 받는다고 한다. 귀신이 그럴진대 사람도 소변을 눌 때는 왼손을 쓰는 것이 옳은 일이었다.

어렸을 때 들은 이야기인데 지금은 다 돌아가셨을 연세 많으신 할머니들은 사윗감이 집에 와서 오줌 누러 뒷간에 가면 몰래 따라 가는 게 상례였더란다. 바지춤 속에 있는 것을 오른손으로 꺼내어 일을 마치고 나오면 그것은 사윗감으로 퇴짜였다. 소변은 시작도 왼손, 뒤처리도 왼손으로 해야 하고 대변은 오른손으로 끝마무리를 해야 양반이다.

다시 뒷간 귀신 이야기를 이어보자. 대소변 받느라 두손을 다 바쁘게 사용한 터라 인간이 뒷간에서 침을 뱉으면 신은 더 이상 손으로 받을 수 없기 때문에 할 수 없이 입으로 그것을 받는 것이다. 뒷간 신에게 그런 죄송한 짓을 저질러서는 안 된다는 것이다.

오래 전에 상영된 영화 「아제아제 바라아제」에서 강수연이 절에 들어가 행자가 되어 뒷간 소제를 하다가 침을 뱉었다고 스님으로부터 크게 꾸중을 듣는 장면을 보았다. 더럽게 생각해서는 안 된다는 뜻보다 어디다 침을 함부로 뱉느냐고 야단을 맞은 것이다.

뒷간을 아름답게 하고자 특별히 의식하여 수행(修行)으로써 중시하는 곳은 선종(禪宗)의 사찰이다. 그들은 사람들이 싫어하는 변소 청소를 적극적으로 행하는 것이 덕을 쌓는 일이라고 가르치고 있다. 누구든 산 속의 절을 찾아갔을 때 깨끗이 소지(掃地)가 된 넓은 도량을 살피고 뒷간을 찾았을 때 배설물이 떨어지는 곳이 저 밑으로 아스라이 멀어 현기증이 나도 청결하게 소제(掃除)되어 있으면 더욱 상쾌한 기분이 되곤 한다.

나는 이유야 어떻든 지금도 변기에 침을 뱉는 일에는 심리적으로 거부감이 드는데 이것은 어렸을 적에 들었던 뒷간신 이야기 때문인지도 모른다.

임산부가 자주 뒷간 청소하면 안산(安産) 한다. 귀여운 아기가 태어 난다고 하는 것은 뒷간 신과 삼신할매가 상부상조한 덕업인지도 모른다. 유아사망률이 높았던 옛날에도 뒷간에서 낳은 아기(똥니 : 분녀 糞女)는 무병 장수 했고 그렇지 않은 아이도 개똥이 같은 이름으로 불러주면 죽지 않고 잘 살았다고 한다.

일본 사람이 쓴 글에서 본 것인데 18세기 영국에서는 3층 4층 건물에서 아침 분뇨를 노상에 던져 버렸다는 사실이 기록으로 남아 있었다지만 우리 나라에서는 나무통 덕분에 지극히 위생적이고 효율적으로 도시와 농촌과의 순환 시스템이 가능했던 것이다.

그러던 것이 쾌적함을 추구하는 급격한 서구화, 도시팽창은 그것을 허락하지 않게 되어 수세식 변소가 주류를 이루게 되었다. 생각해 보면 나무통에 담아 지게로 져 날라 기본 비료로 쓰는 대신에 물로써 어딘가에 흘려 내려보낼 뿐 재활용되지 않는 건 오히려 퇴보되고 말았다는 생각이 든다.

신토불이(身土不二)라고 생태학적으로 말한다면 분뇨는 조금씩 물로 희석되어 농지에 뿌리는 것이 좋다고 하지만 실행에 옮겨지기에는 어려운 노릇이다.

요즈음 같이 욕실이나 변소를 타일로 새하얗게 만드는 것은 인간 다움이나 자연이란 것이 문화라는 마음 씀씀이에 밀려나고 만다는 기분이다. 수세식 변소에 의해 물과 함께 뒷간 신(厠鬼)까지 흘러 내려 가 버려 사라진다는 것은 옛것이 깡그리 없어지는 게 아닌가 하는 아쉬움을 남긴다.

아파트가 많아져서 웃목 아랫목도 없고 집을 지켜 보호해 주는 성주, 부뚜막을 관장하던 조왕신(竈王神)도 운신할 곳이 없어졌다.

옛날처럼 비위생적인 측간으로 돌아가자는 것은 아니로되 쉬면서 화장할 곳도 아닌 변소를 화장실이라고 하는 말만은 정말 질색이다. 시아버지와 며느리가 걸터앉는 변기를 같이 쓰면서 향수(鄕愁)같은 걸 느낀다고 나무라도 나는 할 수 없다.
쳐수어 짜이나얼(변소가 어디 있습니까?)

8일간의 꿈길

남 궁 선 순

약력
1953. 익산출생.
1990. 예술세계 신인상.
한국문협회원.
예술시대작가회 회원.
진안 문협부지부장.

주소
전북 진안군 주천면
무등리887 무릉농장

전화
집 : 063)432-6803

밤사이 내린 눈이 고스란히 쌓였는데 한 낮이 되도록 여전히 은빛 눈발이 날린다.

햇님은 제자리를 지키고 있을 뿐 눈을 시샘하듯 불어대는 억센 바람에 빌려 빛을 발하지 못하고 얼어붙었다.

앞산 골짜기에서 회오리쳐오는 눈보라가 코앞까지 밀려와 팽이 돌 듯 돌며 하늘로 치솟는다.

겨우내 몇 번 볼까 말까한 진풍경이 벌어진 것이다.

그때마다 폭풍의 언덕이 저랬을꺼야, 어떤 영화 속의 장면이었더라? 하는 생각이 꼬리를 물고 이어졌다.

이런 날은 넋 놓고 앉아 눈구경 하기 바쁜데 그날만은 예외였다.

초행길에 눈 덮인 산을 넘고 넘어 우리집을 찾아오고 있는 사람들이 있기 때문이다.

며칠 전부터, 새로운 만남에 대한 기대반 두려움 반으로 설레이는 마음을 주체 못하고 있었다.

　다 그만 두고 어서 바람과 눈이 그쳐 그들이 편히 올 수 있도록 길이 녹아 주길 바라는 마음뿐이다.

　내 걱정과는 달리 그들은 용감하게도 눈 속을 뚫고 상기된 얼굴로 들이 닥쳤고, 지나온 여정을 풀어놓아 적막하던 집안은 술렁이기 시작했다.

　학생들과 성인으로 구성된 일행은 아쟁을 연주하는 사람들로 산(山) 공부를 하기 위해 우리 집까지 찾아오게 되었단다.

　그날 저녁 모두가 무사히 도착한 것을 기뻐하며 아쟁 합주를 벌였다.

　아쟁은 바이올린처럼 활을 쓰며 가야금과 비슷하여 낯설지는 않았다.

　그러나 생음악으로 처음 듣는 그 소리만은 놀랄만큼 심금을 울리는 데가 있었다.

　아쟁이 내는 모든 소리는 인간의 육성으로 흉내낼 수 있다는데 그래서인지 '싸랭'하며 십여명의 합주가 시작된 순간 소름이 끼칠 만큼 폐부를 찌르고도 모자라 손끝까지 저릿해왔다.

　수 십년을 살며 사물놀이, 가야금, 대금 등의 국악 연주를 들었지만 이처럼 여태까지와 색다르고 강한 느낌은 처음이었다.

　그들과 첫 만남의 감동이 채가시지 않은 다음날, 일찍 일어난 문수 선생이 아침마다 듣는 '영산회상'을 들려주었다.

　'영산회상'은 국악기 중에도 관악기 위주로 연주되는 곡이며 주로 정신수양의 수단으로 이용되는 정악으로써 연주자나 듣는 이의 마음을 가라앉히는 심오한 맛이 나는 곡이다.

　첫소절, 거문고의 낮은 음이 무겁지도 가볍지도 않으며 던져지듯 날려지듯 그렇게 열리는데 명상에 어울리는 자정작용을 지닌 음악이었다.

　이 시간은 내가 아침 준비를 위해 싱크대에 매달려 있는 시간으로 평상시는 서두르느라 조급해지기 쉬운데 그날은 느긋한 기분으로 준비했던 기억이 또렷하다.

자칫 산만하기 쉬운 식사시간을 조용히 보내고 조금 쉬는지 마는
지 싶더니만 곧바로 아쟁 합주를 한바탕 두바탕 연속하여, 이제부터
제대로 들어보리라 맘먹고 두 귀를 활짝 열었다.

십여대의 아쟁이 펼치는 소리의 웅장함에 우선 가슴이 무너져 내
렸다.

산조 한 곡에 희노애락이 스며있고 탄생과 죽음에 이르기까지를
표현하고 그 환희와 애달픔이 교차되며 한시도 마음을 놓아주지 않
고 잡아 흔들었다.

합주가 끝나면 각자 레슨을 받고 부족한 부분은 손가락에 물집이
잡히도록 연습에 연습을 거듭하는 그들의 모습이 숭고하게 조차 보
였다.

식사 시간을 제하고는 하루종일 온 집안에 아쟁소리가 끝이질 않
았다.

절절한 아쟁의 음률에 의해서, 좋은 소리가 이토록 감흥을 일으키
는걸 왜 진작 몰랐던고 탄식하다보면 훌쩍 하루 해가 기울었다.

얼얼한 가슴으로 저녁상을 차리고 몸도 마음도 녹초가 되었을 그
들을 위해 반주를 곁들여 내었다.

초저녁 창밖엔 백설이 만건곤하고 해도해도 모자람에 대한 갈증을
탁배기 한 잔으로 풀어 보는 시간.

그의 연주는 너무도 완벽해서 겁이 날 지경이라는 우리의 문수 선
생, 뱃속 저 바닥에서 터져나오는 듯한 '이산 저산'이 우리네 세상살
이를 들려주고, '계수나무 그 끝터리다~'쯤에선 나도 모르게 아랫배
에 힘이 쓰이고 목청 돋우어 지는 것을 막을 수 없었다.

세상사 이맛저맛, 앉아서 사계절 풍상 겪고 나면 생각지 않은 한녕
선생의 살풀이가 이어졌다.

웬만한 여자보다 한층 얌전한 자태로 사뿐사뿐 춤사위 곱기도 하여

아직까지 듣고 본적 없는 여기는 천상 그곳이 아닐는지 꿈결 같았다.

턱 떨어진 아해처럼 입이 해 벌어지고 눈에선 절로 진물이 배어 나왔다.

너무나 행복해서 너무나 무량해서 이리라.

그들은 찬밥에 채나물 고추장 얹어 비비적거려 먹으면서도 맛있다.

김치뿐이니 어쩌는 수도 없지만 김치가 제일 맛있다며 잘도 먹어주던 사람들.

악기를 만져 좋은 음률을 만들어 내다보면 심성이 그리 착해지는지 하나같이 순둥이였다.

시험을 앞둔 제자를 끌어안고 걱정되어 눈물짓는 선생을 보고 모두들 눈물바다를 이루던 여린 가슴의 사람들, 먹을 것도 변변치 못한 산골짜기, 경험이 없어 준비도 제대로 못한 우리집에 찾아온 사람들, 어떤 인연이길래 전생에 서로가 무엇이었기에 여기에 모이게 되었을까.

새천년을 맞이하는 의미깊은 이밤에 촛불을 켜고 마주 앉았을까?

밤이 이슥해지고, 아랫목에 모여 앉아 재갈재갈 웃고 떠들며 시간을 밀어내고 냇물도 지쳐 잠이 들만한 새벽녘에야 창문에 불이 꺼졌다.

그들과 함께 지냈던 동안 좋은 소리 듣고져 이바지 끌어 안고 찾아왔던 시인 친구, 음악을 사랑하는 멋쟁이 촌장부부, 늦둥이 교육차원에서 왔다던 교수 친구, 학생들 격려하려 인절미 해왔던 학부형, 국악이라면 무턱대고 좋아라 하는 친구들이 흠뻑 취해 쏟은 눈물이 한 사발은 됨직했다.

저마다 행복했던 날들이었다.

8일간의 만남에 끝을 맺고 헤어져야 했던 시간,

눈빛 마주치면 비오듯 눈물 쏟아질게 뻔해서 애써 외면하며 뜨거운 포옹 나누고 눈 내리깔고 손만 잡아 흔들었다.

좋은 소리가 아름다운 춤사위가 한 만남이 사람을 이처럼 기쁘게 하고 또 아프게도 하는 걸 체험한 고귀한 시간이었다.

새로운 세계의 발견이 감격스럽고 이로 인해 풍요롭게 펼쳐질 내 삶에 대한 기쁨이 넘쳤다.

모두들 떠난 빈 집, 벽에도 창에도 천장에도 아쟁소리가 묻어있어 눈길만 고정하면 그대로 음률이 되살아 날 것 같아 애잔한 살풀이 한 마당을 듣는다.

오래 잊지못할 얼굴들이 하나 둘 떠올랐다.

늙은 학생 박교수, 풍성한 성진, 유순한 유정, 끼있는 영민, 원만한 영화, 말없는 현주, 재치있는 아름, 다소곳한 민정, 그들은 겸허를, 인내를, 사랑을 일깨우는 소리를 만들어 내고 있다.

나는 어떤 연유로 해서 이런 분에 넘치는 행복을 누리며 살까.

최선을 다하지 못했음에도 고마운 마음만 받게되고—.

한결 따뜻해진 심장에서 더운 기온이 온몸을 감싼다.

눈에 보이는 모든 것들이 아름다울 뿐이다.

나는 참 복도 많은 여자다.

권 영 재

약력
한국문인협회 회원
예술시대 작가회 회원
서울 정도 600년 우수상
수상
서초 주부 백일장 우수
상 수상
서초구 책사랑회 회장
「배우수업」연극 영화
학원 이사장

공저
「한국 수필 단편집」,
「혼합과 질서」외 다수

주소
서초구 서초4동 삼풍
아파트 11동 1105호

전화
집 : 02)534-0106

장미는 어디로

눈이 동그란 아이가 있었다. 긴 머리를 하나로 바짝 동여맨 그 아이는 차이나식 칼라의 검은 블라우스와 꼭끼는 검은 자주색 바지를 입고 다녔다.

그 아이가 내 눈에 자주 띈 것은 모습도 특이했지만, 긴 속눈썹이 움직일 때는 잠에서 깨어난 듯한 그 표정에 나는 홀딱 반해 버렸다. 나는 그 애의 얼굴을 보기 위해 옆 반을 매일같이 기웃거렸다. 그리고 말이라도 한번 붙여보려고 애를 썼다.

그러던 어느 날, 그 아이는 내게 미소를 지으며 "너, 몇 반이니?"하고 물었다. 기회는 이때라고 생각한 나는 얼른 내 이름을 가르쳐 주었다. "나는 3학년 5반이야, 이름은 권영재." 했더니 그 아이는 눈을 아래로 내리 깔면서 한참 생각한 끝에 "나, 병희야."하는 것이다.

그때부터 둘이는 친해졌고 병희는 우리 집에 자주 놀러오게 되었다.

꽃이 많은 우리 집 마당을 이 구석 저 구석 살피며 감탄하기 시작했다. 누가 이 꽃을 가꾸느냐고 물었고, 나는 우리 엄마가 꽃을 좋아한다고 말했다. 어머니가 차려주시는 점심을 즐겁게 먹으며 우리는 곧잘 재잘거렸다. 예를 들면, 우리 아버지는 어떻게 생기셨는지 궁금해했고 우리 엄마가 예쁘다는 둥, 또는 우리 집 마당에는 없는 꽃이 저희 집엔 많이 있다는 둥 하면서도 나를 저희 집에 놀러가자고 하지 않았다. 그리고는 그녀의 엄마는 장미꽃만 좋아해서 마당에는 장미꽃이 가득 피었다는 것이다. 그럴 때마다 엄마는 병희를 유심히 살피곤 하는 눈치였다. 어쨌든 나는 그녀의 집에 놀러가 보는게 유일한 희망사항이었다. 나의 관심은 오로지 그 아이 엄마가 어떻게 생겼는지 또는 그 애 아버지는 어떤 사람인지 그 집에 대해 많은 상상을 하게 되었다. 도대체 어떻게 생긴 집일까, 얼마나 많은 장미꽃이 피었을까, 이것이 늘 궁금했다.

햇볕이 따가운 유월, 드디어 오전반과 오후반이 없어지고 한 반에 한 교실만 쓰게되는 편안한 수업이 시작되었다. 도시락을 싸가지고 가서 먹는 맛이 그 어느 때보다 즐거운 시간이었다.

유월의 하늘은 바람 한점 없는 맑은 날씨였다. 어느 날인지 기억은 없지만 개교기념일이어서 교장선생님의 훈시를 듣고 일찍 끝나게 되었다.

바로 그날이 병희네 집에 가는 날이 되었다. 그 애를 따라간 동네는 영등포구에서 멀리 떨어진 도림동 쪽이었던 것 같다. 때는 1950년도 초반이었고 아직도 그 동네는 초가집이 태반이었다. 초가집 가장자리엔 넓은 평야로서 논둑엔 파란 모가 솟아올라 초록 물결이었다.

학교에서 그녀의 집까지 꽤나 먼 거리를 온 것 같은데 앞서가는 병희는 지치지도 않고 강중강중 뛰어가고 있었다.

드디어 큰 대문 앞에 우뚝 선 아이는 안을 살피며 누굴 부르고 있었다. 그 때 나이가 든 할아버지 한 분이 나와서 나를 응시하고 있었는데, 들어가도 좋다는 따뜻한 눈길이었다. 병희는 분명히 아버지라 불렀다. 더 깜짝 놀란 일은 '엄마'하고 부르자마자 달려나온 아주머니는 다리를 절고 있었다.

대문을 지나 뒤뜰까지는 작은 쪽문을 두 번 지났다. 그곳엔 상상도 못할 만큼 많은 장미꽃이 만발해 있었다. 시골집 뒤뜰치고는 너무나 화려한 꽃이 토담 밑에 가득했다. 화초 양귀비꽃도 눈을 현란케 했지만 색색의 장미꽃이 그렇게 많은 정원을 처음 보았기 때문이다.

정원 옆에 있는 작은 별당 같은 집은 자기엄마 방이라고 했다. 그 방은 화장대와 장롱이 새 색시 방처럼 잘 꾸며져 있었다. 그러나 병희의 얼굴이 갑자기 어두워졌다. "나는 엄마가 없어, 아무도 안 가르쳐 줘."하는 것이다. 하지만 서글픈 그 아이의 음성은 귓전 밖이었고 우선 나는 장미꽃 한 뿌리만 얻기를 간절히 바랬던 것이다. 주위를 살피던 병희는 거의 흰색에 가까운 연분홍 장미꽃 한 뿌리를 낑낑거리며 뽑아 주었다.

몰래 훔친 거나 다를 바 없는 그 꽃을 노트를 찢어 싸가지고 얼른 가방 속에 숨겼던 것이다. 놀러갔던 나는 놀지도 못하고 도망 나오다시피 집으로 돌아왔다. 물론 어머니는 나를 나무라시며 철쭉 꽃 옆에 장미를 심으셨다.

나는 내가 한 행동에 대해 너무나 후회스러웠고 미안했다. 그 날밤 꿈속에서 환청을 들었다. "영재야!"부르는 소리에 잠을 깨고 말았는데…….

그후 그 애 자리는 항상 비어 있었다. 여러 번 친구의 소식을 그 반 아이들에게 물어봤지만 아무도 모른다고 했다.

엄마의 정성으로 장미꽃은 더운 여름을 무사히 잘 넘기고 이듬해 그맘때쯤 연분홍 장미꽃이 아주 복스럽게 피었다.

장미는 해마다 피었고 그 애의 소식은 망각 속에 잊혀지고 말았다.

내 유년시절의 우리 집은 영등포로터리에서 수원으로 가는 길 언

덕 아래 집이었다. 나는 그 집에서 대학을 다녔고 직장생활 할 때쯤
엔 서울로 집을 이사하게 되었다. 그 이후 그곳을 가본 적이 없었다.
많은 꽃들이 어디로 뿔뿔이 흩어졌는지 생각할 겨를도 없이 바쁘게
살아온 세월이었다.

　며칠 전 외손녀를 데리고 구로 병원에서 물리치료를 받고 구로역
을 지나 지금 내가 살고있는 서초동으로 오는 길이었다. 내가 살았던
언덕 아래 집도 그리웠지만, 그 애의 집도 분명히 이쪽이려니 생각하
다 길을 잃었다. 유난히도 아름다운 눈을 가졌던 그 아이……

　어떤 잠재적인 힘에 이끌렸는지 핸들을 잡은 손은 어느덧 「영등포
로터리」 이정표를 향해 언덕을 오르고 있었다.

　그러나 깨알같은 인파 속에서 잃어버린 사람을 찾기란 쉬운 일이
아니듯이, 그 동네는 빽빽이 들어선 주택과 여러 갈래의 길들이 줄지
어 뻗어있고 많은 빌딩 숲을 이루고 있었다. 방향도 분간 할 수가 없
는 그 길에서 확실한 것은 내가 살았던 언덕아래 집은 휴식공간으로
커다란 공원이 생겼다. 녹지대로 변한 것이다.

　아뿔사! 이 사실을 왜 몰랐던고……

　나를 동심의 세계로 불러들였던 연분홍빛 장미꽃 사건은 나를 다
시 사십여년전 기억 속으로 밀쳐내고 있었다.

박 지 연

약력
전북 전주 출생
한국 문인 협회 회원
한국 수필가 협회 회원
한국 기독 문학회 이사
한국 크리스천 문학
가 협회 이사

저서
년간 대표선집 『싸리
나무 회초리』

주소
경기도 고양시 일산
구 주엽 2동 문촌마
을 재원APT 1805동
210호 411-372

전화
집 : 031)911-3636

절망의 늪에서

개구쟁이들은 예쁜 고추잠자리를 잡아 얄
삭한 한쪽 날개를 떼어 날도록 놓아준다. 그
때 잠자리는 날려고 퍼덕 퍼덕 애를 쓰다가
가엾게도 날지 못하고 결국 고꾸라지고 만다.
어릴 적 아이들의 장난으로는 지나친 것을
보았다.

사람들은 나를 날아다니는 사람이라고 하
지 않았던가. 늘 걸음이 빠르고 아니면 노닥
거리며 천천히 걷는 모습을 보면 답답해 뛰
어서 떠나려는 전철을 잡고 차도 탔다. 항상
높은 굽으로도 계단을 빠르게 달려 오르는
모습을 보면서 그들은 토끼라고 놀렸다.

지난 12월 사랑하는 친정 어머니를 여의고
나도 또한 지친 몸으로 병원을 다녀오는 길
이다. 첫눈으로 보도는 빙판이 되어 순식간
에 넘어졌다. 여러 날 무리한 몸이 균형을 잃
었던가. 허리와 머리를 피하려다 팔로 몸을
받쳤다. 그만 손목이 골절되어 손등에서 팔
꿈치까지 '깁스' 처리로 꽁꽁 묶어 목에 걸었

다. 통바닥 부츠 탓으로 돌린다 해도 다른 동작으로 재빠르게 대처하지 못한 자신이 너무 어리석게 여겨져 주위의 여러 분들의 염려가 있을 때마다 부끄러웠다.

모든 생활을 오른손에 의존해 왔던 지금 대책도 없이 왼손으로 그 책임이 옮겨졌다. 하지만 왼손은 불안정하고 불편하며 참으로 서툴기 그지없다. 칼질도 가위질도 제대로 되질 않아 음식을 준비할 수 없었다. 왼손 하나로는 개수대에서 그릇이 굴러 설거지조차 할 수가 없었다. 주부가 해야 할 일은 거의 하지 못했다. 다친 초기에는 옷을 입는 일, 벗는 일도 혼자서는 못했다. 왼손에는 책이나 핸드백, 시장을 본 짐으로 무겁고 다친 손은 따뜻하게 무엇인가 덮여져 온몸의 동작이 둔하고 느려졌다. 베란다의 많은 나무들이 잎을 떨어뜨려 손길을 기다리지만 어둔하게 쓸어 발로 받치는 일도 어설펐다.

왼손으로는 문고리도 돌려지지 않는다. 병은 대소간에 무릎 사이에 끼어 겨우 돌렸다. 택시 문조차 닫아지질 않아 발도 입도 온몸을 움직여 보지만 오른손 하나만도 못해 안 되는 것, 못하는 것이 너무 많아 생활이 말이 아니었다. 왼손 글씨는 서툴러 내가 보아도 몰라볼 때가 많았다. 남은 하찮게 보일지 모르지만 당사자인 나는 참으로 견딜 수 없는 고통이 되고 있었다.

손을 다쳤을 때 설상가상(雪上加霜) 다리도 상해(傷害)를 입어 같이 '깁스'를 해야 할 다리를 그것도 모르고 조금씩 견디며 다리가 할 수 있는 것은 다 했다. 그렇게 하는 사이 악화되었다. 이제 설명할 수도 없이 몸의 균형이 깨졌다. 손의 불편만으로 벅찬 몸, 일어날 때 자칫 잘못하면 비명을 지를 만큼 통증이 오고 한 발 한 발 절며 끌었다.

거리에는 쓰디쓴 눈물비가 뿌려졌다. 까만 하늘은 내 여린 어깨에 무겁게 내려앉았다. 한 손으로 어설픈 세수를 하다가 견딜 수 없어 소리 내어 울었다. 어쩔 수 없이 나는 상해를 입고 참기 힘든 고통에 쌓여갔다. 급하게 치료를 받았지만 차도가 없다. 대학 병원에서 종합

검진을 받고 정형외과와 재활의학과의 여러 교수들이 다각도로 찾으려 해도 원인이 없었다. 드디어 특수 촬영 즉 MRI 영상으로 결국 인대가 파열되었다고 판독이 나왔다.

거리에는 왠 턱이 그리도 많은지. 계단은 또 얼마나 많은가. 모든 시설은 성한 사람들 위주로 된 것이 너무나 많다. 그것을 바라보면 엄두가 나질 않아 차마 발길을 옮기는 일이 공포가 되었다. 성할 때는 몰랐던 일이다. 그래도 혀를 깨무는 아픔으로 한 발, 두 발 그 벽을 넘어야 했다. 장애, 장애는 결코 선천적일 수만 없었다. 병원 복도에 앉아서 비애로운 시선으로 사람들을 바라보면 나처럼 절면서 오는 이, 지팡이에 몸을 맡기고 오는 이도 많다. 어찌 그뿐이겠는가. 시각, 청각 온몸을 가누지 못하는 뇌성마비, 다리마져 없는 불쌍한 이도 있다.

할 수 없이 장애를 입은 사람은 세상을 다 잃은 것처럼 좌절감에 쌓인다. 너무나 불편한 생활, 스스로 초라함이 뼈에 사무쳐 그로 인해 정신적 장애인이 되어 나올 수 없는 늪에 빠져 버린다. 삶에 대한 열정과 패기는 간데 없고 그곳에서 허우적이며 절망하고 있다.

그러나 창조주 하나님은 우리에게 다같이 복된 삶을 누리도록 건강한 육체를 부여했다. 하지만 원치 않는 사고로 장애를 입었을 뿐이다. 건강한 내가 결코 그들보다 우월하지 않다는 것이 가슴에 박혀 왔다.

겨울의 문턱, 첫눈이 내리던 날 넘어진 이래 얼은 땅은 녹고 산과 들에는 색색의 꽃으로 봄의 향연이 무르익어 가는 아름다운 이 계절에 나는 아직 춥디 추운 암울한 겨울잠에서 깨어나지 못하고 있다.

하지만 그들의 아픔을 내 아픔으로 체험하며 미처 보지 못한 세계에 눈을 떴다. 장애인은 비장애인이 짐작 못하는 내면의 부끄러움이 자신을 흔든다. 비장애인이 자기와 다르다는 시선이 장애인에게 머물면 결국 장애를 이기지 못하고 주저앉고 만다. 그들이 불행하지 않다는 긍지를 심어주는 것도 비장애인이 할 수 있는 몫이다. 오히려

구족회원처럼 초인적 인내로 고통을 딛고 우뚝 서 삶을 당당하게 영위하며 사회의 일원이 된 그들이 얼마나 장한가.

그들을 보면서 더 많은 겸손을 깨닫고 그나마 얼마나 감사해야 하는가 돌아보게 된다.

건강은 우리에게 무엇과도 바꿀 수 없는 엄숙하고도 고마운 최고의 축복이 아니던가.

내 마음의 황금 기둥

강 해 경

약력
한국문인협회 회원
한국 여성문학인회 회
원
한국 수필가협회 회원
예시수필 회원

수필집
『주연에서 엑스트라까
지』,『내 마음의 황금
기둥』

주소
서울 성북구 정릉동809
중앙 하이츠APT 3동
309호

전화
집 : 02)909-3043

우리 아파트에서 내가 가장 좋아하는 곳은 부엌 창문이다. 사방 한자가 조금 넘는 작은 창이지만, 창 밖으로 보이는 풍경은 결코 작지 않다. 철철이 새 옷을 갈아입는 거대한 북한산이 훤히 보이고, 그 아래로 숲 속에 반쯤 모습을 감춘 서구풍의 빌라도 보인다. 마주 보이는 작은 집을 마당 구석구석까지 넘겨다 보는 재미도 만만치 않다. 판잣집을 겨우 면한 허름한 집이지만 마당 하나만은 넓고 아름다워 나는 그 집에 '마당 집'이라는 별명을 붙여 주었다.

마당 집에는 집과 어울리지 않게 큰 나무들이 많았다. 거목으로 자란 산 벚꽃 나무는 아파트 노인정(老人亭)까지 길게 그늘을 드리웠고, 마당 끝에 심겨진 커다란 은행나무들은 가을이면 노오란 은행잎을 아파트 광장으로 수북히 쏟아 놓곤 했다. 하얀 벚꽃으로 뒤덮인 봄의 마당집도 화사했지만, 네 그루의 은행나무가 눈부신 황금 기둥으로 변하는 가을 풍경은 아주 볼 만했다.

봄이 가고 한 여름의 태양 아래 마당 집의 수목들은 활기가 넘쳤다. 장독대 옆 다복하게 자란 붓꽃은 날렵한 보랏빛 꽃을 다투어 피워냈고, 닭장 지붕을 뒤덮은 포도 넝쿨에서는 동글동글한 포도송이들이 익어 가고 있었다. 창문 앞의 황매화는 사방으로 삐죽삐죽 곁가지를 쳤고, 작은 부채 모양의 잎을 잔뜩 달고 있는 은행나무들은 가을의 눈부신 황금기둥을 준비하느라 분주했다.

마당 집의 수목들이 한껏 푸르름을 자랑하던 여름의 끝자락에 장마가 시작되었다. 강풍을 동반한 빗줄기는 온 세상을 쓸어버릴 듯 험악한 기세로 몇 날 며칠을 퍼부어 댔다. 예사롭지 않은 장마 비는 마당 집 수목 위에도 사정없이 내리쳤다. 나무와 화초들은 쏟아지는 폭우에 가지를 축 늘어뜨린 채 속수무책이었다. 강풍에 시달리던 벚나무는 가지 하나가 찢겨져 나갔고, 은행나무들은 서로의 몸을 부벼대며 비바람의 횡포에 저항하고 있었다. 비는 쉽게 멈추지 않았다. 하늘이 뻥 뚫린 듯, 장마는 오래갔다.

온 종일 장마비가 퍼붓던 어느 날, 창문을 내리치는 빗줄기를 바라보며 저녁 준비를 하고 있을 때였다. '퍽'하는 굉음(轟音)에 깜짝 놀라 밖을 살펴보니, 그곳엔 너무도 참혹한 일이 벌어져 있었다. 마당집 윗쪽에 있는 사찰(寺刹)의 담이 무너지면서 엄청난 양의 토사(土砂)가 아래로 쏟아져 내려 마당집을 덮친 것이었다. 조금 전까지 그곳에 버티고 서있던 마당집은 사라지고, 그 자리엔 시뻘건 흙더미만 수북히 쌓여 있었다. 참으로 눈 깜짝할 사이에 벌어진 일이었다.

한순간 정적이 흐르고, 뒤이어 사람들의 고함소리가 산발적으로 들려왔다. 어떻게 해야 할지, 무엇을 해야 할지, 머릿속이 멍할 뿐 갈피를 잡을 수 없었다. 간신히 정신을 수습하고 내가 한 일은 119 구조대에 전화를 거는 일이었다. 떨리는 목소리로 마당 집의 위치와 상황을 설명하고 '빨리 좀 와주세요.'만 되풀이했다. 사람들이 속속 마당

집 주위로 모여들었다. 잠시 후 사이렌 소리와 함께 소방차가 도착했고, 중장비를 동원하여 흙더미를 파헤치기 시작했다. 무너진 집 속에 딸과 며느리, 두 사람이 들어 있다는 것이었다.

쏟아지는 폭우 속에서 구조작업은 진행되었다. 다행이 한 사람은 쉽게 구해냈다. 모처럼 친정에 온 딸은 중상을 입어 병원으로 실려 갔지만 생명에는 지장이 없다니 천만다행이었다. 또 한 사람, 며느리를 찾아야 했다. 비는 그칠 줄 모르고 날은 어느새 어두워졌다. 줄기차게 퍼붓는 비와 캄캄한 어둠 속에 후렛쉬를 비춰가며 작업은 계속되었다. 드디어 사람을 찾았다는 구조대원들의 고함소리가 들려왔다. 다섯 시간만에 듣는 반가운 소리에 모두들 숨을 죽였다. 시집 온지 6개월 된 며느리가 구조되는 순간이었다. 그러나 흙더미와 가구 틈새를 비집고 간신히 꺼낸 것은 싸늘하게 식어버린 며느리의 시신(屍身)이었다.

악몽과도 같았던 장마가 끝나고, 8월의 태양이 다시 빛났다. 그러나 창 밖을 내다보는 일은 더 이상 즐겁지 않다. 장마를 견디어 낸 북한산은 여전히 푸르름을 자랑하건만, 아름다운 마당 집은 사라지고 없었다. 아직도 정리되지 않은 흙더미와 어지러이 널려있는 문짝이며 가구 조각들은 그날의 참상을 연상시키는 아픔일 뿐, 집도, 꽃나무도, 텃밭도, 물이 뚝뚝 떨어지는 옷가지가 줄줄이 널려있던 길다란 빨랫줄도, 모두 흙더미 속에 묻혀 버렸다. 요행히 참변을 면한 마당 구석의 장독대와 네 그루의 은행나무만이 폐허가 된 마당 집을 지키고 있었다.

복구작업이 한창이던 어느 날, 귀청을 찢는 날카로운 소리에 밖을 내다보니 은행나무 한 그루가 맥없이 쓰러지고 있었다. 작업에 방해가 된다며 인부들이 큰나무들을 베어내는 중이었다. 노인정 위의 벚나무는 이미 잘렸고, 이제 은행나무들 차례였다. 뛰어 내려가 인부들을 말리고 싶었지만 나는 넘어지는 나무를 묵묵히 지켜보고 있었다.

젊디젊은 아낙의 생목숨이 끊어진 지금, 한낱 은행나무에 집착하는
것은 감정의 사치에 불과하다는 생각이 내 발목을 붙잡았다.
　마당 집의 수호신인양 당당하던 은행나무들이 날카로운 전기톱에
잘려 차례로 넘어지는 순간, 나는 내 마음 깊숙한 곳으로 네 그루의
황금 기둥을 옮겨 심었다.
　아름다웠던 마당 집의 모든 추억과 함께…….

엄 명 자

약력
예술세계신인상
여성문예 「푸른교실」
회장

주소
부산시 수영구 남천2
동 남천 비치APT 203
동 101호

연초록 이파리의 행복

봄비가 내린다.

벚꽃이 환하게 웃는가 싶었는데 어느새 벚
꽃은 떨어지고 불그레한 꽃받침과 연두색 이
파리가 어우러져 꽃보다 더 화사하다. 낙화
를 재촉하는 봄비가 촉촉이 내리고 있다. 봄
비는 봄과 하늘을 놀라게 한다.

5월은 연초록이 빛나는 계절이다. 꽃보다
마음을 더 상큼하게 해준다.

얼마 전부터 남편과 나는 금요일과 토요일
우리 둘만의 시간을 갖기로 했다. 부산 근교
와 경남 일대의 산과 명승지를 찾아 우리의
시간을 사랑으로 채우고 있다. 그 동안 세월
을 잊고 오늘까지 달려오다 보니 우리의 시
간을 잃어버리고 살았다. 세 아이들의 뒤치
다꺼리로 숨가쁘게 달려왔다. 육십을 넘기고
서야 겨우 나를 찾은 것이다. 이제 남편도 돌
아보게 된 것이다. 요즈음 나는 너무나 행복
하다. 인생칠십고래희(人生七十古來稀)라고
했는데 육십 고개를 넘어 칠십 나이가 멀지

않았다. 서글픈 생각이 든다. 그러나 '아직은 육십'이라고 생각을 바꾸니 유행가 「바꿔 바꿔」라는 노랫말이 반갑게 들린다.

본성이 착하고 아량이 넓은 사람은 불행을 피할 수 있다고 한다. 나는 늘 남편을 자랑스럽게 여긴다. 그는 섬세하고 부드럽고 자상해서 사람들이 그에게 호감을 가지며, 그를 좋아한다. 다른 사람의 마음을 잘 헤아려 주는 본성이 착한 사람이다. 지성과 이성을 겸비한 선비같은 사람이다. 저 빤짝거리는 연록색잎과 같다. 평안을 느끼게 하며 환희를 주는 연초록 이파리를 바라보며 저 잎들이 남편과 흡사하다는 생각을 해본다. 때로 마음이 약해서 바른 소리 못하고 성격이 친절하다 보니 필요 이상의 에너지를 남에게 소비하여 옆에서 보는 내가 짜증 날 때가 있으나 그는 모범적인 남편이다. 마치 사월의 순순한 연둣빛 같고 잘 꺾이는 연하디 연한 고사리 같다.

환하게 핀 환상적인 벚꽃보다 마음을 편안하게 해주는 연초록 잎 같은 사람, 산천의 나무들을 보면 마치 남편을 보는 것 같다. 그는 봄 같은 사람이다. 소망을 주고 편안함을 주고, 소리 없이 내리는 반가운 봄비 같다. 그는 작렬하는 태양이 내려 쬐는 여름도 아니고, 찬서리 내리는 늦가을도 아니고, 차가운 눈이 내리는 겨울도 아니다. 봄과 하늘을 놀라게 하는 봄날과 같은 사람이다.

4년전 내가 심장병으로 죽을 고비를 넘긴 후 그인 내게 많은 것을 배려해 주고 있다. 내 성격은 언제부터인가 변하기 시작했다. 말이 없고 무뚝뚝한 내가 말 많은 여자로 변했다. 또 꼭 짚고 넘어가야 하고, 다 알아야 하고, 의심이 생기면 가슴이 방망이 쳐 열이 오르고, 거짓은 절대 용서하지 못해 때로는 활화산 같은 열기에 나 자신이 데이곤 한다. 그리하여 그 시뻘건 불꽃이 여기저기 튀어 온산을 다 태우고 불기둥을 이뤄 무서운 불꽃과 검은 연기를 뿜는 고약한 상태로 변하는 것이다. 그러나 급한 성격이 쉽게 풀리듯이 오해가 풀리면 언제 불길이 활활 타올랐느냐는 듯 푸른 바다 저쪽 수평선 위에 떠오르는 해처럼 밝고 평화롭다.

나는 학창시절 단순하고 명랑했었다. 잘 웃고 잘 떠들고 노래 잘 부르고 잘 놀아 내 주위에는 항상 친구들이 모여들었다. 피아노도 잘 치고 말소리도 또록또록해서 청주사범학교시절 연극 <파랑새>의 주인공으로 출연, 청주극장에서 충북전체초등학교 연극제에서 일등 입상하여 학교를 빛낸 나였다. 청주여중 청주여고 시절 늘 즐겁고 행복했다. 대학시절도 빛나는 세월이었다. 결혼해서도 아들 낳고, 딸 낳고 즐겁게 살았다. 아이들도 잘 성장해 자기들의 길을 가고 있다. 이제는 안심이다. 박봉에도 세 아이들을 동경으로 로마로 유학 보내 학문의 세계를 개척하여 자기들 세계로 나가게 해 주었다. 우리 세대보다 더 잘 성장한 것이다.

지난 세월을 돌아보면 감사한 일 뿐이다. 나는 아이들이 남편보다 더 훌륭한 인물이 돼야한다고 새벽마다 기도한다. 봄비같이 남에게 좋은 일하는, 또 베풀 줄 아는 인정 많고 부드러운 남편의 성품을 닮은 아이들이 돼주기 바란다.

이제는 그 누구에게도 시간을 빼앗기지 않고 남편과 함께 지내고 싶다. 시간을 허비하거나 낭비하지 않을 것이다. 아이들도 장성하여 자기들 세계로 가고 있는 만큼 친구나 이웃에게도 베풀면서 한 번뿐인 인생을 살찌우고 싶다. 주말이면 남편과 단둘이 이 산 저 산 누비며, 힘차게 하늘로만 뻗어있는 나무를 바라보며, 태고의 비밀을 간직한 채 침묵하는 바위를 오르며, 사랑하고 용서하는 법을 배우며, 아량과 겸손을 품으며, 나의 인생을 찬란하게 가꾸면서 더 깊은 마음을 남편과 나누고 싶다.

이제는 우리 둘 만을 위해 살 것이다. 남편과의 시간을 아무에게도 빼앗기지 않을 것이다. 건강하고 아름다운 모습으로 고희를 맞아 오늘을 돌아보고 '나는 인생을 잘 살았다'고 내 사랑하는 사람들에게 환한 웃음으로 얘기할 것이다.

나는 이 땅에 사랑 받기 위해 태어난 사람이다.

「당신은 사랑 받기 위해 태어난 사람 당신의 삶 속에서 받고 있지요」

그래서 나는 항상 감사하며 산다.

「길가에 장미꽃 감사 / 장미꽃가시 감사 / 지난 추억 인해 감사 / 모든 것 주신 감사 // 슬픔과 기쁨도 감사 / 절망 중 위로 감사 / 헤쳐 나온 풍랑 감사 / 나의 영혼 평안해 // 사라진 눈물도 감사 / 향기로운 봄철에 감사 / 외로운 가을날 감사 / 영원토록 감사해」

위불 최 영 태

약력
만주태생
미국필라델피아 원각사,
뉴욕 불국사 주지 등
재단법인 한국불교법
화종 재단이사
한국불교 법화본종 총
무원장

저서
『사랑않곤 견딜 수 없
어라』 외 다수

주소
경기도 이천시 관고동
186-6 법왕정사

전화
집 : 031)636-0673(fax
　　겸용-), 638-8334
핸드폰 : 011)668-8334

참선하는 식으로 책을 본다?

　필자가 '71년도 서울 문수사 주지로 재직할 때 겪은 일이다. 필자로선 주지로 첫 임명을 받았기에, 사형(舍兄)인 두 스님이 축하한다는 빌미로 필자의 서실을 찾아 왔더랬다.

　차 한잔 나누는데 뜬금없이 하시는 말씀이란게 뭔고 하니, '우리는 책은 고사하고 경전도 본 일이 없거니와, 아우는 참선은 하지 않고 책만 봤으니, 우리 서로 바꿔서 공부를 한번 해 보자. 그래야 우리는 무식을 면할 것이고, 아우는 유무식(有無識)을 겸할 것 아닌가?

　더군다나 주지소임에 언제 책을 보겠나. 다만 한 철(3개월)만 보면 되니, 잘 보고 되돌려 주겠네.' 하는데야 어쩌겠는가.

　홍은동에서 삼각산 문수사까지 서적을 운반하기도 어렵고, 보관할 장소도 없는 실정이고 보니, 별 생각없이 그러시라 했겄다.

　두 사형은 즉각행동이라.

　트럭을 불러서 책이란 책은 다 싣고 대구에 있는 무슨 암자로 간다기에 운반비까지

드려서 보내 드렸는데, 저녁쯤에 두 사형이 찾아와 하는 말씀 왈, ‘책 다 봤네!’하는 게 아닌가.

　‘아니, 그 많은 책을 어떻게 다 보셨단 말씀입니까?’

　‘응— 참선하는 식으로 봤지 뭐.’

　‘참선하는 식이라니요?’

　‘책 보는게 별다른 건가.

　책은 그냥 책으로 보면 되거든!’

　‘책이란 게 그냥 본다고 되는 겁니까?

　부처님 경전을 비롯해 다양한 책들인데, 그 목록만 봐도 많은 시간이 필요합니다.

　그걸 어떻게 다 봤단 말입니까?’

　‘허~이 사람 봤나. 아우는 참선을 안 해봐서 책보는 소식을 모른단 말씀이야!’

　하니까, 한 사형이 거들되,

　‘불경이든 뭐든 그게 다 책이 아닌가? 그러면, 책은 책이니까 책으로만 봐야지, 딴걸로 보면 되겠남?’ 하는 거라.

　‘…….’

　필자는 알아듣지도 못했거니와 이해가 되잖고, 시비를 싫어하는 성미인지라, 그러면 책을 되돌려 줘얄 것 아니냐니깐 두루 왈, ‘염려 마시게. 제대로 잘 보관했으니까.’ 하는 거라. 헌데, 잠시 후 황급한 목소리로 홍은동에서 약국을 경영하는 신도로부터 전화가 왔겄다.

　어떤 키-큰 두 스님이 트럭에 있는 책들을 양쪽에서 길거리에다 집어던지면서 가더라는 것이다. 자기도 주어서 보니 필자의 장서인이 찍힌 책이라는 것이 아닌가.

　놀란 나는 두 사형에게 따졌더니, 책은 봤으면 버리는 법이라, 보는 데로 버렸는데 서울역쯤 가니 다 봐지더라는 것이다.

　그래 트럭은 되돌려 보내고, 책을 다 보면 책 거리(冊禮)를 내얀다면서 오히려 기고만장인 것이다.

필자로선 집안으로부터 물려받은 귀중한 책들도 있었거니와 꽤나 많은 책들이었는데 말이다. 필자는 기가 차서, '책을 책으로만 본다니 말이나 됩니까? 책마다 그 내용과 뜻이 다르고 개념이 달라서 비교검토도 하고 연구를 거듭해서 자기 것으로 만드는 등, 평생을 두고 해도 부족한게 학문인데, 어떻게 그렇게 간단하게 말할 수 있습니까?

사형들은 학문을 도외시해서 큰 잘못을 범한 겁니다. 남의 귀중한 책을 되돌려 줘야지, 길거리에다 버리다니 말이나 되는 소립니까? 빌려간 책 그대로 회수해 주시고, 아니면 책값을 쳐서 내셔야지요.' 하고 대들었더니, 사형들 왈, '자네는 아는 게 많아서 탈이야! 무슨 말이 그리 많으신가? 이보시게! 구름과 달이 흐르는데 어떻게 하면 그걸 제대로 파악할 수 있겠는가? 어디 한 번 일러보시게!'

'아우님! 구름과 달이 흘러갈 때는 보는 사람은 정지를 해서 봐야 제대로 볼 수 있는 법이야. 자동차가 고장이 나면 자동차를 세워놓고 정지를 해서 점검을 해야지, 달려가는 차를 보고는 파악할 수 없는 이치와 같단 말일세.'

'생로병사는 무상하게 흘러가는데, 생로병사를 따라가면서 생사해탈을 할 수 있겠는가? 번뇌망상을 장악하려면 내 마음을 잡드려서 정지해야 되는 법일세.'

'마음을 정지시키는 걸 그친다 해서 지(止)라 하고, 정지가 되야 제대로 살필 수 있음으로 관(觀)이라 하는 걸세.'

'학문도 큰 학문은 헐떡거리는 마음을 그쳐야

지와 관(止觀)이 균등해져야 참다운 지혜가 나오는 법이요, 참다운 지혜를 얻을 때 비로소 생사를 능히 해결하는 법이란 말일세.

학문이 넓어지고 깊어지고 높아지는 법이거든. 헌데, 아우는 책의 노예가 되고서야 어떻게 큰 학문을 한 단 말인가?'

'배 타고 강 건너고도 배를 붙들고만 있다 치면 어쩌자는 건가? 수

백 만권의 책 속에 묻히면 극락 갈 건가? 천당―만당 갈 것인가? 택도 없는 짓거리야. 수행하는 사람은 천하도 버리거늘, 하물며 그 따위 책쯤이야! 이번 기회에 책을 버리고 진짜 책을 한번 보시게나. 내가 책을 가지고 놀아야지, 책 벌레나 된대서야 그게 무슨 학문인가⋯⋯.'

이런 지경이니 따져봐야 뭘 하나 싶은거라. 그냥 작파를 하고 만 것이다.

절에서는 금강경이면 금강경을 다 배우고 나면 금강경 졸업(?) 기념으로 애썼다며, 그 절 주지스님이 찰밥을 하고, 미역국에 두부 넣고 국 끓이고 구운 김 두어장씩 공양해 주는데, 이걸 절집의 「책거리」라 하는 것이다. 두 사형은 그것도 이 세상에서 가장 빠른 방법으로 한 트럭 책을 몇 시간 내에 다 봤으니, 주지(필자)가 당연히 책 거리를 내야 한다는 억지(?)가 아닌가.

이걸 어쩐다?!

약이 오른게 아니라 독이 오른 필자에게 떼거지를 쓰는 두 사형을 어쩌지 못하고 선, '좋다! 어디한번 해보자! 맨 입엔 할 수 없고, 곡차의 힘을 빌려서 보복(?)을 할 터이니 당해봐라!'

속심으로 짱짱하게 다짐을 하고선 곡차를 마시는데, '아우님! 술이란 술술 마시는 게 술이지, 걸귀가 들린 듯이 마시면 체하는 법일세! 술에 체하면 큰일 나는 법이야. 술도 참선하는 식으로 마셔야거든.'

'참선이란 참으로 선선한 거거든. 번뇌망상이 없고, 생사고락을 벗어나야 선선한 거잖아!'

필자는 속셈으로, 사형들이 공부는 않고 쭈그리고 앉아서 그딴 것만 연구를 했나보지! 하면서, 사형들과 대작을 하니 감당할 수가 있겠는가⋯⋯.

하기사 공부하는 과정에서는 글과 말이 필요한 거지만, 공부할 줄 알면, 언어나 문자가 필요 없는 것이고 보면, 그도 그럴 듯 싶은 것이다.

6조단경에 법달(法達)이란 스님은 법화경을 3천번이나 독송을 하고도 깊은 뜻을 몰라, 6조대사를 찾아 뵙고 뜻을 여쭈니, 6조께서 말씀하시기를 ; 마음이 미혹하면 법화경에 굴림을 당하고, 마음을 깨달으면 법화경을 굴린다 하심에, 법달스님이 크게 깨쳤음에, 진리를 보고 들으면 진리를 활용해야지, 진리의 노예가 되어서는 안되는 것 아닌가.

진리속에 빠져서 허우적거리고, 진리에 묶여서 발버둥치는 것이 진리의 목적이 아니기 때문인 것이다.

돈이나 뭐나 할 것 없이 세상만사를 내가 굴려야지, 세상만사에 묶여서 산데서야 그게 무슨 대장부 살림살이랴 싶은 것이다.

그런 저런 인연으로 다시 선방(禪房)에 앉아 정진하는 계기가 되었던 것이다.

이에 한 수를 읊되 ;

　　마음을 감아틀고 앉아
　　생사와 윤회이제 그만
　　생사와 윤횐만남 생겨
　　만남도 틀어쥐면 그뿐!

중생이 왜 중생인가?

이해를 못하니까 중생이요, 이해를 해도 잘못 이해를 하니까 중생이요 범부요 소인들인 것이다. 그래서 「가부좌」를 틀고 앉아서 「화두」를 「참구」하는 것인가 보다.

실참(實參)에만 실오(實悟)가 있기 때문이다. 인간을 비롯한 모든 중생은 자기가 인식하는 만큼 존재하는 것이랄까.

그래서 부처님의 8만대장경은 인식의 범위를 확대하는 안내서랄 수도 있겠다.

인간의 인식을 어디까지 확대할 수 있을까? 불교에서는 성불(成佛)하는 데까지 확장하는 진리라 하겠다.

황 태 근

약력
경북 상주 출생
연세대 대학원 경제
학과 졸업
대림산업(주) 근무
한국문인협회 회원
한국수필가협회 회원

수필집
『갈대는 바람이 좋다』

주소
서울 성동구 행당2동
대림APT 118동 106호

전화
집 : 02)2282-7559

누나와 사루비아꽃

대학병원 앞마당에 마치 주홍색의 커다란 양탄자를 깔아놓은 듯 예쁘게 피어있는 사루비아꽃이 눈부시게 빛났다. 들깨잎을 닮았다고 하여 어렸을 적에는 '들깨꽃'이라고 불렀다. 사루비아의 아름다운 모습을 바라보고 있으려니 불현듯 바로 위의 누나가 생각이 났다. 이 꽃을 몹시 좋아했던 까닭이다.

꽃처럼 예쁜 영남이 누나—

나보다 두 살 많은 누나는 초등학교 시절 꽃을 가꾸는 일에 열성적이어서 친구들과 함께 학교의 넓은 화단을 여러 종류의 꽃으로 장식했다. 분꽃, 맨드라미, 채송화, 봉숭아, 난초, 해바라기, 나팔꽃, 사루비아……. 유난히 화단이 많았던 우리 학교는 봄부터 가을까지 형형색색의 꽃이 우리들의 마음을 포근하게 해 주었다.

40대의 중년여성이 된 누나에게 여태껏 빚을 지고 있다는 마음을 떨쳐버리지 못하고 있다. 형과 나 사이에 마치 샌드위치처럼 끼어있는 누나는 60년대의 넉넉하지 못했던 형편 때문에 하고 싶었던 공부를 제대로 할 수 없었다. 그것이 세월이 흐를수록 미안함의 수준을 넘어 안타깝고 마음이 아프다.

남달리 총명하고 매사에 적극적이었던 누나는 초등학교 6학년때 전교 어린이회 부회장에 당선되어 공부는 물론이거니와 학교 일에도 열성적이었다. 내가 잘 모르는 문제가 있을 때 누나에게 물어보면 거침없이 대답해 주었고 공부하는 방법을 자세하게 가르쳐 주었다.

운동에도 재능이 있어 핸드볼과 육상선수로 활약했다. 장대비가 퍼붓는 가운데 열렸던 '초등학교대항 핸드볼대회'에서 열심히 뛰던 누나의 모습이 눈에 선하다. 한없이 자랑스러웠던 기억이 가슴 가득 밀려온다.

6학년 때 담임선생님은 반에서 1,2등을 다투는 내게 '누나만큼 해라. 너의 누난 하나 가르쳐 주면 둘, 셋 알았는데……'라는 말을 곧잘 했다.

인근에 있는 사립중학교에 입학성적이 5등 안에 들면 장학금을 받을 수 있었고 아버지는 장학생이 되어야 중학교에 보내주겠다고 말하곤 했다.

장학생을 목표로 공부를 한 누나는 보기 좋게 수석입학을 했다. '하늘은 스스로 돕는 자를 돕는다'는 유명한 말을 써 놓고 공부한 애기가 오랫동안 후배들의 입에 오르내렸다.

지금도 우리 친구들이나 1년 선배들을 만나면 누나의 안부를 묻곤 한다. 입담이 센 동창생들은 '너의 누나가 너보다 공부도 잘 하고 성격도 시원시원했지. 너 때문에 누나가 피해를 입은거야.'라고 말한다. 나는 동의한다는 뜻으로 고개를 끄덕인다.

어린이들을 좋아해 교사나 아동심리학자가 꿈이었던 누나는 그 소망을 이루지 못해 한 때는 방황하기도 했다. 결혼 전까지만 해도 신문에 소개되는 '성공한 사람들의 이야기'를 보면 의욕을 불태우기도 했지만 현실은 너그럽게 편을 들어주지 않았다.

그것을 지켜보며 안쓰러움이 분수처럼 펑펑 솟구쳐 올랐다. 누나의 능력이나 재능으로 보아 얼마든지 좋은 결실을 거둘 수 있었으리라는 확신이 들었기 때문이다. 내 밑으로 동생들이 셋이 있고 그 당시만 해도 공부에 전념할 수 있는 여건을 갖추기가 어려웠던 것이 사실이지만 마음 한 모퉁이에 남아 있는 아쉬움은 쉽사리 가시질 않는다.

1남 2녀의 어머니로, 한 남자의 아내로 행복한 생활을 하고 있는 누나의 삶이 좀 더 밝고 화려하게 채색되기를 바라는 마음을 숨길 수 없다. 그리고 역경을 헤치고 꽤 높은 지위까지 오른 어느 50대 여성의 성공한 이야기나 남자 못지 않는 능력을 발휘하며 주목받는 이른바 커리어 우먼들을 여성지를 통해 읽을 때면 콧등이 시큰해지면서 '누나도 이렇게 되었으면 얼마나 좋을까……'하는 생각이 든다.

위암 때문에 수술을 받은 초등학교 동창생을 위문하고 나오는 발걸음이 무거웠음에 놀라 사루비아꽃이 만발한 화단으로 눈길을 돌렸다. 초여름의 싱그런 햇살을 받아 넓은 꽃밭이 아름답게 빛났다.

누나와 많은 면에서 닮은 숙경이의 아름다운 모습을 하루빨리 볼 수 있게 되었으면 하고 간절히 기도를 드렸다. 병상에 누워있는 그녀도 내게 누나의 안부를 물었다. "누나는 공부도 잘했고 마음씨도 고왔는데……. 누나에게 잘 해줘." 아픔을 애써 참으며 옛 추억을 떠올리는 모습이 너무 애처로웠다. 언젠가 누나도 숙경이의 근황을 물은 적이 있었기에 나도 모르게 미간이 일그러졌다.

누구보다도 열심히, 성실하게 살아온 동창생이건만 그녀 역시 충분한 뒷받침만 있었더라면 평범한 주부로 머무르지 않았으리란 믿음이 오늘따라 화강석처럼 단단하기만 하다. 하얀 모자를 쓴 머리 위에 걸려 있던 여러 개의 큼직한 링거팩이 자꾸만 눈에 아른거렸다.

어려웠던 지난 시절을 헤쳐온 40대 이상의 사람들에겐 누나처럼 하고 싶었던 공부와 희망을 펼치지 못한 채 꿈을 접었던 사람들이 이루 헤아릴 수 없이 많을 것이다. 어쩌면 마음속에 그 아쉬움과 한을 꼭꼭 숨겨 놓고, 묵묵히 성실한 삶을 살고 있을지도 모를 일이다.

재능을 맘껏 발휘하지 못한 마지막 희생의 세대, 불운한 세대라는 사실만이라도 사회가, 후배들이, 자녀들이 알아주었으면 좋겠다는 생각이 파도처럼 밀려온다.

6월의 강렬한 태양에 사루비아는 눈이 아리도록 빛나고 있다. 수수하지만 당당하고 자신감 넘치는 모습으로 사람들의 시선을 잡아당기고 있음이 너무도 대견스럽다.

콩

정 정 성

약력
강원도 정선 출생
하나은행 여성글마을
잔치 대상
불교문예. 예시수필
편지마을 회원

주소
서울 강동구 암사3동
108-2

전화
집 : 02)429-9210

지난 해 봄, 남편은 실직을 했다. 정년을 몇 해 앞 둔 명예퇴직이었으나 심리적 충격은 예상보다 컸다. 그러나 그린벨트로 묶인 마을에는 비닐하우스 농가가 여럿 있어 다행이었다. 늘 귀농을 꿈꿔 온 남편은 이집 저집 일손을 돕더니 그 중 아내를 잃고 혼자 애쓰는 전씨네 토마토 밭으로 출근하다시피 했다. 그 고마움의 대가로 전씨는 올 봄, 일손 부족으로 놀리고 있는 밭 한자리를 내줬다. 무얼 심을까 궁리한 끝에 콩을 심었다. 그리고 콩 꼬투리가 누르스름해질 무렵, 남편은 다시 취업을 했다. 당연히 콩을 베고 터는 일이 내 몫이 되었다.

하늘 맑은 날 콩을 털었다. 파종 후, 비둘기 떼와의 싸움에서부터 김매기, 비바람에 쓰러진 콩 포기를 일으켜 세우는 등 남편의 정성이 지극했던 탓이리라. 예상보다 작황이 좋았다. 콩을 털면서 머릿속으로는 이런 저런 생각에 잠겼다. 어느 풀 한포기도 인간의 삶에 견주지 못할 게 없지만 콩의 한해살이가 사람의 일생과 다를 바 없다는 생각이 들었다. 어떤 가장이는 튼실한 꼬투리를 가득 맺어 한 번 두드리자마자 좌르르 콩을 쏟아냈다. 그러나 제때에 꽃피우지 못한 가장이는 푸르딩딩한 빛을 띤 채 쭉정이를 매달고 있었다. 각각의 꼬투리에도 영근 알을 서너 개씩 보듬은 것이 있는가 하면 외롭게 보듬은 한 알마저 병들어 썩은 것이 있었다. 다복하게 많은 것을 지닌 사람이 있고 쓸쓸하게 사는 이웃도 있듯이.

콩을 털기 시작한 둘쨋 날, 할머니 한 분이 콩밭을 뒤적이셨다. 아차 싶었다. 낱알 한 톨이라도 버리지 않는 것이 농부의 마음이라 여겨 콩을 벤 다음 날 콩밭에 떨어진 콩과 꼬투리를 알뜰히 주웠기 때문이다. 몇 알의 콩을 주워들고 그 할머니는 얼마나 야속한 생각이 들었겠는가. 넓은 경작지라면 어쩔 수 없이 낱알을 남기게 될 것이고 그것은 또 겨울 동안 새들의 먹이가 되거나 이삭 줍는 사람들에게 선의의 보시가 되지 않을까. 밀레도 남겨진 이삭이 없었더라면 '이삭 줍기'라는 명작을 남기지 못했을 것이다. 버림은 때로 베풂이며 버림으로써 얻는 게 소유의 법칙이라 했다.

'콩은 밭에서 나는 쇠고기란다.' 어릴 적 귀에 못이 박히도록 들은 콩 예찬이다. 친정어머니는 콩 탐(貪)이 대단한 분이었다. 콩을 사 들이는 일로 월동준비를 시작하셨다. 흰콩, 서리태, 질금콩 등 여러 종류의 콩을 사 놓고 메주부터 쑤셨다. 그런 뒤 청국장을 띄우고 날콩가루도 넉넉히 빻아 두셨다. 늘 콩을 두어 밥을 짓고 냉이나 무청시래기도 꼭 날콩가루를 묻혀 국을 끓이셨다. 눈 오는 날엔 콩 인심이 후해져서 볶은 콩을 주머니 가득 넣어 주시고 고소한 콩죽을 쑤기도 하셨다. 또 안방의 아랫목엔 검은 보자기를 씌운 콩나물 시루가 떠나지 않았다. 겨울이 긴 강원 산간 오지(塢地), 늘 정강이가 시린 어린 것들에게 쇠고기 한 점 못 먹이는 서글픔을 콩으로 달래셨다.

생각해 보면 콩처럼 유익하고 쓰임이 많은 곡식도 없는 것 같다.

발효식품인 장(醬)류는 말할 나위도 없고 두부나 콩나물은 지금껏 서민들의 사랑을 받고 있다. 떡고물, 송편의 소, 강정, 콩기름 등등 우리의 건강에 크게 이바지하는 콩! 특히 밥과 궁합이 맞는 장의 섭취로 우리 한민족 고유의 얼이 형성되지 않았을까. 따라서 장독대는 신성한 곳으로 섬김을 받았다. 정화수를 떠놓고 가족의 안위를 빌던 곳이며 간장맛이 변하면 불길한 징조라 여겨 장독 간수를 소홀히 하지 않았다. 장맛은 그 집 안주인의 살림솜씨를 가늠하는 척도이기도 했다.

어려서부터 많은 콩을 먹고 자란 탓일까. 우리집은 콩의 소비가 많을뿐더러 지금도 주방 한쪽엔 안반과 홍두깨가 참하게 놓여 있다. 고향에서 '가숙이'라 불렀던 칼국수를 자주 해 먹기 때문이다. 부슬부슬 비오는 날이나 식구들 중 누가 감기라도 들라치면 우리밀에 날콩가루를 섞어 얄팍하게 민 뒤 막장을 풀고 삶아 낸다. 또 남편의 식성은 지극히 토속적이어서 끼니때마다 된장찌개나 장국을 찾는다. 시댁에서는 으레 다른 형제들보다 많은 양의 메주를 나눠주셨지만 일년에 몇 차례씩 어렵게 운을 떼 맏형님네 장을 얻어 왔다. 남편이 실직한 후로는 장 항아리부터 쑥쑥 줄어들었다. 출장이다 회식이다 하던 외식이 없어지고 거의 집에서 밥을 먹으니 가장 절실하게 느껴지는 게 콩 농사였다.

날은 저물고 서툰 키질로 콩 함지엔 콩 반, 티 반이었다. 낡은 소반을 펴고 여러 날 콩을 골랐다. 이 단순하고 지루한 노동을 통해 책에서 얻는 것과는 다른 차원의 깨달음도 얻었다. 농사란 자연의 섭리를 따르는 일, 그러므로 농부는 분에 넘치는 욕심을 품지 않는 사람들이다. 비로소 '밭갈이 하는 농부가 바로 부처' 라는 큰스님의 선문답이나 '가장 겸손한 자는 땅을 어머니로 모시는 자' 라는 글귀가 가슴에 와 닿았다.

콩깍지를 때며 서 말[三斗] 메주를 쑤었다. 마당에 무쇠솥을 걸고 메주를 쑤던 날, 골목길도 덩달아 시끌벅적했다. 발가스름하게 뜸이

든 메주콩을 맛보며 옛 추억을 한 타래씩 풀어놓던 이웃들. 삶은 콩
을 밟아 메주를 딛고 나니 저녁 어스름이 몰려왔다.

　나는 지금 그 어느 때보다 간절하게 봄을 기다린다. 새해 음력 정
월, 몸과 마음을 정히 하고 장을 담으리라. 새 천년의 소망과 함께.

사 공 정 숙

약력
경북 군위 출생
한국 문인협회 회원
한국 수필가 협회 회원
예시수필 동인
글꽃동인

수필집 ;
『꿈을 잇는 조각보』
공저 ;
『다섯 개의 변주곡』

주소
서울시 강남구 개포동
주공 5단지 아파트 503
동 1007호

전화
집 : (02) 445-5240

E-mail
clean40@hanmail.net

성하수제(盛夏數題)

<부채>

농부에게 여름은 베짱이의 휴식과는 거리가 멀다. 평생 농군이었던 할아버지는 나무 그늘에서 땀을 식히는 시간보다 논밭에서 일하는 시간이 몇 배나 길었다. 바람 한 점 없이 내려 쬐는 햇빛도 아랑곳하지 않고 무논에 엎드려 종일 김을 매고, 허물어진 논둑을 손보고, 물꼬를 조절하느라 바쁘셨던 것이다. 그래도 잠시 짬을 내어 부채를 손질하셨다. 작년에 쓰던 부채를 내어와 살이 부러지고 종이가 뜯겨나간 것은 다시 곱게 손을 보았다. 해마다 장날이 되면 크고 작은 부채를 서너 개씩 사들이는 일도 잊지 않았다.

비싼 고급 부채는 없었다. 할아버지가 외출하실 때 쓰시던 부채를 제외하면 모두가 싸고 튼튼한 것이었다. 합죽선도, 이름난 선비가 그린 그림이나 글씨를 받아 만든 부채도, 비단을 붙여 만든 것도 없었다. 그 흔한 태극선도 종이로 만들어 붙인 흉내만 낸 것이었다. 튼튼한 부채살 위에 누런 종이를 발라 만든 둥그스름하고 큼직한 부채를 어른들은 좋아했다. 힘들이지 않고 쉽게 부쳐지기 때문이었다. 유명한 여배우의 얼굴이 인쇄된 부채도 유행이었지만 할아버지는 수수한 그림을 원하셨다.

할머니는 손님이 오시면 우물에서 금방 길어 올린 냉수와 함께 부채를 권하셨다. 마실 오신 할머니들은 지붕 끝 추녀나 먼 산을 바라보며 부채를 쉬엄쉬엄 부쳐가며 말씀을 나누셨다. 어쩌면 손에 든 부채는 더위를 쫓는 상징적인 의미나 역할일지도 모른다.

부채를 살이 휘도록 세게, 활활 부친다고 더위가 가셔지는 것도 그리 시원한 것도 아니다. 부채는 설렁설렁 여유로 부치는 게 옳은 방법이다. 마치 더위를 인정하고 받아들이는 것이 여름을 나는 한 방법임을 설명하듯이. 얼핏 부채는 여름 한더위 앞에서 역부족으로 보인다. 부채바람으로 더위를 이기려는 발상부터가 여유가 아닐까. 대청마루에 앉아 멀리 산마루에 내려앉은 구름과 그 너머 어딘가에 있을 선들바람을 부채로 유인하는 것이다. 비켜갈 수 없는 여름이란 절기를 부채로 불러들이고 보낸다.

여름은 가도 남루해진 부채는 기억 속에 남아 있다.

<밀짚모자>

한 귀퉁이가 날아간 할아버지의 밀짚모자가 생각난다. 밀짚모자에는 숨막히는 여름 한낮의 더위가 느껴진다. 혹 다가오는 열기 속에서 고흐의 태양과 밀밭, 곡식이 심겨진 넓은 들이 펼쳐진다. 그 위를 나르던 까마귀 떼도 기억처럼 생생하다. 그리고 파도처럼 밀려오는 바람을 맞아 황금빛 이삭이 쏴아 소리내며 누웠다가 일어서던 고향의 보리밭으로 달려가는 것이다.

보리밭의 깜부기처럼 서러운 존재, 그러나 밀짚모자는 질박하고 따뜻하다. 찌그러진 모자에 서린 장난기는 농사꾼의 시름겨운 삶도 함께 끌어안는다. 여름, 자라고 자라나는 무성함, 열기로 가득찬 그곳에는 늘 밀짚모자가 있다. 주름진 얼굴에 더 많은 주름을 만들며 환하게 웃는, 구릿빛으로 그을린 농부의 얼굴과 어울리는 모자이다. 한없이 촌스럽고 거친 모자이나 농사꾼에게 그보다 잘 어울리는 패션은 없다.

서울에서 산 새 밀짚모자에도 땀 냄새가 난다. 언제나 상기되는 신성한 노동의 흔적, 고단함이 묻어있다. 여름의 타작마당이, 도리께 소리가, 일꾼들의 새참술인 막걸리가 그 속에 숨겨져 있다. 들판 가득 잘 익은 보리 대궁이를 태울 듯 내려 쬐는 여름 해를 담고 있다.

〈개구리 소리〉

여름이 되어 자주 듣는 소리는 무얼까. 아마도 매미와 개구리 우는 소리일 것이다. 매미가 갠 날과 낮에 주로 운다면 개구리는 흐린 날과 밤에 많이 운다. 운치로 말하자면 매미는 서경적이고 개구리는 서정적이다.

작열하는 여름 태양과 무성한 성장의 기운만이 여름의 모습은 아니리라. 여름도 숨죽이고 참을 줄 안다. 소나기를 뿌려 대지를 시원하게 만들고 오랜 장마로 자연을 흠뻑 물기로 적신다. 사람의 마음도 자욱한 안개와 물보라 속에 가라앉고 흐르는 물소리에 깊은 사색과 정다운 서정의 세계로 끌려든다.

개울물 소리와 그치다가 다시 퍼붓는 빗소리에 잠을 뒤척이는 밤, 무논에서 개구리가 운다. 개구리 울음은 집단의 슬픔이다. 슬픔 속으로 빠져들게 하는 최면을 건다. 개굴 개굴 개굴…… 불효한 청개구리의 이야기가 가슴을 치면서 나는 어머니를 생각한다. 그리고 함께 울어 보는 것이다.

비가 그치고 햇빛이 쨍쨍 내려 쬐면 개구리 소리는 잠잠해지고 여름날은 또 그렇게 흘러가는 것이다.

〈얼음과자〉

어느 여름날을 잊을 수 없다. 낯선 고학생(으레 그렇게 믿어왔다)이 나무통을 둘러메고 아—이스께끼를 외치던 날, 시골 아이는 아주 희한한 경험을 하였다. 할머니의 주머니돈과 바꾼 반쯤 녹은 아이스께끼를 입에 넣었을 때 혀에 닿는 차겁고 달콤한 미각 속에서 표현할 수 없는 경이를 맛보았다.

여름날의 아이스크림 앞에서 나는 인간의 무한한 능력을 믿게 되었다. 자연의 순리를 거스르고 계절의 특성을 바꿀 수 있는 어떤 존재를 막연하게나마 감지하였다. 처음으로 아이스께끼를 맛본 나는 더없는 갈증을 느꼈다. 미각이 갖는 본능에 어쩔 수 없이 이끌리게 되었는지 모른다. 하지만 그것은 문명 세계에 대한 갈증이기도 했고 물질에 대한 욕망이기도 하였다.

도시로 나간 첫여름, 나는 중학생이었다. 수업이 끝나고 학교에서 친구들과 어울리고 있었다. 교정에는 무성한 수목들이 향기를 품고 그늘을 만들었지만 무더운 기운을 아주 몰아내지는 못했다. 나무 그늘 벤치에 앉아 학교 담 너머로 가겟집 아저씨를 불러 한 개에 오 원 하는 '영성하드'를 사서 먹었다. 팥이 든 아이스바는 혀 끝에서 금방 녹아 버렸다. 그러나 한 친구는 혼자서 무려 50원 어치나 되는 얼음과자를 먹고 또 먹었다. 자랑스레 다 먹고 난 빈 막대를 죽 늘어놓았다.

지금도 기억하곤 한다. 한 인간의, 어린 아이의 갈망이 사소하거나 대수롭지 않아 보여도 그 순간 형성된 욕망의 크기는 누구도 무시할 수 없다는 사실을. 나는 아버지가 학교 선생님이 아니라 얼음과자를 파는 작은 구멍가게의 주인이기를 진심으로 바랐다. 아니면 세월을 거슬러 옛날 아주 옛날, 얼음 창고를 지키는 창고지기가 아비였기를 상상해 보곤 했다. 그래도 우리집이 얼음과자를 마음껏 먹을 만큼 부자가 되는 상상을 하거나 석빙고의 주인인 왕녀가 되는 꿈을 꾸지는 않았다. 중학생의 현실 인식이 터무니없지 않았지만 성장기의 나의 여름은 얼음과자를 먹고 싶은 마음으로 가득 차 있었다.

더운 여름이면 시원한 얼음과 보내는 시간을 즐기면서 상상에 빠져들기도 한다. 옛 왕조 시대의 사람들과 여름날 내가 누리는 호사(온갖 빙과류와 냉장고와 같은 것)를 비교해 본다. 그럴 때마다 신분 상승의 기분을 조금쯤 느낄 수 있다. 그 옛날, 평범한 사람들에게는 혜택이 돌아가지 못하는 여름날의 석빙고, 그 속에 보관된 얼음 덩어리를 떠올리는 것이다. 사각의 커다란 얼음들이 얼마나 많이 쌓여 있었을까. 그것들이 내뿜는 냉기는 어느 정도일까를 가늠해 본다. 그리고 여름 밤, 휘장이 둘러친 아름다운 왕녀의 침상 아래 놓였을 투명한 얼음과 꿀물이며 식혜, 과일 화채에 담겼을 잘게 부서진 얼음을. 그 얼음의 실체는 한겨울의 살을 에는 추위를 옮겨온 것이리라. 강물이 바닥 가까이 얼어붙는 혹한 속에서 얼음을 잘라내고 또 잘라내고……석빙고에 차곡차곡 쌓아 놓은 겨울의 일부분이었다. 그 천역(賤役)을 담당한 사람들의 비참함과 기혹한 운명을 생각하면 인간 욕망의 크기만큼 희생이 뒤따랐음을 가르쳐 준다.

계절을 거꾸로 돌리려는 인간의 노력이 석빙고였다면 그것은 긴 시간을 필요로 하는 작업이었다. 그러나 이젠 그럴 필요조차 없다. 여름 속에서 단기간에 겨울의 환경을 만들 수 있고 얼음을 생산해 낸다. 얼음은 자신의 계절인 겨울보다 무더운 여름에 더 인정을 받는다. 여름의 얼음은 인간만이 생각해내는 것이다. 반 자연적인 문명의 소산이다. 먹어도 먹어도 갈증이 해소되지 않는 얼음과자처럼 여름 속에 겨울을 끌어들이려는 우리의 욕구가 끝이 없음을 알게 한다. 얼음과자와 팥빙수를 앞에 두고 겨울을 떠올리기 보다 내가 먹어버린 여름의 한자락을 그 속에서 목격하곤 한다.

김 계 순

약력
전라남도 영광 출생
예술세계 신인상 당선
으로 등단
한국문인협회 회원
한국 수필가협회 회원
송파문학회 회원
예술시대 작가회 회원
예시수필 동인
글꽃 동인

수필집
『아버지의 꽃밭』

주소
서울 송파구 잠실2동
주공APT 262동 111호

전화
집 : 02)419-6866

허수아비

들판 가운데 서있는 사람, 그는 가을 신사이다. 바바리 코트에 베레모를 쓴 세련된 모습은 아니지만 순박하고 소탈하다. 헐렁한 바지에 소매를 걷어붙이고 밀짚모자라도 눌러쓸 양이면 익살스런 매력이 넘쳐난다. 찬 이슬에 몸을 씻고 파란 하늘빛으로 단장한 그에게선 잘 익은 술처럼 가을의 정취가 묻어난다. 그는 허수아비이다.

들판은 허수아비의 무대가 된다. 넓디넓은 들 가운데서 그는 모든 역할을 홀로 담당한다. 시나리오 작가, 무대감독, 때로는 배우가 되어 노래하고 춤도 추며, 혼자 말하고 사색하며 때로 눈물도 흘린다. 낮에는 마주선 산과 소곤소곤 이야기하고 저녁이면 산 그림자를 불러와 그와 같이 한 이불에서 잠을 잔다. 어둠의 들판으로 달님이 마실 오실 날엔 밤새워 함께 술잔을 기울이고, 비틀거리며 그 술벗이 떠나고 난 뒤에는 그는 또 혼자가 된다.

어렸을 때의 일이다. 방과후면 논에 새보

러 가는 일이 가장 큰 임무였고 하기 싫은 일 중에 하나였다. 우리 논은 바로 마을 앞에 있어서 참새들의 주 공략지가 되었다. 주머니 속에 찐 옥수수나 단수수 그리고 삭힌 감을 넣고, 긴 간짓대를 질질 끌고 논으로 갔다. 그러나 쨍쨍한 가을볕에 온통 벼뿐인 논을 바라보고 있자니 지루하기 그지없었다. 참새들은 얼마나 영리한지 잠시도 한눈을 팔 수가 없었다. 사람이 없는 곳만 골라서 몰려다니고 간짓대를 힘껏 휘저으면 도망가는 척 슬쩍 날랐다가 다시 그 옆으로 앉았다. 계속 쫓아 들어가면 그때는 훌쩍 날아 사람의 손이 닿지 않는 논 가운데로 깊숙이 몸을 숨겨버렸다. 머리끝까지 달아오른 화를 삭히며 논둑까지 달려가 소리치면 다시 저 귀퉁이로 날아가서 지절거리며 약을 올리곤 했다. 그때처럼 절실하게 내 몸이 여러 개였으면 좋겠다고 생각했던 적은 아마 없었을 것이다. 그런 내 마음을 아셨던지 아버지는 허수아비를 만들어 나의 손이 미치지 못하는 곳에 세우셨다.

가능하면 허수아비를 무섭게 만들었다. 눈과 눈썹은 위로 치켜 올리고, 덥수룩한 수염을 달아 얼굴을 험상궂게 보이도록 했다. 그러나 근래에는 허수아비를 만들어 세우는 일도 드물어진 것 같다. 한 걸음도 움직일 수 없는 허수아비만으로는 약삭빠른 참새를 쫓아 낼 수 없었던지 차츰 그 방법도 다양해졌다. 벼이삭 위로 여러 갈래의 반짝이는 끈을 거미줄처럼 엮어 거기에 돌멩이를 넣은 빈깡통을 매달았다. 줄만 당기면 소리가 나게되는 것이다. 또 양철통을 두드려서 경계심이 많은 참새를 접근하지 못하도록 하는가 하면 공포탄을 쏘는 방법도 동원되었다. 간혹 어떤 사람은 녹음기에 소리를 담아서 틀어놓기도 하고 아예 벼이삭 위로 그물 같은 망을 쳐서 곡식 한 톨도 넘보지 못하게 했다. 갖은 방법을 동원해도 그만큼 참새들은 약아만 갔다.

지난 추석 성묘 길에 나섰을 때의 일이다. 전라남도의 어느 동네를 지나치면서 참으로 멋진 광경을 목격했다. 들판은 한 폭의 아름다운 수채화였다. 반듯한 논둑길에 한 줄, 그리고 노스름하게 익어 가는 벼

논 가운데 또 한 줄, 허수아비가 그렇게 두 줄로 나란히 서 있었다. 그들이 입고있는 옷도 다양했다. 색깔 고운 개량한복을 입는 것이 있는가 하면, 가벼운 반 팔 티셔츠 차림도 있고, 유행에 조금도 뒤지지 않는 화사한 블라우스를 입고 있는 것도 있었다. 모자를 쓴 노인과 젊은 남자, 여자와 어린이도 있는 것으로 보아 허수아비가족, 또는 친척들이 추석나들이를 나온 듯 보였다. 흐뭇했다. 누군지 모르지만 귀한 볼거리, 마음의 선물을 준비한 그 손길이 그저 따뜻하고 정겹기만 했다.

허수아비는 '허숭아비', '허시아비'라고도 하며 종교적인, 주술의 목적에서 비롯되었다고도 한다. 그러나 허수아비의 일은 참새를 쫓는 일이다. 세월 탓일까. 최근에는 허수아비가 사람과 더 가까워진 느낌을 갖게 한다. 추석 때 귀향 객을 위해, 고속도로 주변에 허수아비를 만들어 세워놓았다. 벌써 추수를 끝낸 논에는 아이들을 풀어놓은 듯 꼬마 허수아비를 수십 개 만들어 볼거리를 제공하기도 했다. 모 백화점에서도 허수아비 전시회를 열어 삭막해져 가는 도시민의 향수를 촉촉히 적셔주었다. 그 허수아비를 보는 순간 사람들은 벌써 어머니를 만난 것처럼 푸근함을 느꼈을 것이다. 언제 보아도 시골의 정감을 불러일으키는 허수아비는 우리 가까이에서 고향의 정서를 한껏 느끼게 하고 있다.

허수아비를 보면 굳게 닫혔던 마음의 빗장이 풀린다. 바라보기만 해도 여유로워지고 풍요가 느껴진다. 무엇에도 매이지 않는 자유가 부럽고 그 어수룩한 모습에서 인정이 묻어나 왠지 다가서고 싶어진다. 헤어진 옷을 걸치고도 웃을 수 있는 여유와 항상 팔을 펼쳐 아무것도 움켜쥐지 않는 모습은 어쩌면 속없고 바보 같아 보일 수도 있다. 그러나 그는 길가는 나그네에게도 다정하게 말을 걸어줄 따뜻한 마음을 지니고 있다. 떠나고 떠나보내야 하는 자연의 순리 앞에 철마다 슬픈 이별을 하면서도 좀처럼 감정을 드러내지 않는다. 오히려 자신의 아픔을 아름답게 승화해 낼 줄 아는 예술인의 정신을 닮았다.

　매사에 잔머리를 굴려 손익을 따지고, 권력의 줄대기에 눈을 반짝이는 우리도 허수아비를 닮아보면 어떨까한다. 가슴을 열어 바람소리 새소리, 작은 불꽃의 소리에 귀를 기울여 보면 어떨까. 작렬하는 태양아래서나 비바람 몰아치는 날에도 허수아비는 묵묵히 자기 자리를 지킨다.

차 갑 수

약력
하나은행 창업기념 '하
나글잔치' 우수상
마로니에 전국여성 백
일장 장원
월간 주택저널 '내집
마련 체험수기' 대상
월간 행복이 가득한 집
'행복에세이 대공모'
대상
한국 관광수필 공모
우수상
한국수필협회, 편지마
을, 맥심문학, 예시수
필 동인

주소
경기도 과천시 부림동
41번지 주공APT 917동
503호

전화
집 : 031)504-0230

귀농 1호, 그 친구를 찾아서

경섭에게 할 말이 있어 직장으로 전화를 했더니 '과장님은 퇴직하셨습니다'라는 것이다. 일반 직장에 근무하던 친구들은 몇 년 전부터 하나 둘 일자리에서 물러나던 터라 크게 놀랄 일은 아니었지만, 아직 근무 연한이 남았을 거라고 여겼는데 뜻밖이었다. 오십 중반의 나이는 좀 어정쩡하다. 자녀들 학업과 혼사 문제가 첩첩으로 남아 있어 일손을 놓기에는 아쉽고, 그렇다고 그냥 눌러앉자니 사무실 인원을 감축하는 형편에 눈치가 보인다고, 친구들로부터 간혹 전해들은 적이 있었다. 가족 계획에 성공한 경섭은 작년에 장남을 결혼시켰고 대학 졸업반 아들이 하나 남아 있다. 다른 친구들에 비하면 등짐이 홀가분한 편이었다. 그래서인지 직장 떠나는 일도 쉽게 결정을 내린 것 같았다.

내가 코흘리개들 중 몇몇 친구들과 더 가까워진 건 동창회 외(外)로 따로 만나는 자리에 초대되었을 때 부터였다. 경섭이, 정생이,

지원이, 내현이 그리고 신자와 나는 사석에서 가끔 만났다. 친목을 도모하는 분위기가 조출하여 정담을 나누기에 괜찮았다. 흉허물없이 이런저런 대화를 하다 보면 양념처럼 빠뜨리지 않고 끄집어내는 화두가 있었다. '고향으로 돌아가자고.' 지금, 육신은 비록 서울에 틀고 살지만 언제고 회귀할 채비를 염두에 두곤 했다. 항상 동심의 기억을 되살리며 고향 노래를 불렀다. 고향의 땅자락을 다시 붙들고 싶어하는 마음들이 간절했다. 정생이는 부모님이 고향에 생존해 계셔 도심의 먼지를 털고 나서는 일이 맘먹기에 달린 듯했다. 대학교수로 재직 중인 내현이는 65세 정년을 채우려면 앞으로 십 년이 남았고, 사업가 지원이의 생활 무대는 아무래도 도시가 제격일 테고, 신자와 나는 출가외인으로 시댁을 따라야 할 입장이었다. 자녀들과 거리가 멀어지면 곤란하다 싶어 서울 근교에 터를 잡고 고향처럼 들락거리자는 의견도 분분했었다. 그렇게 들썩거리기를 수년이 흘렀다. 서울이 빵을 해결해 주는 현실이라면 고향은 어머님 품 같은 정서의 한 마당이었다. 나름대로 고향 가는 청사진을 그리며 웃고 떠들었다. 서로 우정을 다독이며 가슴을 열어 왔는데, 그 동안 경섭은 직장을 그만두겠다는 언급이 전혀 없었다. 헌데 여직원의 엉뚱한 대답은 나를 놀라게 했다. 현실 문제는 함부로 터놓지 못하는 별개의 비밀이었을까? 모임에서의 경섭이는 자신의 가치를 내세우지 않고 없는 듯이 큰 몫을 차지하는 존재였다. 친구들의 궂은 일 뒤치다꺼리와 친구간의 화해를 도맡아 왔다. 퇴직 후로 경섭은 집에 있는 남자가 되었다.

요즘 주식시장은 퇴직자들로 붐볐다. 어느 날 직장을 내놓고 갑자기 남아도는 시간을 조율하기로 주식시장 만한 데도 없을 것이다. 자본주의 국가에서 돈은 생명 줄과 같다. 적당히 긴장하며 용채와 생활비를 벌어 쓸 수 있으면 그보다 좋을 수 없는 일이다. 허지만 주식 사고 파는 일이 그리 만만한 게 아니잖는가. 주식이 눈에 들어올 때쯤이면 상당한 시간과 수업료를 바쳐야 하는 곳이다. 한마디로 돈 게

임이다. 백원 벌고 만원을 날려도 하소연 못하는 곳이다. 회비 쌍곡선을 긋는 곳, 오직 돈에 맹종해야 하는 곳, 그래서 인간성이 돈 냄새로 흔들리는 곳, 남녀를 불문하고 돈으로 얼룩진 곳, 번 사람은 소수고 잃은 자가 다수인 곳, 횡재나 욕망을 부추기는 반면, 재산이 토막질 당하는 곳이다. 경섭은 아예 주식시장에 발을 붙이지 않았으면 좋겠다는 생각이 스쳤다. 물질과 타협하지 않고 맑은 영혼을 가진 친구가 단 한 사람이라도 남아 줬으면 하는, 욕심을 부리고 싶다.

가끔 보면 퇴직한 친구들이 고독해 보였다. 주체할 수 없는 시간을 떠 안고 어찌할 바를 몰라 허둥대는 친구도 보았다. 낚시를 즐기는 경섭이가 다행이었다. 강이나 바다를 상대로 하는 취미가 사람을 순리대로 살라는 가르침을 주었을 것이다. 물이란 고이면 썩고 흐름대로 놔두면 젖줄이다. 물고기로 생계 수단을 잇는 어부가 아닌 바에야 경섭은 가슴을 넓혔을 것이다. 낚싯대를 던져 놓고 세상 속을 꿰뚫며 견뎌 온 정신의 양식이 축적됐으리라고 미루어 짐작이 갔다. 남자가 퇴직했다 하여 쓸모 없는 자 같지만, 이럴 때일수록 가장 쓸모 있는 자로 남기 위해 노력을 바쳐야 할 것이다. 젊을 때는 나이들 때를 대비해야 하듯이, 자신을 추스르는 좋은 취미는 물질과도 바꿀 수 없는 소중한 재산 목록이다. 꼭히 돈으로 만 노후 대책이 되는 건 아니다. 주식처럼 눈으로 보이는 것에 탐하지 않고 속된 것에서 귀를 멀리해야함을 경섭은 이미 간파하지 않았을까.

상경한 코흘리개들 숫자가 많으니 경, 조사도 줄줄 이다. 매번 경섭이는 인편으로 축의금을 전달하고 참여하지 않았다. 새 천년이 되면서부터 경섭을 볼 수 없었다. 부안을 자주 다니는 게 심상치 않아 물었다. 무엇 때문에 그렇게 들락거리냐고? 고심 끝에 용단을 내렸다 한다. 고향에 가서 버섯을 재배하기로 소신을 굳혔다는 것이다. 마땅한 토지를 찾는 일이 쉽지 않다고 했다. 수개월만에 버섯 농사에 알맞은 땅을 임대했다는 소식을 들었다. 농경 사회에 정착하려면, 말끔

한 옷차림으로 사무실에서 근무하던 때와 달리 한 동안 몸살 앓는 시
련을 이겨내야 할 것 같았다.

　나는 경섭의 귀농생활이 매우 궁금했다. 변산의 해넘이도 보고 싶
던 차에 불쑥 가보기로 했다. 12시 차를 탔다. 부안까지 가려면 지루
하리라고 지레짐작을 했는데 소요 시간은 세시간 반 걸린다는 운전
기사의 방송이 있었다. 늦어도 막차로는 되돌아 올 수 있어 민폐를
끼치지 않아도 될성싶었다. 부안 터미널에 도착해 두리번거려도 경
섭은 보이지 않았다. 다시 전화로 경섭을 불러냈고 한참만에 나타났
다. 4월의 봄볕은 이제부턴데 경섭의 얼굴은 이미 그을려 있었다. 버
섯 농장은 내변산 쪽이라고 했다. 부안에서 약 삼십분 가량 걸렸다.
일만 육 천 평 밭에 우선 두 개의 비닐하우스를 짓고 시험 재배에 들
어갔단다. 일 미터 가량의 참나무 3200개를 운반하는 일이 엄청난 노
동이라고 했다. 동생과 둘이 하다 지쳐서 결국 서울에 있는 대학생
아들과 조카를 불러들였다고 했다. 사십 년이 넘도록 도시 생활에 젖
었던 친구가 갑자기 농촌의 주민들과 융화하며 지내는 일이 수월치
않을 것이다. 사람은 환경의 지배를 받는 동물이다. 그곳 형편에 따라
원만하게 처신하는 편이 서로가 잘 사는 길이다. 경섭은 농협으로부
터 모든 지원을 받아 가며 하나하나 챙겨 나갔다. 과거처럼 주먹구구
식으로 농사짓던 시절은 아니다. 하루가 다르게 변화하는 정보화 세
상에 맞추어 영농도 과학적으로 연구해 간다면 경섭은 틀림없이 발
전해 갈 것이다. 그러자면 경섭이도 공부해야 할 게 많을 것이다 인
력 돗워이 매우 나감한 문제였는데 먼저 경섭이 자신이 마을 작목반
에 가입했더니 일이 순조롭게 진행되는 편이라 했다. 자신의 존재를
던져 버렸을 때 자기 앞으로 되돌아오는 그 어떤 희열을 맛본 셈이었
다. 주고받는 게 우리네 인정이었다. 농기계가 제아무리 발달했어도
사람의 노동력과 더불어 인심을 교환하는 품앗이 전통이 그대로 살
아 있었다. 여성과 남성의 임금은 차별화 되어 있었다. 참나무에 구멍

뚫는 힘든 작업은 남성들 차지고 구멍에 종균을 심고 투입구를 스티로폴로 막는 일은 아낙들 몫이었다. 온도와 습도를 알맞게 조절하고 개울물을 끌어올려 몇 차례씩 물을 뿌려 주는 반복되는 노동의 연속이라고 했다. 비닐 지붕은 자동화로 이중 장치가 되어 있었다. 낮에는 통풍을 시키고 밤에는 냉기가 없도록 관리에 만전을 기한다고 했다. 현재는 참나무를 눕혀서 한 달 가량 숙성시킨 후, 사람 人자 모양으로 세우는 작업을 할 예정이란다. 그런데 나무토막 한 개의 무게가 얼마나 무거운지 내 기운으로는 들리지가 않았다. 촌부들과 함께 부대끼며 도농(都農) 간의 거리감을 좁히는데는 재미난 유머와 한가락 노래, 한바탕 웃음이 제일이란다.

우리가 시장에 나가 돈만 주면 사 먹던 버섯이 나무 속의 양분을 빨아올려 생성된다는 사실을 오늘 알게 되었다. 통나무에 한번 종균하면 향후 5년 간 버섯이 생산된다는 설명을 들었다. 이르면 올 가을부터 수확이 있을 것 같다는 경섭의 표정이 들뜬 듯이 상기되었다. 시험 재배가 성공적으로 이어지면 나머지 땅에 십여 개의 비닐하우스를 더 설치할 희망에 부풀어 있었다. '늦었을 때가 빠르다'는 말이 생각났다. 오십 중반에 새 일감을 붙들기가 어려웠을 텐데, 한가지 목적을 설정하고 줄곧 그 일에 골똘하는 경섭에게 격려의 박수를 보냈다. 퇴직 후 공백 기간을 짧게 조절하고 곧바로 실천에 옮기는 과정을 보았다. 삶이란 마음 따라 행과 불행이 교차하며 행동 따라 개인의 모양새가 각양각색으로 드러났다. 어느새 농민이 다 된 양 경섭의 피부는 갈색을 띠고 체중이 줄어들었다. 깡마른 몸에 농기구를 든 손, 피어 내는 연기, 움푹 들어간 눈이 전형적인 농군으로의 탈바꿈을 시도하는 중으로 비쳤다. 주체성이 강한 경섭에게서 또 다른 내면을 엿볼 수 있었다. 우리에게 대지는 영원한 모성이다. 거짓과 추월 무질서가 없는 것이 흙이다. 흙을 대하면서 겸허와 믿음, 인내 그리고 삶의 가치를 일구어 나갈 것이다. 버섯 농사 문제없음이라고 주변 사람들을 안심시켰다. 걱정했던 것보다 훨씬 더 큰 확신을 주었다. 인간이란 하고 싶은 일을 하고 살면 그것이 곧 즐거움이었다. 고향에 돌아가기를 소망하던 코흘리개들이 하나 둘 귀향할 조짐을 보인다. 도심의 때를 훌훌 털고 과감하게 발길을 돌린 친구 경섭에게 화이팅을 보냈다. 버섯 농사와 더불어 노년의 미래를 준비한다는 경섭의 영혼에서 생활의 향기가 피어나고 있었다. 손만 뻗히면 첨단 과학과 물질문명 그리고 향락이 사방으로 깔린 화려한 도시를 등지고, 농촌 생활은 어쩌면 적적하리라는 상상을 했던 나의 생각은 기우였다. 경섭은 번뇌의 속박으로부터 이탈하여 즐거움을 얻어 가고 있었다. 자기 감관을 지키며 진정한 자유를 누리는 친구로 비쳤다. 고향을 사랑해 가며 마음의 고요를 얻은 경섭은 승패와 상관없이 인간 본연의 심성으로 돌아가 초연해 있었다.

참으로 오랜만에 발붙인 부안의 거리는 타관 같은 인상을 주었다. 어릴 적 꿈으로 넘치던 추억을 고스란히 간직했던 길목은, 개발의 물결에 밀려 옛길이라는 칭호로 뒷전에 밀려나 있었다. 어디가 어딘지 분간이 어려웠다. 혹여 낯익은 사람이라도 만나 지려나 고개를 돌려 보지만 모두가 타인들뿐이었다. 여행이란 둥지 밖을 나돌며 내일을 위한 또다른 충전을 하기 위해서다. 경섭의 허술한 옷차림에서 체면과 허세에 얽매이지 않는 여유를 감상했다. 현지 주민과 겉도는 인간관계도 극복해 내리라 믿는다. 친절과 미소와 화합 정신만 있다면 그것도 그리 크게 염려되지는 않는다. 사십 년이란 세월을 걸러서 멀리 갔다가도, 본향으로 되돌아오는 본능적 역할에 성실한 경섭의 귀농 새 출발 신호등에 파란 불빛만 켜지기를 기원하련다. 현재 경섭이가 시작한 세상은 단순히 되풀이되는 농사가 아니라, 시대 흐름에 따라 끊임없이 새롭게 전진하는 본보기였다. 무대만 바뀌었을 뿐이지, 시대 변천에 순응해야 함은 당연한 처신이지 않을까. 숲과 온갖 새들을 벗삼으며 청정한 산소를 호흡하고 싶은 소망은 누구에게나 있다. 전원 생활을 열망하는 도시인들에게 시사하는 바가 클 것이다. 무작정 귀소 하는 것은 지양해야 한다. 적당한 일감을 만들어서 자신의 모습을 변신시키는 것이 지혜이다. 새날을 밝히는 태양과 함께 경섭의 사대 육신(四大肉身)에서도 버섯 꽃이 활짝 피어날 것을 믿어 의심치 않는다.

돌아오는 길에 경섭은 해변의 노을을 선물해 주었다. 안개 자욱한 수평선은 가히 장관이었다. 분홍 물감을 흩트린 듯이 하늘가는 광활한 천연 수채화였다. 구름에 갇혔다 반짝 내비친 찰나의 햇살은, 마치 거대한 조명을 바다 위에 쏜 듯이 눈이 부셨다. 황홀, 찬란, 장엄의 극치였다. 처 얼 썩 파도까지 덮치는데…… 대자연의 오묘함에 넋을 잃고 말았다. 망망대해는 침묵하라 이르며, 인생 길에 정답이 있겠는가? 라는 여운이 가슴에 맴돌았다. 친구여! 일상의 가치와 생(生)의 용감성을 잃지 않기를……. 경섭에게 전하고 싶은 말이다.

울산 가는 길

김 지 영

약력
전남 강진
전국 마로니에 여성
백일장 장원
성동 주부 백일장 장원
어린이 대공원 주최
한글날 글쓰기 대회
금상
예술시대 신인상
전국 편지 마을 회원
맥심 문학회 회원
예술시대 작가 회원

주소
서울시 광진구 노유2
동 57-103 극동APT 2
동 903호

전화
집 : 02)497-0936

I

　잠자리에서 일어나 벽시계를 보니 새벽 세 시다. 오랜만에 남편을 만나러 가는 설레임 때문인지 소풍가는 아이처럼 간밤에 잠을 설쳤다.

　"은혜야 어서 일어나"

　부르는 소리에 화들짝 눈을 뜬 딸아이는 반쯤 감긴 눈을 비비며 거실로 나온다.

　"냉장고 윗칸에 멸치 볶음 있다. 아래칸에는 나물 묻혀 놓았으니 밥 먹을 때 꼭 꺼내 먹어, 오빠 안경 잊지 말고 닦아주고."

　잠이 덜 깬 딸아이는 연신 고개만 끄덕이더니 이내 방으로 들어가 버린다. 남편에게 가져갈 옷가지와 여름 이불을 챙겼다. 그리고 아들 녀석의 방문을 살며시 열었다. 책상 위에 안경을 집어들고 나왔다. 입김을 호호 불어 안경알을 환하게 닦았다. 집을 비울 때 가장 마음에 걸리는 것은 아들의 안경이다.

　태어나서 육 개월부터 쓴 안경, 아이에게

안경을 씌우고 며칠은 잠도 못 잤었다. 습관적으로 아이의 안경부터 챙기게 된다. 아이에게 조금이나마 세상을 밝게 볼 수 있도록 내가 할 수 있는 일은 안경알을 닦는 것이 고작이다. 손자국이 난무한 흐려진 안경알을 보고 있으면 쿵 가슴이 내려앉곤 한다. 그런 세월이 훌쩍 십 칠 년을 지났다. 나는 언제 이 염려의 집착에서 벗어 날 수 있을까…?

Ⅱ

초등학교에 가는 딸아이의 등을 토닥거려 주고 삼거리에서 헤어져 마을 버스를 타는 정류장으로 갔다. 아침 안개가 채 걷히지 않은 정류장, 오소소한 한기가 내 내부 깊은 의식을 깨워 싱싱한 풀처럼 일으켜 세운다. 가슴속이 상쾌하다.

이른 시간이라 버스 안은 몇 사람뿐이다. 건대 전철역에 차가 멎었다. 초등학교 일 학년쯤 되었을 남자아이와 수염도 깍지 않은 젊은 남자가 차에 오른다. 다정한 부자 같다. 내 추측이 채 끝나기도 전에 버스 뒤쪽에서, 아/ 아/하는 비명 소리가 들렸다. 순간 뒤를 돌아보았다. 방금 차에 탄 아이가 지르는 소리였다. 언젠가 TV에서 보았던 자폐아들과 같은 행동이다. 차가 멎고 달려도 상관없이 아이는 절규와도 같은 비명을 질렀다. 터미널을 한 정거장 앞에 두고 그 아이와 남자가 내렸다.

며칠을 깍지 않았을 덥수룩한 수염, 손에 말아진 영자 신문, 누군가 손만 데면 금방이라도 무너져 내릴 것처럼 휘청거리는 걸음걸이, 남자가 말없이 아이의 뒤를 따라가고 있었다. 그 광경을 바라보고 있으려니 나도 모르게 핑 눈물이 돌았다. 아이가 차에서 내리려고 할 때 매고 있던 가방에 써 있던 이름. '배 은 솔', 수첩을 꺼내 아이의 이름을 적었다.

은솔아 널 위해 아줌마가 평생 기도해 주마, 네가 어서 병이 나아서 아빠, 엄마를 부를 수 있었으면 좋겠구나. 멋진 청년으로 자라 네 또래 여자 친구도 사귀고 머리에 빨강, 노랑 물도 들이고, 인생을 고민하고 밤새 책과 씨름하는 널 떠올리면서 하나님께 간절히 기도하련다.

터미널에 내려 건널목에 서 있는데 내내 은솔이 생각이 났다. 주책 없는 눈물이 자꾸 흘러내리려고 한다. 눈을 끔벅거리며 하늘을 올려다보았다. 내 의지와는 상관없이 두 볼 위로 눈물이 흘러 내렸다. 화장실에 들러 한참 진정을 하고 난 뒤 매표소로 갔다. 나이 사십을 넘기고 나서 생긴 주책없는 버릇이다. 툭하면 눈물부터 나온다. 연속극의 뻔한 스토리에도 줄줄 눈물을 흘리기 일수다. 어찌된 일인지 나이를 거꾸로 먹어 가고 있는 모양이다.

Ⅲ

어느새 숲은 푸르다 못해 검다. 들과 숲이 눈웃음을 날리며 어서 오라고 손짓을 한다. 나도 저 숲 속의 한 그루 나무였으며 좋겠다는 생각을 했다. 밭 뚝 과 산자락에 무리 지어 핀 흰 찔레꽃, 산등성이 군데군데 핀 아카시아의 꽃 잔치……. 한없이 평화로운 광경들이다. 나는 그것들을 바라보며 이내 꿈을 꾸곤 한다.

깊고 깊은 산 속에 자리 잡은 시골 마을에 토담집을 짓는다. 남편은 흙을 이기고 나는 양동이에 물을 길러오고 흙과 돌을 쌓아 올린다. 통나무로 툇마루도 놓았다. 툇마루에서 사시사철 뜨고 지는 해를 바라볼 것이다. 십여 가구의 이웃이 있어 맛난 음식을 서로 나누어 먹는다. 울타리는 싸리나무를 심을까? 탱자나무를 심을까? 마을로 들어오는 길가에 봄마다 코스모스 꽃씨를 뿌려야지. 손바닥만한 채마밭에 상추랑, 쑥갓, 오이, 무, 고추를 심어 우리 집에 찾아오는 이들의 입을 즐겁게 하리라. 마당 귀퉁이에 바가지로 퍼 올릴 수 있는 샘을 만들고 곁에 장독대를 두리라. 봉숭아와 맨드라미도 심어야지. 도시의 아이들이 찾아오면 마당에 멍석을 깔아 두고 여름밤에 아이들의 손톱에 봉숭아 꽃 물을 들여 주련다. 민들레, 토끼풀, 풍년초, 오랑케 꽃 등 마당에 이름 모를 들꽃들을 불러들일 것이다. 뒷마당에 감나무 한 그루를 심고 그 밑에서 무릎 꿇어 늘 기도 하련다. 봄이면 산에 올라 고사리도 꺾고, 산나물도 뜯고 들판에서 쑥이랑 냉이도 캐리라. 흘러가는 개울물에 발을 담그고 헤르만 헤세도 만나고, 김소월과 도종환도 만나리라.

순한 황소의 눈빛을 닮은 이웃들과 여름 밤 내내 풀벌레의 노래를 들으며 삶은 감자를 먹으련다. 상상 속의 집을 짓고, 이웃들을 만나고 채소와 꽃씨를 뿌리며 가꾸는 사이 차는 목적지를 향해 달리고 또 달린다.

IV

약시로 고생하는 아들 아이 때문에 가끔씩은 우울증이 찾아와 견디기 힘든 시간들이 있었다. 내가 겪는 아픔이 세상에서 가장 크고 슬프게만 생각되어 온 몸에 힘이 속 빠져버린 듯 다리가 풀려 걷는 것도 힘들 때가 있었다. 아흔 아홉 가지의 불행을 지닌 것처럼 우울했던 날들, 그 긴 터널 끝에서 얻은 또 다른 지혜는 반대로 생각 해 보는 버릇이다.

흔들리는 차 속에서 내 안의 아흔 아홉 가지의 행복을 찾아본다. 하나님을 믿고 있는 것이 첫째 행복이다. 내 맘속에 수시로 드나드는 미움, 분노, 헤아림 들이 또아리를 틀라치면 어김없이 찾아오셔서 날 어루만지시고 구렁에서 건져 주시는 하나님의 따뜻한 손길을 느낀다. 나는 그 때 한없는 평화를 만난다.

부모님, 남편, 그리고 사랑하는 아이들, 형제와 속 터놓을 수 있는 친구가 곁에 있는 것이 얼마나 좋은지, 하나 하나의 행복을 세고 있으려니 내 입가에 미소가 번지고 마음까지 즐거워지는 것이 아닌가······.

남편을 만나 오늘 차 속에서 아흔 아홉 가지의 행복을 세워보고 왔노라고 했더니 말없이 눈웃음만 친다. 남편의 웃음 속에는 사람의 마음을 녹이는 마력이 숨어 있다. 아이들과 복닥거리다가도 퇴근해 돌아와 환하게 웃는 남편의 얼굴을 보고 나면, 세상 근심은 어느새 달아나 버리곤 했었는데······. 그이를 날마다 볼 수 없다는 것이 날 쓸쓸하게 한다. 그 어떤 보물 보다 귀한 남편의 웃음 속에는 내 맑은 미래의 꿈들이 있다.

한 달에 한번씩 찾아가는 울산, 나는 그 길에서 많은 것들과 마주치고 내 안의 나와 대화하는 동안 또 다른 삶의 한 순간을 만나곤 한다. 사는 일이 별나게 특별 할 수 없다는 것도, 햇살에 금새 스러지는 아침이슬 같은 것이 삶이란 것도, 그래서 더더욱 마음을 비워 두어야 한다는 것을 안다. 마음이 슬퍼지고 외로워지는 까닭이 바로 욕심 때문이라는 것도 알았다.

울산으로 가는 동안 내 안의 생각들을 하나하나 끄집어내 해부하고 나서 다시 정리하고 나면, 내 가슴속에 시원한 바람 한 줄기가 스쳐 지난다. 그리고 매초, 매분, 매시가 내게 주어진 최선의 시간이란 것도 가슴 깊이 새겨 두는 것이다. 날마다 쓰러지고 넘어지더라도 내 안에 감추어진 희망의 씨앗들을 뿌리고 가꾸는 일에 늘 부지런하리라고 다짐해 보는 것이다.

그이가 보고 싶다.

문학이 음악을 만났을 때

서영환

약력
음악평론가
1987 (예술계)평론당선
으로 데뷔

음악평론집
『음악문화의 재정립을
위한 사회적 반성』등

우리는 지금 어디로 가고 있는가? 세계는 지금 새천년에 대한 논의와 기대감에 애드벌룬처럼 들떠있는 형국이다. 사람들은 달력에 '2000'이란 숫자가 새겨지면 마치 모든 것이 새롭게 좋은 방향으로 변화할 것으로 생각하기도 한다. 하지만 산업혁명 이후 급속도로 발달한 물질문명에 가려 신음하고 있는 정신문명을 정화시킬 대안은 커녕 좋게 변할 것은 적어 보인다. 이른바 고도정보화 사회란 미명 아래 많은 것들이 사이버화되고 테크노화되고 있다. 사이버문학이 횡행하는가 하면, 전자음악과 컴퓨터뮤직은 음악의 기본 틀까지 변형시키면서 우리를 테크노 댄스 열풍으로 몰아넣고 있다. 이런 추세라면 머잖아 세계인들은 조지 오웰의 '동물농장'으로 들어가 영화 속의 '로버캅'으로 변해버릴지도 모를 일이다.

이미 서구의 문화 예술은 윤리적 가치관에서 한계점을 노정 시키고 있고, 우리의 문학, 음악계의 사정도 별반 다를 게 없다. 시인은 많지만 시를 읽는 독자는 급속도로 줄고 출판사가 자금을 투자하는 시집 발간을 중지하는 경우가 늘고 있다. 예술의 쌍두마차 격인 문학과 음악이 제 역할을 다하지 못할 때 우리의 정신문화는 극도로 피폐해지기 마련이다.

시의 근원은 음악이다.

일반적으로 시는 운문으로 씌어진 것이며, 시는 응축된 감정 표현, 간단히 말하면 고양된 말이라고 할 수 있다. W.H. 페이터가 "모든 예술의 상태는 음악에 가깝다"고 한 것과 같이 시에서도 음악의 역할은 크다. 한편 산문시나 자유시 운동이 일어난 뒤부터 시의 중심은 음악보다도 이미지로 옮겨졌으나 음악성이 배제된 것은 아니다.

한국의 시는 크게 고대가요·향가·고려가요·시조·가사·현대시 등으로 나눌 수 있다. 이들은 대부분 주술적 노래, 송축가, 시가의 형태로 대부분 음악과 밀접한 관계를 맺고 있다. 근대시에서 김소월은 '진달래꽃' 등을 통해 민요조의 가락 위에 소박한 한국적 고유 전통의 정서를 담아 표현하였고, 김영랑·정지용·신석정 등 '시문학파'들은 섬세한 언어의 아름다움과 서정성의 추구하였는데, 이들의 성공 요소는 뛰어난 음악적 운률 구사에 있다.

시와 음악은 불가분의 관계이다. 최근에 와서는 산문시의 확산으로 둘의 관계가 소원해 진 것도 사실이지만, 대중음악에서 랩송의 유행, 시의 가요 가사화 등 새로운 만남으로 둘의 영역을 동시에 확대시킬 수 있다는 점을 강조하고 싶다.

음악의 사회적 기능

음악의 탄생에 대해 '네틀'은 처음에는 음악과 언어의 구별이 없었으며 소리를 통해 의사소통을 해오다가 차츰 언어와 음악을 구별하게 되었다고 말한다. 음악이 원시사회에서 커뮤니케이션을 위한 필요에서 생겨났다는 의미이다. 오늘날 음악의 가장 큰 특징은 세계에 골고루 편재해 있다는 것이다. 또 어디를 가나 음악은 우리와 함께하고, 누구나 즐길 수도 있다. 사람은 어머니 뱃속에서부터 태교음악을 듣기 시작하여 이승을 하직할 땐 장송곡이나 상여꾼 소리로 삶을 마친다.

이토록 우리와 밀접한 음악의 기능은 크게 미적인 기능으로서의 음악과 사회의 기능적인 역할로서의 음악으로 나눌 수 있다. 메리암이 주장하는 음악의 열 가지 기능은 우리가 음악을 사용하는 이유를 좀더 명확히 해준다. 즉 음악은 말로 표현하지 못하는 감정을 쉽게 표현해주고, 미적인 즐거움을 더해주고, 오락의 방법으로 제공되고, 커뮤니케이션의 방법으로 이용되고, 상징적 표현으로 제공되고, 신체적 반응을 유발시키고, 사회 규범과 관련되고, 사회기관과 종교의식을 확인시키고, 사회와 문화의 연속성에 기여하고, 사회의 통합에 기여한다.

시는 가곡가사의 모든 것

일반적으로 '가곡'이란 음악과 말이 서로 합쳐진 성악곡을 말한다. 가곡은 '가사'가 있으므로 해서 기악곡에 비해 훨씬 구체성을 띠기 때문에 우리에게 보다 더 가깝게 접근할 수 있는 속성을 지니며, 음악사적으로 거슬러 올라가도 인류와 가장 오랫동안 함께 호흡해온 음악예술이라고 할 수 있다. 어느 나라의 음악이든 그것은 그 나라의 언어와 서로 밀접한 관계를 가지고 있다. 여기서 우리 가곡의 문제점은 우리말 가사에 우리의 음악 기법을 사용하지 않고 서양의 음악기법을 사용하여 작곡하기 때문에 가사 처리상 어색한 점이 많다는 것이다. 윤용하의 '도라지꽃'에서 보듯이 시를 가사에 그대로 도입함으로서 가사 자체가 어법에 맞지 않은 곡도 허다하다. 한편 '한국 애창 가곡 전집(외국어 어학사)'에 수록된 가곡 159곡 중 2곡을 제외한 전부가 김소월을 비롯한 우리 시인들의 시를 가사로 도입하고 있다. 이는 문학과 음악이 얼마나 밀접한 관계를 맺고 있는지를 잘 보여주고 있는 반면에 가곡이 너무 고차원의 가사로만 만들어져 일부 계층의 전유물화 되어 시와 음악의 대중화에 정면으로 역행하는 부작용을 낳고 있다. 이러한 문제를 해결하기 위해 순수한 시가 아닌 가곡용 가사들이 좀더 많이 만들어져야 한다.

시와 대중가요와의 만남

우리 가요의 가사가 전혀 말이 안되는 경우, 의미 없는 가사의 반복, 도치문이 필요 이상으로 많아 어색한 경우, 문장이 안도는 노래 소절, 문법과 맞춤법이 엉터리인 경우 등 많은 문제점을 가지고 있다. 백 번을 양보하여 시적 표현이라고 관용을 베풀어도 무리한 가사가 많으며, 소재 면에서도 '사랑', '이별', '눈물', '슬픔' 등 신파조가 주종을 이루고 있다. 최근 젊은 인기 가수들의 가사는 이러한 소재의 편협성은 극복하고 있지만 무분별한 영어가사의 사용, 폭력성, 선정성의 난무, 댄스곡 일변도의 음악적 편협성 등 여전히 많은 문제점을 앉고 있다.

이러한 제반 문제점을 해결하기 위해 좋은 시와 가요 가사의 활발한 커뮤니케이션이 요구된다. 미당의 '푸르른 날'(송창식), 박해수의 '저 바다에 누워'(높은 음자리), 김광섭의 '어디서 무엇이 되어 다시 만나리'(유심초), 정지용의 '향수'(이동원, 박인수)등이 꾸준한 인기를 누리고 있는 가요도 있지만 수만 곡의 가요나 그보다 더 많은 시의 숫자중에서 시를 가사로 채택하고 있는 경우는 불과 1백여건 미만이다. 여기서 필자는 대중매체를 통한 강력한 전파력을 가진 가요에 시를 가사로 도입하는 빈도수를 늘려, '시의 대중화'와 '대중음악의 고급화'한 두 마리 토끼를 동시에 잡자고 제안하는 것이다. 이를 위해 박건호 시인 한사람만 동분서주하고 있는 '좋은 노랫말 보급 운동'을 문학단체 차원의 큰 문화운동으로 확대하고, 시동인 중심의 소그룹

시낭송회를 시와 음악의 의도적 결합 행사로 승화시키는 운동도 펼쳐야 한다. 또 각종 문예지들도 이러한 문화예술 운동을 적극적으로 지원하고 스스로 주체가 되어야 한다.

97년 현대문학상 수상작인 이순원씨의 중편 '은비령'의 사랑도 소설의 전체 분위기를 관통하는 '엔야'의 노래 한 곡으로 인해 더욱 낭만적인 사랑이 아름답게 살아 움직인다. 우리의 삶 속에서 늘 시와 음악이 여유롭게 흘러야 할 필요성이 여기에 있다.

3. 콩 트

등단순위

강무창
이정섭

강 무 창

약력
서라벌예대 문창과 졸
업(1961년)
한국문인협회, 국제pen
클럽 회원
한국예총 전남도부회
장, 한국문협 전남도
지회장 역임
현재 전남문협, 진도
문협, 화순문협 고문
2000년 7.22일 북평상
고에서 정년 퇴임

저서
『화려한 휴가』(소설집)
『산집에 세워진 교회
당』(동화집) 『에디슨』
(전기집) 외 6권

주소
전남 해남군 화산면
연곡리 453-1(구연곡반
석교회)

전화
집 : 061)535-0631

사랑의 방법

남해 물산의 사장 건수씨는 30명을 거느리
고 있었다. 해산물을 가공하여 주로 일본에
수출하고 있는데 어찌나 알뜰하게 경영하는
지 IMF 이후에도 구조조정 없이 회사는 잘
돌아가고 있었다. '인화 단결. 솔선 수범을 사
시로 내걸고 건수씨 스스로 앞장을 서서 갈
고 닦고 점검하니 사원들도 내 회사라는 생
각으로 열심히 일하고 있었다. 또한 건수씨
는 회사의 모든 일을 투명하게 공개하여 사
원들의 의심을 사는 일이 없었고, 인화 단결
의 사시를 더 중시하여 회사의 분위기는 문
자 그대로 화기애애했다. 회사 안에서는 물
론 회사원들의 가정 생활에도 세심한 신경을
써서 같이 웃고 우는 분위기를 일찍부터 조
성하여 놓았다. 사무실은 3층 건물인데 각 층
에 10명 씩 근무했고 공장은 시외에 있었다.
직원 휴게실이 사장실이어서 사장과 사원간
의 거리가 없다해도 과언이 아니었다. 전체
직원의 절반은 기혼, 절반은 미혼이었으나

분위기는 미혼 팀들이 주도하는 쪽이었다. 그건 그렇고 기혼, 미혼 편 가르기 전에 사원들은 가족처럼 생각하고 있어서 싸움은 물론 중요 물건을 분실해서 소란을 피우는 일이 없었다. 그런데 건수씨가 오늘 출근했을 때 게시판에 분실 신고가 있어서 건수씨는 깜짝 놀랐고, 이제까지 없던 일이어서 속으로는 불쾌했었다.

<분실물 : 핸드백. 습득하신 분에게 내용물 절반을 드림. 총무과장>

건수씨는 직접 총무과로 올라가 손과장으로부터 분실자가 한참 꽃망울처럼 피어나 회사의 인기를 독차지하고 있는 김미영임을 알았다. 미영은 얼굴도 예쁘고 싹싹하고 상냥해서 회사의 총각들은 물론 기혼자들도 자기 식구로 만들려고 하는 회사의 보배였다.

건수씨는 안도의 한숨을 내쉬고 빙긋이 웃고 말았다. 인기 있는 처녀여서 누군가 장난을 치려고 핸드백을 감추었을 것이라는 판단을 했기 때문이었다. 건수씨가 오판을 한 것일까? 퇴근 시간이 되어도 핸드백은 나타나지 않았다. 사원들이 다 퇴근한 후에 총무과장과 남아서 기다려 보았으나 헛탕이었다.

"저녁이나 함께 하세."

건수씨는 손과장과 건포집에 갔다. 반주를 하면서 감잡히는 데가 없나 하고 떠보았으나 손과장도 감이 잡히지 않는다고 난감한 표정을 지었다. 두 사람은 한결같이 텁텁한 마음으로 헤어졌다. 다음날 출근을 해도 아무런 소식이 없었다.

점심 후 사원들이 휴식을 취하고 있을 때였다. 총무과 김 만석 주임이 직접 사장을 찾아왔다. 김주임은 딸린 식구가 많아 아직 장가를 못 가고 있었는데, 주경야독하여 학사 학위까지 얻은 유능한 청년으로 사장이 특히 신임하고 있었다.

"사장님, 절 의심하시지는 않으시죠? 제 사물함 속에 미영양의 핸드백이 들어 있었습니다."

"집히는 것 없는가?"

"전혀 예측할 수 없습니다."

"그럼 자네. 미영이와 가까운 사인가?"

"아니요오. 전혀 그런 사이는 아닙니다. 직원 야유회 관계로 협의하다 늦어 저녁을 먹은 적이 있습니다."

"단 둘이서만 먹었단 말이지?"

"예."

"회사에 미영이를 짝사랑하고 있는 사원이 있다는 말이군. 그 친구가 둘이서 저녁 먹는 것을 보고 질투심이 나서 자넬 곤경에 빠뜨리려고 한 것이야."

"전 그런 것도 모릅니다. 사장님께서 조용히 잘 처리해 주십시오. 그리고 범인이라 하기에는 그렇습니다만 나중 입장 난처하지 않도록 처리해 주십시오."

건수씨는 김주임이 나간 다음에도 믿을만한 사람이라고 다시 한 번 그의 인간됨을 칭찬하지 않을 수 없었다. 김주임이 그런 짓을 하지 않은 것은 분명하고 당사자의 나중 일까지 걱정하는 마음이 그렇게 고울 수가 없었다.

건수씨는 총무과장을 불러 김주임과 나눈 이야기를 해주고 대책을 세웠다. 그 대책은 사장이 직접 방송을 통해 하기로 약속했다.

"사원 여러분, 고생이 많으시지요? 저는 여러분들이 회사의 일을 내일처럼 처리해 주셔서 날로 번창한다고 믿고 있습니다. 항상 감사하는 마음으로 최선을 다하고자 합니다. 어려우신 점이 있으시면 언제라도 저에게 말씀해 주십시오. 빠른 시일 내에 해결될 수 있도록 노력하겠습니다. 오늘 특별히 제가 말씀드리는 것은 분실 공고를 했는데도 물건이 본인의 손에 돌아오지 않고 그 물건이 다른 총무과 직원의 사물함 속에서 발견되었습니다. 장난 친 직원은 애교로 보고자 하니 직접 저에게 얘기해 주시거나 어려우면 전화로 신고해 주시기 바랍니다. 퇴근 전까지 신고하지 않으면 지문 감정의뢰를 하여 찾아

내겠습니다. 만약 자발적으로 신고하지 않으면 기어이 찾아내어 본인은 물론 추천자까지 퇴사를 시키겠습니다. 협조하여 주시기 바랍니다. 감사합니다."

건수씨는 신입 사원을 모집할 때 반드시 직원의 추천서를 첨부하도록 하였었다. 아니나 다를까, 점심 시간에 건수씨의 핸드폰으로 전화가 걸려 왔었다.

"사장님, 너무 죄송해서 뵐 면목이 없습니다. 낯이 뜨거워 전화로 말씀드립니다. 용서해 주십시오. 다음엔 이런 일 없을 것이며 더욱 열심히 일해 보답하겠습니다."

업무과 노총각 동수였다. 동수는 총무과장의 추천을 받고 입사했던 것이다. 짐작컨데 동수는 미영을 짝사랑하고 있었고 미영의 관심을 얻기 위해 그런 방식을 택했을 것이라는 생각이 들었다.

"좋아, 다음 일은 내 알아서 처리 할 테니 나중 술 한 잔 사야돼! 알았지?"

"사장님 정말 감사합니다. 감사합니다."

건수씨는 한 시라도 빨리 동수를 결혼시켜야 한다고 결심했다. 미영이가 만약 동수와의 결합을 동의한다면 더없이 좋은 일이고, 싫다해도 어쩔 수 없는 일이 아니지 않는가.

건수씨는 다음날 동수로부터 미영의 관심을 끌어보고자 그런 행동을 저질렀다는 말을 직접 들었다.

"사랑의 표현을 해 봤는가?"

"아직 못했습니다."

동수는 멋쩍은지 머리를 긁적거리며 몸둘 바를 몰라했다.

"회사 일은 똑소리나게 하면서 가장 중요한 일은 왜 그렇게 미루는가? 마음에 든다면 돌격하게."

동수는 건수씨의 말을 듣고 용기를 얻었는지 싱글벙글했다.

"자 사랑의 승리를 위하여 축배를 드세나!"

　건수씨는 동수의 잔에 쨍 소리가 나도록 부딪치고 진심으로 그들
의 사랑이 무르익기를 기원했다.

이 정 섭

약력
경북 영주 출생
영주문인협회 회장
한국문인협회 회원자
격 심사위원
명지대강사

저서
『밤꽃피는 날』, 『마
음의 둥지를 떠난 새』,
『아내의 반란』, 『파
라니 해변』, 『침대열
차』, 『둥둥 뜨는 오
후』 외 다수

주소
서울 강동구 천호3동
55-2

전화
집 : 02)868-9308
회사 : 02)530-1276

땅문서

TV에서는 며칠 동안 정상회담 특종보도를 해 댄다. 김언수 영감은 개성시내 자기집과 변두리 전답 임야를 소유 하다가 지주로 몰려 밤새 걸음아 나 살려라고 냅다 뛰어 삼팔선을 넘어왔다. 지금까지 토지문서를 신주 모시듯 깊은 곳에 감춰 두고 살아온 오십년 자꾸만 옥토가 그리워 종종 땅 문서가 든 상자를 흘깃 흘깃 쳐다보며 살았다. 이사할 때마다 아내는 내버리자고 했고 아이들도 아이들 나름대로 별거 아닌걸 가지고 특별한 것처럼 보물 다루듯 하는 아버지가 별루로 보였다.

"아버지 그 상자 좀 버려요."

"이놈이."

"아이구 끼고 돌아, 돌라구."

아내의 시큰둥하면서 고개를 기웃거리는 꼬락서니를 몇십년 동안 들어온 김언수 영감은 요즈음 대통령이 직접 나섰으니 뭐가 되도 될 거라고 기대가 크다. 도민회 가면 유영감, 박영감 과거 지주계급의 아들들은 기대가 자못 크다 못해 연일 소주파티로 나날을 보낸다. 고향에 가면 팔자가 확 펴지리라는 희망에 늘 잠을 설친 정영감은 이빨을 뽑아두고 왔는지 계속 입을 흐믈거린다. 점심시간 어느 단체에서 주는 보리밥에 장아치, 국을 주면서 김치 깍두기에다 마른 반찬에 입맛을 돋우는 영감들은 눈시울을 붉히면서 연신 소주잔을 입에 댄다. 김언수 영감은 황해도의 벌판에 눈이 모자랄 정도로 넓은 들판에 그 중에서도 반듯한 논이 이만평이 눈에 아른아른거린다.

"통일만 되면, 통일만 되면."

연신 중얼거리며 깍두기를 으적으적 씹는다. 마름들이 실어오는 벼가마는 가을내내 끊어지질 않았고 마름들이 곁들여 가져오는 별도의 상납품에는 맛있는 것들이 곳간을 채우고 남아, 늘 들어가 한웅큼 쥐고 동네 아이들 나눠주는 인심 좋은 아이였다. 대학 다닐 때 벼가마 한 달구지에 실어서 친구 등록금 대납 해주던 김언수 영감 그 친구는 북한에서 별세개의 장군이 되어서 TV에 더러 나오곤 했었다. 친구라고 떠벌리지는 못해도 다들 출세했구나 하는 생각은 지워지질 않았다. 금붙이 몇 개 달랑 들고 온 김언수 영감은 빨치산 적에게 다 빼았기고 노동 품도 제대로 못 팔아 겨우 보리됫박이나 얻을 수 있다면 그날은 횡재한 날이었다.

다행히 총각이었으니 망정이지 결혼을 했더라면 꼼짝없이 죽은 목숨이었다.

"언수야 이건 저 큰 들판의 토지문서들이다. 잘 간수했다가 통일되면 와서 경작해라."

"네 아버지. 할아버지 뫼시고 잘 계세요."

인사하고 나온게 엊그제인데 오십년하고도 몇해 지났으니 저절로 한숨이 나온다.

잔잔한 한숨 소리가 이젠 거친 숨소리로 바뀌었고 기침소리는 이

웃에게까지 피해를 준다. 이른 아침이면 더욱더 기승을 부리는 해소
는 팔십이 넘자 눈알이 튀어나올 정도로 심해지면서 아들 아이의 사
람 됨됨이에 안심을 하고 눈을 감고 가라앉기를 기다린다.

"아버지 이거 드시고 찬공기 쐬지 마세요."

TV에서 통일의 기운을 보고 듣는 재미로 요즈음 시간을 매우는 김
언수 영감은 하루 날을 잡아서 토지문서를 아들에게 넘겨줄 요량이
었다.

"으음."

"아버지 할말 있으세요?"

"아니다 아니야. 출근해라."

"네. 아버지 쉬세요."

아들은 성실하게 미군 부대에 다니며 가게를 착실히 이끌어 나갔
다. 손자들도 여럿 낳아 키우고 효심도 대단해서 좀처럼 나무랄 구석
이라고는 쥐털 끝만큼도 없다.

"참 자식 잘 됐어 김영감."

"뭘."

김언수 영감이 한창 허기가 져서 헤맬 때 부산 동래의 촌부자가 딸
을 주면서 땅뙤기를 준 것이 지금까지 살아갈 밑천을 마련한 기틀이
됐다. 무남독녀의 외딸인 마누라는 조신하게 남편공양을 잘했다. 김
언수영감도 사람이 뼈없이 좋다 보니까 장인 장모에게 귀한 대접을
받고 지냈다. 만석지기 황해도 부자 아들을 사위로 보면서 현실의 비
참함을 이겨낼 수 있게 해주던 장인의 배려는 평생 은인으로 남았다.

"아버지의 뜻을 받들어 이 토지문서는 간직하겠으나 기대는 마십
시오."

"왜 어떻게 기대는 말라는 거여."

"북한에서는 토지개혁을 해서 지번, 지형이 모두 바뀌었대요. 그러
니 땅은 원칙적으로 국유화 시켰어요."

“통일되면 주겠지.”

“그게 안돼요.”

“왜 안돼.”

“아버지 고정하시고 제 얘기 들으세요.”

아들의 이야기는 북한에서는 땅의 지번을 모두 바꾸고 등기부도 말살되고 없으며 단지 새로 만든 토지대장뿐이라고 설명했다. 다시 찾을 법적 근거를 전부 상실했다. 김언수 영감은 아들의 이야기를 듣다가 눈알이 고정되더니 무언가 말을 더듬다가 이내 고개가 빳빳해져 버렸다.

“아버지 왜 이러세요. 정신차리세요. 정신차려요.”

아들은 큰소리 쳤지만 김언수 영감은 눈을 부릅뜬 채 숨을 거뒀다.

4. 소설

등단순위

김석천
이경은
김순녀
이문신

아름다운 노래가 되는 법

김 석 천

약력
한국문인협회 회원
한국 소설가 협회 회원

작품
「두 주검」, 「떠나는
길」, 「청노루」, 「에레
모스의 안개」 외 다수
장편
『사랑을 찾아서』(2권)

주소
고양시 일산구 마두2동
757 강촌마을 102동
503호

전화
집 : 02)868-9308
회사 : 02)530-1276

E-Mail
novelksc@yahoo.co.kr

아름답다는 말은 / 가장 큰 칭찬입니다 // 아
름답지 않은 많은 것들 속에서 / 아름답게 빛
날 수 있다는 건 / 커다란 축복입니다 / 행복
입니다.
— 오호영 시 「아름다운 사람」 중에서

우리들은 왁자지껄 대다 복도에서 타박거
리는 선생님의 슬리퍼 소리를 듣고서야 모두
들 후다닥 제자리로 가 박혔다. 선생님은 교실
로 들어오자마자 흑판에다 백묵으로 커다랗
게 3학년 희망반—이란 글을 썼다. 그리고는
오늘부터 반 이름이 꿈반, 희망반, 사랑반, 용
기반, 지혜반, 행운반 등으로 바뀌었다고 했
다. 그래서 우리 무궁화 반은 희망반이 되었다
는 것이 아닌가. 창수가 심통난 아이처럼 "왜
희망반이라고 하는데요?" 라고 물었다.

그렇다. 반 이름을 바꾸려면 새 반 편성이
되는 신학기 때나 했어야 하는데 새 학년이
시작되고도 한 달이 훨씬 지난 지금 새 이름

"

을 붙인다는 것은 아무래도 우리들로서는 납득이 가지 않는 일이었
다. 선생님은 그 이유를 우리의 무궁화나무가 시들어 가고 있기 때문
이라고 했고, 우리들 중의 부반장인 슬기는 머리를 갸웃거리면서 그
러면 물을 주면 될 것이 아니냐고 반문했다.

"아, 그러니까 말예요, 우리들의 무궁화나무는 그런 물 따위로 살
릴 수 없을 정도가 되고 말았어요. 꿈과 희망과 용기와 지혜만이 우
리의 무궁화나무를 살릴 수 있다고 판단되어 교장 선생님께서 최근
에 결정하신 일이에요."

선생님은 보다 근사하게 표현하려고 말을 깊이 생각하며 했다. 우
리의 추성애 담임 선생님은 1학년 담임을 하다가 3학년을 맡아서 그
런지 우리들에게 말을 놓는 법이 없었다.

"선생님, 희망이라는 게 대체 뭔데요?"

이번에는 반장인 내가 물었다. 어젯밤에 황소 울음소리를 내던 아
버지의 모습이 불쑥 떠올랐기 때문이었다. 그랬다. 어머니의 강권에
가까운 권유로 꽃구경 갔다 돌아와서 소주 한 병을 그것도 분위기 잡
는다고 큰방에서 두 분이 드시다 마침내 주먹으로 방바닥을 탕, 탕,
내리치며 울던 아버지의 모습을 베란다 문을 살며시 열고 몰래 봤던
것이었다.

"희망이란 말예요. 음, 그러니까. 정확한 뜻말로는 '그 무엇에 대한
소망을 가지고 기대하여 바라는 것'이에요. 선생님이 묻겠는데 기홍
이는 장차 무슨 사람이 되고 싶나요?"

나는 과학자가 되고 싶었다. 그러나 그 말을 못하고 그저 "전
······." 하며 뒷머리만 긁적였다. 얼굴은 홍당무가 된 듯 화끈거렸다.
선생님은 이어서 "슬기는 무엇이 되고 싶어요?" 하고 물었고, 그러자
슬기는 분명하고도 또렷한 어조로 "저는 동화 작가가 될 거예요."라
고 말했다. 저도요, 하며 손을 드는 학생이 많아졌다. 선생님은 손 든
학생마다 말할 기회를 주었다. 대통령이 되겠다는 아이도 있었고 의

사가 되겠다는 아이도 있었으며 야구 선수와 축구 선수, 그리고 음악가와 화가가 되려는 아이도 있었다. 그렇듯 꿈은 이루 말할 수 없을 정도로 많았다.

"아주 좋아요. 무엇이 되고 싶은 것, 그것이 바로 꿈이에요. 그리고 희망이란 무엇이냐 하면 그 꿈이 이루어지기를 바라는 마음이에요. 그러나 그 꿈이 바뀌어 지거나 아예 없어지는 경우도 있어요. 요즘 꿈을 잃고 가슴 아파하시는 아버지들이 너무 많아요."

다들 뚱해 있는 걸 보면 선생님의 말씀을 제대로 알아듣는 학생은 별로 없는 것 같았다. 그러나 우리들은 추성애 선생님의 말씀이면 뭐든 다 옳고 좋았다. 선생님은 여 선생님 중에서는 얼굴도 제일 예뻤고 마음 또한 제일 아름다웠다. 아직 결혼하지 않은 처녀 선생님이여서 선생님 사이에서도 단연 인기가 최고인 것이다.

"오늘은 반 이름 바꾸기 기념 체육대회가 있어요."

선생님의 말씀에 반 아이들은 "우와!"하고 탄성을 질렀다. 무슨 체육대회나 해도 선생님은 가르쳐 주질 않았다. 그것은 나중에 교장 선생님께서 말씀하실 거라고만 했던 것이다. 토요일이어서 3교시 수업만 마치고 학생들은 모두 운동장에 모였다. 1학년만 빼고 전교생이 다 모인 것이다.

교감 선생님이 쩌렁쩌렁 울리는 마이크 소리로 학생들을 운동장에 세우고 나서야 현관에서 교장 선생님이 단상으로 뚜벅뚜벅 걸어 나오고 있었다. 중키에 하얀 머리칼이 매우 인상적이었다. 새로 부임해 온 첫 조회 때 6학년 줄에서 산신령님이다 라는 말이 나올 정도였으니까. 오늘은 하얀 트레이닝복 차림이어서 그런지 은빛 머리칼이 유난히 빛났다. 그러나 당당한 체구였고 목소리도 카랑카랑 했다.

"여러분, 우리 하나초등학교의 반 이름이 바뀌었지요. 교훈도 바뀌었어요. '씩씩하고 슬기롭게'로. 그 기념으로 줄다리기 시합을 하겠어요."

그리고 시합은 시작되었다. 각 학급마다 따로 시합을 갖고 이긴 반이 올라가는 토너먼트 방식이었다. 우리 3학년에서는 용기반과 지혜반, 희망반과 꿈반, 그리고 사랑반과 행운반이 각각 붙게 되는데 응원은 각 담임 선생님들이 맡았다. 결석한 학생이 있건 없건 간에 전 반원이 다 선수가 되는 이색적인 경기였다. 영차 소리를 지르며 줄을 당겼다. 시작 선에서 5미터 지점에 각각 선이 그어져 있는데 그 선까지 끌려가는 팀이 지게 되어 있었다. 그러므로 따로 심판이 필요한 것도 아니었다.

용기반이 조금 당겨 가는 듯 싶으면 지혜반이 조금 당겨 가고 꿈반이 당겨 오는가 하면 희망반이 당겨지곤 하면서 시합은 그야말로 팽팽해졌다. 사랑반과 행운반도 마찬가지였다. 한마디로 막상막하였다. 동시에 치러지는 시합이어서 각 학급마다에서 내지르는 영차소리가 하늘 높이 울려 퍼지면서 우렁찬 함성이 되었다. 교장 선생님과 교감 선생님, 그리고 교무주임 선생님은 학급마다에서 내지르는 영차 소리가 하늘 높이 울려 퍼지면서 우렁찬 함성이 되었다. 교장 선생님과 교감 선생님, 그리고 교무주임 선생님은 학급마다의 시합장을 돌면서 독려를 했다. 사뭇 흡족해 하는 표정들이었다.

우리 3학년에서는 희망, 용기, 행운반이 이겼다. 제비뽑기를 해서 행운반이 행운을 차지하고 우리 희망반은 용기반과 준결승전을 치르게 되었다. 덩치 큰 학생이 앞줄을 잡았다. 우선 보기에는 용기반보다 우리 희망반이 조금 유리할 것 같았다. 덩치 큰 의철이와 민우 같은 아이들이 앞에 버텨 섰기 때문이다. 용기반에서도 덩치 큰 아이들이 앞에 서있긴 했지만 희망반 만큼 많지 않았다.

그제서야 모두 재미있어 했다. 처음 시시하게 생각할 때와는 영 딴판이었다. 예선에서 아깝게 탈락한 반에서도 자리를 뜨지 않는 걸 보면 모두들 재미있어 하는 것이 확실했다. 각 학급마다 준결승전을 치르고 있으므로 예선전 때보다는 대항 팀이 적어졌음에도 영차 하는 그 소리는 아까보다 훨씬 더 우렁차게 운동장 하늘로 울려 퍼지고 있었다.

3학년의 희망반과 용기반 시합은 예상대로 우리 희망반이 우세했다. 용기반이 4미터나 끌려왔으므로 희망반이 거의 이긴 거나 다름없는 상태였다. 1미터만 당기면 우리 희망반이 이기게 되어 있었다. 희망반에는 물론 나도 창수도 있다. 반장인 내가 중간쯤 왔다. 희망반에서 더 힘을 주고 있었다. 용기반이 자꾸 당겨져 오고 있었다. 이제 희망반이 이긴 것이 거의 확실했다.

추성애 선생님은 목이 쉰 목소리로 "희망반 이겨라!"를 소리치고 있었다. 선생님도 이긴 것으로 확신하고 있는 듯했다. 우리 모두 그렇게 생각했다. 바로 그때였다. 정신없이 줄을 당기고 있는 나의 이마에 별안간 창수의 뒤통수가 쾅! 소리내며 와 닿았다. 창수가 줄을 놓고 나의 이마를 정면으로 들이박은 것이었다.

순간 나의 이마에서 별똥별이 번쩍이며 그것이 수없이 지상을 떨어져 내렸다. 창수는 얼른 다시 줄을 잡았지만 나의 그 아픔으로 주저앉고 말았다. 일시에 전력이 무너지고 만 것이다. 나는 소리 내어 엉엉 울고 싶어졌다. 다 이긴 승리를 나 때문에 놓쳤으므로 반장으로서의 체면이 말이 아니었던 것이다.

선생님이 다가와서 따사로운 위로의 말을 해주었다. "너무 마음 상해하지 말아요. 시합에는 이길 때도 질때도 있으니까." 그렇다고 위로가 될 리 없었다. 반 아이들의 시선이 고개 숙인 나의 목덜미를 따갑게 조이는 듯했다. 그 순간 히쭉 웃으며 돌아서는 창수의 모습을 언뜻 보았다.

"기홍아. 창수 쟤가 널 일부러 골탕 먹인 거야."

슬기가 귓속말로 이렇게 말해 주었으나 나는 고개를 숙인 채 꼼짝달싹 하지 않았다. 슬기는 뽀로통한 입으로 "창수 쟤가 널 골탕 먹인 거래두."하고 다시 말했다. 자기편이 되어 주었는데도 아무런 반응이 없자 은근히 부아가 난 모양 같았다. 내가 고개를 들었다.

"내가 똑똑히 봤는 걸."

"너 그런 소리 아무한테도 하지 마. 알았지?"

나는 나의 이마에 손을 얹은 채 벌떡 일어서며 슬기에게 말했다. 아니, 다짐을 받으려 했던 것이다.

"개가 우리 희망반을 지게 했는데두? 내가 분명히 이 두 눈으로 똑똑히 봤다니까."

슬기는 오른 손 검지로 자신의 눈을 가리키며 말했다. 그 눈에 눈물이 한가득 고여 있었다. 곧 울음을 터뜨릴 것 같은 얼굴이었던 것이다. 부반장다운 말임에 분명했다. 개인의 심술로 반에 해를 끼치는 행위는 절대로 용납해선 안된다는 강한 주장 같기도 했다.

나는 슬기 말이 옳다는 것을 안다. 슬기 말이 거짓이 아니라는 것도 안다. 창수로선 충분히 그러고도 남을 심통이라는 것도 나는 알았다. 반장 선거 때도 그랬다. 2표 차이로 떨어지고 부반장으로 내려앉았을 때의 창수의 찌그러진 얼굴을 나는 지금도 생생히 기억하고 있으니까. 외제 노트·볼펜을 반아이들에게 은밀히 돌리고, 피자파이를 사 먹이곤 해도 선거에 실패한 창수였으므로 그럴만 하다고 봐야 하지 않을까.

나중에 안 일이지만 창수의 단짝인 희철이의 체크에는 분명히 3표 차이로 창수가 이기는 것으로 돼 있었는데 막상 개표를 하자 2표 차이로 지고만 것이다. 5명이 마음을 돌려 먹어 버린 것이다. 그 날부터 창수는 사사건건 트집을 잡고 심통을 부려 댔으므로 일부러 나의 이마를 들이박았다는 것쯤은 충분히 알만 한 일이었다. 해죽거리는 그 기분 나쁜 웃음이 그것을 증명하고 남았다. 정말이지 창수는 희망반을 지게한 것에 대해서 통쾌하게 생각하고 있을 것임에 틀림없었다.

"슬기야, 그래도 아무말 하지마. 부탁이야"

나는 부탁이라는 말에 힘을 주었다. 순간 슬기가 흑—하고 울음을 터뜨리고 말았다. 그러나 나 말고 우리 반에선 슬기의 그 눈물을 본 아인 아무도 없었다. 3학년의 결승전에서는 시소게임을 벌였으나 부전승으로 결승에 오른 행운반을 물리치고 끝내 용기반이 우승을 차지했다. 2학년에는 사랑반이, 4학년에도 용기반이, 그리고 5학년과 6학년은 행운반과 지혜반이 각각 우승을 차지했다. 꿈반과 희망반은 전교에서 단 한 반도 우승을 차지하지 못한 기현상이 나타나고 말았다. 선생님들은 대체로 좋아했으나 가장 흡족해 한 쪽은 역시 교장 선생님이었다.

　다음 토요일엔 교내 백일장이, 그것도 반마다 따로이 갖게 되었다. 아이, 지긋지긋한 글짓기! 에이, 골치 아프게 생겼네. 우리들의 입에서 나오는 말은 이렇게 한결같았다. 모두들 싫어하는 기색이 역력했던 것이다. 좋아요 하는 학생은 하나도 없었다. 그 만큼 흥미 없는 것이 글짓기인 것이다. 그렇기로는 나도 매한가지였다. 교정이나 야외로 나가도 좋다고 돼 있으므로 우리 3학년 희망반은 학교에서 가까운 중앙 공원으로 나갔다. 소나무, 은행나무, 단풍나무, 측백나무 등 큰 나무들이 띄엄띄엄 있고 융단 같은 푸른 잔디가 마음을 포근하게 감싸주듯 해서 좋았다. 학교 바로 옆인 데도 공기가 한결 싱그럽게 느껴졌다. 여기 저기서 어서 와 주기를 바라는 벤치와 밟으면 아파요 하는 잔디에 엉덩이를 펑퍼질러 앉는 학생도 있고 혹은 분수대의 계단에 걸터앉은 학생도 있었다. 제목은 '아버지'와 '봄' 그리고 '공룡'이었고 한정 시간은 60분이었다.

　나는 잠깐만의 생각으로 '아버지' 제목을 선택키로 했다. 어머니가 김밥을 싸서 아버지와 같이 호수공원에 놀러 갔던 지지난 일요일의 일이 문득 떠올랐기 때문이다. 유난히 유채꽃을 좋아하던 어머니 생각도 났다. 나를 아랑곳하지 않고 두 분만이 정답게 붙어 있기만 해서 내가 심술부린 일도 떠올랐다. 유채꽃 앞에서 세 번이나 내가 카메라셔터를 눌렀는데도 어머니 사진은 머리카락이 잘려 나갔거나 한쪽 귀가 없거나 한 것들뿐이었다.

피식 웃음이 나왔다. 내가 생각해도 못 말리는 심통이다 싶었다. 그날 소주를 잡숫고 안방에서 아버지가 황소 울음을 터뜨렸던 것이다. 어머니는 당신의 등을 토닥였다. 아빠가 왜 그렇게 우셨을까? 아무리 생각해도 나는 그 까닭을 알 수 없었다. 그것은 지금도 마찬가지이다. 그 누가 우리 아빠를 그렇게 슬프게 한 것일까?

이쯤에서 슬기를 흘깃 쳐다봤더니 걘 벌써 글을 열심히 쓰고 있는 중이었다. 나도 그제서야 원고지에 글을 쓰기 시작했다.

나는 우리 무궁화반이 희망반으로 바뀐 그 날부터 생각이 좀 많아지기 시작했다. 난 꽃을 좋아하는 편이다. 꽃이 아름답기 때문에 꽃을 보면 언제나 기분이 좋았다. 꽃에선 향기가 났다. 향기는 나의 시무룩한 마음도 상쾌하게 해 주는 힘이 있었다. 향기는 별로 나지 않지만 무궁화 꽃은 우리 나라 꽃이잖은가. 그래서 나는 우리 무궁화반을 좋아했다. 그러나 희망은 다르다. 그것은 어떻게 생겨 먹었는지 눈에 잘 띄지를 않았다. 실체가 없기 때문에 그렇다. 그런데도 어른들은 희망이 마치 존재하는 것처럼 말들을 한다. 나는 아직 한 번도 본 일이 없어서 어떤 형체의 것인지를 모른다. '희망이란 소망을 가지고 기대하며 바라는 것'이라고 선생님은 말해 주었지만 그것으로는 감도 잡을 수 없었다. '앞일에 대한 소원'이 바로 희망이라고 부언해 주었어도 아리송하기는 매한가지였다. 더 어떻게 물을 수도 없었다. 그래서 나는 소원이 무슨 듯인지 새국어 대사전을 찾아보기까지 했다. 그곳에는 원하는 것, 또는 그 원하는 바―라고 적혀 있었다. 그것으로도 나는 이해가 잘 되지 않았다. 그리하여 이번에는 '원하다'를 또 찾아보았다. '무엇을 바라거나 하고자 하다, 라는 타동사를 보고서야 나는 비로소 소원에 대한 말뜻을 조금은 알 듯 했던 것이다.

그런 뒤로는 희망이란 낱말을 떠올리거나 희망이란 말을 할 때마다 나는 아버지 생각을 하곤 했다. 어깨를 축 늘어뜨리고 걷는 모습은 아마도 희망이란 놈이 아버지의 영혼에서 빠져나가 버렸기 때문일 것 같았다. 자꾸만 말에 힘이 없어지는 것도 희망이란 놈이 아버지 곁을 떠나 버린 탓이라고 생각되었다. 어머니를 끌어안고 황소 울음을 터뜨린 것도 바로 희망이란 놈이 아버지를 배신했기 때문일 것 같았다.

나는 아버지에게서 도망쳐 버린 그 희망이란 놈이 무지 싫었다. 요즘 아버지의 머릿속에는 희망 대신 절망이란 놈이 턱하니 자리잡고 있을 게 분명했다. 절망이란 대체 어떻게 생겨 먹었을까를 생각해 보기도 했다. 아무래도 괴물처럼 험상궂게 생겼을 것이며 그 빛깔은 새카말 것 같았다.

내가 그렇게 생각한 것은 새국어 대사전에서 '모든 희망이 끊어져 체념하는 것'으로 나와 있는 절망이란 뜻말을 찾아보고 나서였던 것이다. 그렇듯 새카만 절망이란 놈이 사람의 머릿속에 버티고 앉아 있게 되면 누구든 그 영혼은 끙끙 앓게 되고 어깨가 축 늘어지게 되는 것은 뻔한 일일 것 같았다. 어쩌면 영혼까지도 새카맣게 물들게 될지 모를 일이다 싶기까지 했던 것이다.

처음 희망이란 말을 선생님한테서 들었을 때엔 그저 얼떨떨했다. 소망을 가지고 기대하며 바라는 것이라는 선생님의 뜻풀이 말씀이 있어서 그랬는지 희망반이란 말이 싫지는 않았다. 그 형체를 단 한 번도 본 일은 없지만 왠지 힘이 나는 듯했던 것이다. 줄다리기 시합을 할 때 젖 먹었던 힘까지 다 낸 것도 그래서 였던 것이다. 이겨야 한다. 그래서 꿈반을 이겼고 용기반을 이기는 것도 시간 문제였는데 그 순간, 내가 창수의 뒤통수에 맞고 넘어지는 바람에 우리 희망반이 용기반에 지고 말았잖은가. 아무리 아프더라도 줄을 놓지 말았어야 했다.

그 날 내가 줄다리기에 꼭 이기려 했던 것은 반장이어서만은 아니었다. 이기기만 하면 희망이란 놈을 잡을 것 같은 생각이 든 때문이었다. 희망이란 놈을 꼭 잡아다가 아버지에게 선물을 하고 싶었다. 그렇게만 된다면 아버지는 언제 어깨를 축 늘어뜨렸던가 싶게 힘이 펄펄 나실 것 같았던 것이다. 그런 아버지를 어서 보고 싶었다.

처음에는 창수가 밉기도 했다. 그러면서도 반장 선거에서 고배를 마신 창수가 설혹 심통을 내어도 반장인 내가 참아 주어야 한다는 생각을 그 때 했었다. 그래야 반의 분위기가 좋아질 것 같았던 것이다. 반장 선거가 있은 직후의 어느날 어머니가 이렇게 나에게 당부의 말씀을 하기도 했다.

"창수의 맘을 상하게 하지 말아라."

"왜 엄마?"

"왜는 그냥 사이좋게 지내야 한다는 거지."

나는 어머니가 왜 그런 말을 했는지 그 까닭을 모를 리 없었다. 창수는 큰 부잣집 손자여서 어머니가 그렇게 말씀하신 것이다. 부자와 싸우면 가난뱅이 집의 아이가 손해를 보기 때문이란다. 아홉 살의 나는 어머니의 말씀을 그렇게 알아들었다. 그 말을 듣고서부터 나는 유치하고 치사한 창수가 싫었던 것이다. 아침마다 학교 앞에서 내리는 걔네 집의 외제 승용차마저 보기가 역겨웠다.

다음 날 우리 3학년 희망반에는 1교시 시작 벨이 울렸는데도 창수 자리가 마치 이빨이 하나 빠지기라도 한 듯 비어 있었다. 창수가 학교에 오지 않은 것이다. 텅 빈 그 책상을 바라보는 선생님의 이맛살이 일순 움푹 접혔다. 속이 상할 때면 으레 살며시 접곤 하던 여느 때의 이맛살과는 비교가 되지 않았다. 아픔을 깨물기라도 하듯 선생님의 고운 입에선 푸 하곤 하던 여느 때의 이맛살과는 비교가 되지 않았다. 아픔을 깨물기라도 하듯 선생님의 고운 입에서 푸 하는 한숨소리가 중간쯤에 앉아 있던 내 귀에까지 들릴 정도였다. 마음이 아파왔다. 얼마나 속이 상하면 저러실까 싶었던 것이다.

"나쁜 자식."

나는 짝궁이 듣지 못할 정도로 나직하게 중얼거렸다.

"지가 잘못해 벌을 서 놓고 학교엔 왜 안 나와"

정말 창수는 치사한 애다 싶었다. 어제 창수는 벌받을 짓을 한 것이 사실이었다. 민구와 희철이가 아침에 말다툼하다가 선생님에게 야단 맞은 것이 그 이유였다. 창수는 자신의 똘마니나 다름없는 희철이에게 대드는 민구가 미웠던 것이다. 쉬는 시간에 주먹으로 민구의 옆구리를 창수가 쿡쿡 친 것은 그래서였던 것이다. 그러는 창수를 내가 흘깃 바라보았다. 이상하게도 반에서 일어나는 그런 것은 내 눈에는 곧잘 띄곤 했다.

"선생님, 창수가 자꾸 때려요."

"왜, 그래요?"

"자꾸만 못살게 굴어요?"

"미워서요."

"뭐, 미워서?"

처음으로 말을 낮춘 선생님의 예쁜 얼굴이 저녁 노을을 받기라도 한 것처럼 붉게 물들었다. 그것은 화가 머리끝까지 치밀어 올랐다는 증거였다. 매를 든 선생님의 입에서 "이리 나와!"하고 부르르 떨리는 목소리가 흘러 나왔으나 창수는 아무일 없었다는 듯 성큼성큼 앞으로 나갔다.

"남을 미워하는 거 잘하는 일이야, 못한 일이야?"

"미우면 미운 거죠 뭐."

"남을 미워하는 건 아주 나쁜 짓이야."

"미운 걸 어떡해요."

"안 되겠어. 복도에 나가 두 손들고 꿇어 앉아."

"……"

그래도 창수는 말없이 버티고 서 있기만 했던 것이다.

"복도에 나가서 손들고 있으랬잖아!"

선생님이 버럭 소리치고서야 창수는 어쩔 수 없다는 듯 복도에 나가 손을 든 것이었다. 그랬었는데 창수가 학교에 나오질 않은 것이다. 어떻게 그럴 수 있는지 나로서는 도저히 이해가 되질 않았다. 잘못하면 벌을 받는 건 당연하지 않는가. 그래서 반성하고 뉘우치게 되는 것을 참 교육으로 아는 나의 생각에선 창수의 그런 행동을 이해할 수 없었다.

선생님은 아마 10분쯤은 그대로 책상에 앉아 계셨을 것이다. 수업을 하지 않으니까 교실이 차츰 술렁대기 시작했다. 그 때 교실 문이 드르르 열리면서 교감 선생님이 얼굴을 내밀었다. 술렁거림이 바깥 복도에까지 들렸던 모양이었다. 정말 귀신같은 호랑이 선생이 아닐 수 없었다. 자못하면 벌을 받는 건 당연하지 않는가. 그래서 반성하고 뉘우치게 되는 것을 참 교육으로 아는 나의 생각에서 창수의 그런 행동을 이해할 수 없었다.

선생님은 아마 10분쯤은 그대로 책상에 앉아 계셨을 것이다. 수업을 하지 않으니까 교실이 차츰 술렁대기 시작했다. 그 때 교실 문이 드르르 열리면서 교감 선생님이 얼굴을 내밀었다. 술렁거림이 바깥 복도에까지 들렸던 모양이었다. 정말 귀신같은 호랑이 선생이 아닐 수 없었다. 자못 표정도 굳어 있었다. 우리들은 또 호통을 치려니 했다.

"추 선생, 어서 가서 전화 좀 받아 봐요."

화가 난 듯 했지만 교감 선생님의 목소리는 뜻밖에도 부드러웠다. 수업 시간에 웬 전화지 하는, 좀 당황한 얼굴빛을 띠며 추성애 선생님은 복도로 나갔다. 그것도 그럴 것이 수업 시간에는 일체 사적인 전화가 허용되지 않기 때문이었다. 그것도 다른 선생님이 아닌, 교감 선생님이 직접 와서 알려 주시다니……? 그 때 전화 건 사람이 어쩌면 창수 어머니일 거라는 터무니없는 생각을 했다. 그리고는 그 뿐이

었다. 선생님 신변에 긴급한 일이 생기지 않았을까 하는 생각이 무게
를 더 했기 때문이었다. 긴급한 일이란 대체로 슬프거나 불행한 소식
의 전화이기 마련일 테니까.

"국어 읽기하고 있어."

나에게 이 말만 남기고 선생님은 복도로 나갔다. 타박타박 거리는
슬리퍼 소리가 선생님의 가슴 떨리는 소리처럼 들렸다. 슬픈 전화면
안 될 텐데. 불행한 전화여도 안 되고. 나는 이런 생각을 했다. 다른
학생들도 나와 같은 생각을 하고 있을 지 모를 일이었다. 그 또한 잠
깐이었다. 내가 글읽기를 시키고 있었지만 글읽는 아이의 말소리 보
다 읽지 않는 아이들의 떠드는 소리가 더 크게 왁자그르르 하게 살아
나고 있었기 때문이다.

교무실로 갔다 온 선생님의 얼굴에는 뜻밖에는 기쁨이 일렁이고
있었다. 선생님의 손에는 지난 토요일 백일장에 썼던 것일 성싶은 원
고지 묶음이 들려 있었는데 아마도 선생님의 얼굴에 일렁이는 물결
은 그것일 것 같았다. 나의 예상은 적중했다.

"여러분, 기뻐해요. 이번 백일장 장원과 우수상은 우리 3학년 희망
반에서 다 나왔어요. 장원은 한슬기가 쓴 '공룡'이고 우수상은 정기홍
이의 '아버지'에요."

선생님의 말에 우리 교실은 기쁨이 고무풍선처럼 부풀어올랐다.
그리고는 선생님이 직접 슬기의 장원 글을 읽기 시작하는 것이었다.

─지난 추운 겨울날입니다. 커다란 공룡 한 마리가 우리 대한민국
에 턱하니 나타났지 뭐예요. 어른들은 모두 다 겁을 먹고 숨기에 바
빴어요. 왜냐하면 그것은 어른들의 직장만 골라 야금야금 잡아먹는
못된 서양 공룡이었거든요.

직장을 잡아먹힌 아버지들은 거리를 헤매기 시작했어요. 거지처럼
말예요. 어머니와 우리들이 알면 슬퍼할까 봐 숨기신 거래요.

공룡의 배는 너무너무 크대요. 1백 50만 개도 넘는 아버지들의 직장을 마구 잡아 먹고도 아직 배가 차지 않은 걸 보면 알 것 아네요.

……생략……

우리 3학년 희망반에서도 벌써 다섯 아버지의 직장이 잡아먹혀 버렸대요. 최근에는 우리의 반장 기홍이 아버지의 직장도 잡아 먹혔대나 봐요.

어머니가 말씀하셨는데 우리 아버지 직장도 잡아먹힐지 모른댔어요.

그래서 저는 몹시 불안해요.

어머니도 그런 것 같아요.

그러나 내 동생 상준이는 참 용감하고 씩씩해요. 그 나쁜 공룡을 쳐죽인다며 장난감 기지로 출동하였으니까요. 아직 유치원생인 사내아이가 말예요.

우리 국군 아저씨들도 출동을 해야 해요. 로켓도 발사하고 미사일도 발사하고…… 그래도 안되면 핵무기를 쏘아 올리는 거예요.

그러면 공룡도 어쩌겠어요. 죽음밖에 더 있겠어요.

어서 만세를 부르고 싶어요.

우리는 손뼉을 짝짝짝 쳤다. 이어서 선생님은 나의 글 '아버지'도 달아서 읽긴 했지만 슬기의 글을 읽을 때처럼 신나지 못했을 뿐 아니라 얼굴을 붉혀야 했다.

"어때요. 다들 가슴 아프게도 아름다운 글이지요. 더 반가운 것은 장원상을 받는 슬기의 '공룡'을 어버이 날 축제 때 연극으로 올리게 되었다는 사실이예요."

선생님의 말씀에 교실은 대번에 "와아!"하는 소리로 한껏 부풀어올랐다.

며칠 뒤 아버지는 자리를 털고 일어났다. 다행히 새로운 일자리를 얻었다며 아버지가 출근을 하게 되었다. 그러나 새로 얻은 일자리가 어떤 곳인지는 말씀하지 않으셔서 나는 알지 못한다. 알려고 하지도 않았다. 떳떳한 직장이었으면 묻지 않아도 말씀하셨을 텐데 어머니 아버지가 같이 쉬쉬하는 걸 보면 그렇게 떳떳한 일자리가 아닌 것이 거의 확실했던 것이다. 그런 며칠 뒤엔 어머니도 일을 나가고 학교에서 돌아오면 집에는 뽀미 혼자서 꼬리를 살랑살랑 흔들며 나를 반겼다. 나의 품을 파고들며 얼굴이며 목이며 손이며를 마구 핥아 댔다. 너무너무 외로워 죽을 뻔했어. 뽀미는 언제나 이런 말을 했다.

일을 나간다는 말만 했지 어머니도 어디 어떤 곳으로 나가는 지에 대해서는 일체 말해 주지 않았다. 말을 하지 않는 걸 보면 어머니가 나가는 일 자리도 아버지가 나가는 일 자리만큼이나 떳떳한 일자리가 아닐 거라고 나는 짐작했다.

나는 대번에 심심함을 느꼈다. 세 군데나 나가던 학원을 지난달에 다 끊어버렸기 때문에 어디 갈 만한 마땅한 곳도 없었다. 할 일이라면 숙제를 하는 것뿐인데 그건 나중에 해도 될 것 같아 미뤄 버렸다. 먹을 것을 살펴봤지만 먹다 반쯤 남은 새우깡이 있을 뿐이었다. 그걸 아삭아삭 씹었는데 그렇게 고소할 수 없었다. 그 때 전화벨이 울렸다. 서울로 전학 간 훈이의 전화였다.

"지금 뭐 하는데?" 수화기 속의 훈이가 이렇게 물었다. "새우깡 먹고 있어. 넌?" "난 상미와 숙제하고 있어." 상미는 올해 1학년이 된 훈이의 여동생이다. "너희들은 좋겠다." "뭐가?" "너희들은 매일 붕어빵을 먹을수 있잖니." 나는 봄비 내리는 유리창을 바라보면서 말했다.

그렇다. 훈이 아버지 어머니는 동대문에서 붕어빵을 구워 판다. 많이도 추운 지난 겨울 날, 훈이 아버지께서 경영하던 사업이 부도가 나 살던 아파트까지 넘어가 버린 뒤 무엇인가 일을 찾아다니다 끝내 서울로 이사를 가고만 것이다. 그렇듯 서울로 이사 간 것은 순전히 붕어빵을 구워 팔기 위해서 였던 것이다. 그랬거나 말거나 나는 붕어빵 생각만 해도 입에서 군침이 돌았다. "이제 붕어빵이 하나도 맛이 없어."

　그런 말을 하는 훈이가 부럽기만 했다. 얼마나 많이 먹었으면 저런 말을 다 할까 싶었던 것이다. "붕어빵 먹고 싶으면 서울로 와. 지하철 타고 곧장 오면 되거든. 네가 오면 우리 엄마 아빠가 붕어빵 많이 주실 거다." 나는 정말 가고 싶었다. 가서 훈이를 만나고 붕어빵도 실컷 먹고 싶었다. 그러나 가고 싶다고 갈 수 있는 길은 아니었다.

　"서울에도 비가 오니?" 봄비 내리는 유리창을 바라보면서 내가 말했다. 마땅히 할 말이 떠올라 주지 않아 그냥 해본 말이 그랬다. "우리 집 유리창엔 별들이 있어." 수화기 속 훈이의 말은 너무나 엉뚱했다. "이곳은 낮인데 서울은 그럼 지금 밤이니?" 머리를 갸웃거리며 내가 반문했다. 서울과 일산 신도시는 겨우 3, 40분쯤의 거리밖에 안되는 줄 아는데 그곳이 밤이라는 아무래도 이해가 되지 않았던 것이다.

　"이곳은 하루 내내 밤인걸." "야, 좋겠다, 느네 집은." 나는 부러움에 겨운 목소리로 말했다. 하루 내내 별이 떠 있고 하루 내내 꽃이 펴 있는 곳이라면 얼마나 좋은 곳인가. 게다가 붕어빵을 맘껏 먹을 수 있다면 얼마나 신나는 세상인가 싶은 것이다.

　"그런데…좀 답답해." "야, 하루 내내 별이 떠 있고 하루 내내 꽃이 펴 있는 집인데 왜 답답하니?" 나는 참 모를 일이다 싶어 다시 물었다. 그 때 수화기 속에서 난데없이 상미의 말이 끼여들었다. "오빠, 별이 떨어져! 꽃도 떨어지고…" "잘 부쳐 놔, 떨어지지 않게!" 뒤엣 말은 훈이가 상미에게 한 말이었다.

　"별과 꽃이 왜 떨어지는데?" 나는 참 별난 세상도 다 있다 싶어 다급하게 물었다. "종이별과 종이 꽃이거든." 그제서야 나는 알 것 같았다. "야 그럼 벽에 붙여 논 별과 꽃이구나." "응. 사실 우리 집은 지하 셋방이야. 그래서 크레파스로 벽에 창을 그려 놨거든. 하루 내내 불을

켜 놓는 캄캄한 지하 방, 있지?"

나는 환상에서 확 깨어난 느낌을 받았다. 별이 떨어져 내리는 캄캄한 밤하늘만큼이나 답답한 가슴이었다. 무슨 말이라도 해줘야겠다는 생각이 문득 들었다.

"훈이야. 너도 희망을 잡아. 그래서 너희 엄마 아빠께 그걸 드려." "그게 어떤 건데?" 나는 그만 말문이 막혀 버리고 말았다. 무슨 말을 어떻게 해줘야 녀석이 희망이란 놈의 위력을 알 수 있을까. 희망을 머릿속에 넣어 둬야만 힘이 나고 꿈과 소망도 갖게 된다는 것을 어떻게 설명할 길이 없어 답답하기만 했다.

"그것을 가져야 어른들은 힘이 난대." 기껏 한다는 말이 이랬다. "그거 어디 가면 있는데?" 수화기 속의 훈이는 정색을 하며 물어 왔다. "우리 학교에서 그거 잡기 해. 꿈도 잡고 용기도 잡고 사랑도 잡고 지혜 잡기도 해. 너희 학교에서는 그런 거 잡기 안해?" "그런 거 안했잖아?" "응. 너 있을 땐 안했지. 우리 새 교장 선생님이 오시고 나서부터 했으니까. 너희 서울 학교에서는 그런 거 안 하는구나?" "응. 우리 학교에서는 그런 거 안 해. 너희 학교는 참 좋겠다. 그런 것도 하고." "네가 생각해도 그런 것 같지? 나 희망 그거 잡게 되면 너도 하나 줄게." "정말이야. 그럼 빨랑 하나 잡아 봐." "응, 알았어." 그리고 나는 수화기를 내려놓았다.

토요일 4교시를 마칠 때였다. "여러분, 오늘은 섭섭한 말을 해야 겠습니다." 추성애 선생님이 무겁게 입을 열었다. 3학년 우리 희망반 아이들의 눈이 일시에 동그래졌다. 무슨 말씀인지 영문을 몰라 하면서도 착 가라앉은 선생님의 목소리가 왠지 예사롭지 않다고 느껴졌기 때문이었다.

아니나 다를까, 추성애 선생님이 4학년 희망반으로 가고 4학년 희망반의 박미자 선생님이 월요일부터 우리 3학년 희망반으로 오신다는 것이 아닌가.

"안 돼요. 선생님!" 49명의 반원들 말이 동시에 유리창을 넘어 복도와 운동장으로 울려 퍼졌다. 50명이어야 하는데 1명이 결석을 한 것이다. 그는 다름 아닌 창수였다. 녀석은 일주일간이나 결석을 한 상태였다. 모두들 대번에 슬픈 얼굴이 되어 버렸다.

"멀리 가는 것이 아니니까 섭섭해 할 것 없어요."

말은 그랬지만 선생님은 끝내 입술을 짤끔 깨물더니 그만 울먹였다. 왜 그렇게 되어야 하는가를 우리는 알 지 못했다. 동시에 우리들의 입에서 "선생니임" 하는 말이 터져나왔는데 그 말은 거의 울음에 가까운 목소리였다. 선생님은 당황한 얼굴빛을 띠며 곤혹스러워 했다.

"이러면 안 돼요. 선생님도 같은 희망반이잖아요. 우리 하나초등학교는 학년이 없어요. 희망반이면 모두 같은 희망반이니까, 알겠죠, 여러분?"

"왜 그래야 하는데요?" 내가 따지듯 물었다.

"그러는 것이 좋겠다 생각하시고 교장 선생님께서……."

선생님은 또 말을 잇지 못했다. 우리들은 더 이상 묻지 않았다. 모두의 시선이 일제히 이가 빠진 듯한 창수의 빈 책상으로 갔다. 하나같이 미운 눈길들이었다. 그때서야 나는 알았다. 지난 토요일 교감 선생님이 받으라 했던 그 불길한 전화가 바로 창수 어머니의 것이었음을. 정말 내 생각은 알아 줘야 해. 나는 속으로 이렇게 중얼거렸다. 정말 나는 천재야! 하고 소리치고 싶은 말을 나는 꼭 으깨 물었다.

"자 운동장으로 나가요. 오늘은 희망반이 꼭 이겨야 해요. 선생님을 위해서."

선생님은 힘주어 말했고 우리들은 하나 같이 "네!"라며 크게 소리쳤다. 모두 어떤 결의가 번득이는 얼굴들이었다. 아이들은 힘찬 발걸음으로 교실을 나갔다. 그렇다. 오늘은 줄다리기 시합이 있는 날이었다.

"오늘은 우리가 꼭 이겨야 해. 그래서 우리 선생님 마음을 기쁘게 해 드리자.”

“꼭 우승 선물을 드리도록 하자, 우리.”

반장인 나와 부반장 슬기의 말이었다. 반원들은 불끈 쥔 주먹만큼이나 힘찬 목소리로 “알았어!”라고 대꾸했다.

드디어 시합이 시작되었다. 우리 희망반은 먼저 사랑반과 붙어 쉽게 이겼다. 문제는 꿈반을 이기고 올라온 영원한 적수 용기반과 다시 붙게 되는 준결승전이었다. 용기반은 50명, 희망반은 49명이었다. 그래서 그런지 희망반이 자꾸만 용기반 쪽으로 끌려가고 있었다. 1명이 빠졌다고 그럴 수는 없다. 물론 용기반은 지난번에 당당히 우승한 팀이긴 했다. 영차를 외치며 계속 줄을 당겼다. 그래도 희망반은 용기반에 끌려가는 입장을 만회하질 못했다. 저번엔 다 이긴 우승을 놓쳤는데……, 그땐 창수 뒤통수로 이마를 들이박아 내가 줄을 놓는 바람에 졌던 것이지 힘이 모자라서 진 것은 결코 아니었다.

이번엔 꼭 이겨야 한다. 그래야 설욕이 되는 것이다. 그러나 우리 희망반의 아이들 얼굴에는 낭패감이 어려 있었다. 승패를 가름하는 선이 불과 2미터도 채 남지 않은 지점에까지 이미 끌려가 버렸기 때문이다.

꼭 이겨야 해! 선생님께 우승을 선물해야 하니까!

다들 이런 말이 어려 있는 우리 반 아이들의 얼굴이었다.

─영차, 영차!

팽팽해졌다. 그렇다고 용기반이 희망반 쪽으로 끌려오는 건 아니었다. 단지 희망반이 끌려가고 있진 않는 상태일 뿐이었다. 그 순간 나는 아버지 얼굴을 떠올렸다. 지금은 어딘가로 일을 나가고 계시는 아버지, 그래도 나의 머릿속에 떠오른 당신의 모습은 새카만 이마에 축 늘어뜨린 어깨일 따름이었다.

오늘은 꼭 우승을 선물해야 해!

아주 전에 놓쳐 버린 우승을 이번만은 꼭 되찾아서 아버지에게 드리고 싶은 마음이 간질했던 것이다. 내가 '이기자'를 외쳤다. 반원들도 따라서 '이기자'를 소리쳤다. 물론 반원들의 머릿속에서는 선생님하나만을 생각하고 있을지 몰랐다. 꼭 이겨서 우승을 선물하고픈 마음으로, 줄이 조금씩 당겨오는 듯도 했다. 선생님은 목이 터져라 '이기자'를 소리쳤다. 추성애 선생님의 말씀이 우리 희망반 아이들의 귓속으로 파고든 때문일까. 우리 희망반 아이들의 팔에 힘이 움큼 주어졌다. 용기반이 희망반 쪽으로 조금씩 당겨 오늘 것도 같았다. 아니, 분명히 조금씩 당겨지고 있었다. 그것을 느낀 우리들은 하나같이 입술을 사려 물며 '이기자'를 또 외쳤다.

추성애 선생님이 이번에는 '영차'를 외쳤다. 용기반도 '영차'하며 힘을 주지만 용기반은 조금씩 희망반 쪽으로 끌려오고 있었다. 승패는 이미 결정난 것이나 다름없었다. 드디어 승리의 여신이 우리 희망반의 손을 번쩍 들어주었다. 희망반의 우리들은 너무나 기뻤다.

— 선생님께 꼭 우승을 선물할 거야.

이제 남은 건 행운반을 이기고 결승에 오른 지혜반을 꺾는 일이었다. 정말이지 오늘만은 우승할 자신이 충만했던 것이다. 그런데 유감스럽게도 오늘만은 우승을 가리지 않는다고 했다. 결승전은 어버이날 축제 때 갖는다는 것이었습니다. 그래도 기분이 너무 좋았던 것은지난 우승팀을 당당히 이겼다는 사실이었다.

"선생님은 정말 만족해요. 다음 결승전에선 우리 희망반이 꼭 우승하는 거예요. 알았죠?"

선생님의 말씀에 우리 희망반 아이들의"예"하는 소리가 함성이 되어 운동장을 크게 울려 퍼지고 있었습니다.

나는 토끼처럼 깡충깡충 뛰면서 집으로 갔다. 줄다리기 시합에서우리 희망반이 용기반을 이긴 것이 그렇게 신바람 나게 한 것이었다. 우리 희망반이 용기반을 이겼어요. 나의 머릿속에는 이런 말이 단단히 조립되어 있었다. 발걸음이 한결 가벼워졌다. 그 말을 어서 아버지나 어머니에게 하고 싶었기 때문이다.

정작 집이 저만큼 가까웠을 때엔 난 그만 풀이 팍 죽고 말았다. 아무도 집에 없다는 사실을 비로소 깨달은 탓이었다. 자신을 반겨줄 것이라곤 뽀미 뿐일 테니까. 순간 나는 목이 움츠러들고 어깨가 축 처지는 자신을 의식했다. 당신의 작은 모습이라 해도 좋을 만큼 유리에 비친 내 모습은 아버지와 너무 똑같이 닮아 있었다.

나는 책가방에서 꺼낸 열쇠를 열쇠 구멍에 찔러 넣고 돌렸다. 열쇠는 잠겨 있지 않았다. 문이 열려 있었던 것이다. 나는 가슴에서 철렁하는 소리를 들었다. 요즘 도둑이 부쩍 많아졌다는 말을 들었기 때문에 순간 도둑이 들어왔구나 싶었던 것이다.

"기홍이냐?"

거실에서는 뜻밖에도 어머니의 다정한 목소리가 났는데 왠지 힘이 하나도 없는 말씀이었다.

"엄마 집에 있었네?"

어머니가 집에 계시다는 사실이 나를 기쁘게 해주었다. 이상하단 생각도 들었다. 어딘지 몰라도 지금쯤 열심히 일을 하고 계실 어머니가 집에 있다는 것이 아무래도 이상했던 것이다. 이상한 것은 그것만이 아니었다. 신발장에 길게 세워져 있는 두 짝의 나무 목발도 이상한 물건이 아닐 수 없었다. 웬 불구자 손님이 오셨나 싶었다.

"아빠도 오셨는걸."

역시 힘이 하나 없어 보이는 어머니의 말씀이었지만 순간 나는 그런 걸 느끼지 못했다. 어머니 아버지가 집에 계시다는 것만이 좋았던 것이다.

"오늘은 우리 희망반이 용기반을 이겼어요!"

나는 아버지가 계시는 안방으로 뛰어가면서 이미 머릿속에 조립돼 있는 말을 했다. 어머니도 어머니지만 안방에 계시는 아버지 들으라고 일부러 크게 소리친 것이었다.

"오. 그래? 거 참 잘 됐구나."

말씀은 이랬지만 벽을 기대고 앉아 있는 아버지 모습이 나의 두 눈을 동그랗게 만들었다.

"아빠 발이 왜 이렇게 됐어요?"

아버지의 한 발이 하얗고 뚱뚱한 깁스로 감겨져 있었던 것이다.

"차에 조금 다치셨단다."

방으로 따라 들어 온 어머니의 말씀이었다. 금방 나는 울상이 되었다. 얼마나 아프실까 싶어서였다. 나는 그제서야 어머니가 집에 와 계신 이유를 알 것 같았다. 아버지의 다리를 치료하기 위해 전화를 받고 병원으로 달려간 것이 분명했던 것이다.

그랬다. 나는 아직 알지 못하지만 아버지께선 그 동안 백화점 주차장에서 주차 정리원으로 일을 했던 것이다. 자동차에서 뿜어져 나오는 새카만 매연을 마시면서 그래도 일자리가 주어진 것만으로도 흡족하게 생각했던 당신이었다. 그렇기로는 어머니도 마찬가지였다. 어머니는 식당의 종업원으로 일을 하게 되었으니까. 요즘처럼 구하기 어려운 일자리를 그래도 쉽게 얻은 것을 참 다행으로 어겼던 어머니였다.

그랬는데 또 불행이 닥치고 만 것이다. 지하 주차장에서 주차를 도와주고 있는 아버지를, 고객으로 온 초보 운전자가 부웅, 하며 후진을 해 버리는 바람에 뒤에서 신호를 해주고 있던 아버지가 벽과 차에 끼여서 다리를 크게 다친 것이다. 이렇듯 당신이 환자가 됨으로써 어렵게 구한 어머니의 식당 자리마저 잃어버릴 처지에 놓였으니 더 큰 불행이 아닐 수 없었다.

"괜찮다. 한 달쯤만 가면 거뜬히 낫는다는구나."

아버지의 말이었는데 당신께선 일부러 밝은 표정, 아무렇지 않는 듯한 말을 아들에게 들려주려고 애쓰는 것이 역력했다.

"너희 희망반이 용기반을 이겨서 넌 참 기분이 좋겠구나?"

아버지는 웃는 얼굴로 말했다. 나는 다시 기분이 좋아져서 자랑을 늘어놓기 시작했다.

"그럼요, 아빠! 엄마 아빠에게 우승 선물을 드리려고 얼마나 힘껏 잡아 당겼는데요. 결승에는 지혜반을 이겨서 꼭 우승을 선물할 거예요. 그땐 엄마 아빠도 오실 거죠?"

"암, 가도록 해야지."

아버지는 힘주어 말했다.

"정말? 그럼 약속해요. 우리."

나는 새끼손가락을 편 오른 주먹을 들어 보였다.

"좋아. 그럼."

아버지도 새끼손가락을 폈다. 그리고는 아버지와 나는 새끼손가락을 걸고 엄지로 도장을 쾅 찍었다.

그런 뒤 나는, 어버이날에 줄다리기 결승전이 있는 것과 부모님을 모시고 연극을 한다는 학교의 축제 행사 프로그램도 알려 드렸다. 슬기의 글 '공룡'을 추성애 선생님이 다듬어서 무대에 올리기로 한 것과 주인공으로 슬기와 내가 뽑혔다는 얘기와 다음 주 월요일부터는 맹연습에 들어간다는 말도 빠뜨리지 않고 아버지께 죄다 했던 것이다.

이 경 은

약력
대구 출생
「어린왕자」, 「후박나
무 그림자」로 문단에
등단

창작집
『도시의 휘장』
장편소설
『폐허의 아침에 눈뜨
고 싶다』, 『늦은 오후』

주소
성남시 분당구 이매동
삼환 APT 1101동 1703
호

전화
집 : 031)605-8492

기갈(飢渴)

홍보실의 최기자는 약속 시간에 맞춰 좁은 골목 입구에 차를 대놓고 담배를 피우고 있었다. 새벽임에도 바람은 더운 기를 품고 있었고 금방 샤워한 몸은 이내 끈적끈적한 기운이 묻어났다.

휴가철이라 새벽에 출발해도 고속도로 사정이 그리 녹녹하지 않을 거라 생각했었는데 예상과는 달리 길은 꽤나 여유로웠다. 그 여유로움에 최기자는 쾌재를 부르며 가속 페달을 마구 밟았다.

— 이기자, 눈감고 스피드가 주는 감응상태를 느껴봐. 오르가슴에 오르는 것처럼 황홀할거야! —

계기판을 보니 150킬로였다. 그러나 문막을 지나자 예기치도 않았던 안개가 깡패처럼 몰려오기 시작했다.

차들마다 비상등이 켜졌다. 몇몇 차들은 이미 졸지에 길을 잃고 충돌하거나 비틀거렸다. 피할 수 없는 심판처럼 여기저기에서 비명소리도 들렸다.

뜻하지 않은 안개 때문에 오랫동안 차가 정체됐다. 갑자기 맞닥뜨린 재해에 일순 마음이 막막했다.

전날 마신 술 때문에 차가 정체된 것이 오히려 잘됐다는 듯 최기자는 시동을 끄고 핸들 위에서 쉽게 잠이 들었다.

나는 한동안 무거운 수심(愁心)에 빠진 것처럼 멍하니 앉아 있다가 안개의 모호함을 파헤치기라도 하듯 기를 쓰고 앞차의 번호판을 찾았다. 그러나 안개가 얼마나 지독한지 불구의 획(劃)조차 건질 수가 없었다.

더디게 시간이 흘렀다. 그동안 생각 없이 떠나 보낸 시간들을 뒤적거려 봤다. 때론 무슨 내용인지도 모른 채 아무렇게나 처박아 놓은 시간도 있었고 바쁘다는 핑계로 의미를 되새겨 볼 새도 없이 어영부영 떠나 보낸 시간들도 많았다.

매사 게으르고 이기적인 성격 때문에 잃어버린 것 또한 얼마나 많았나. 하지만 끊임없이 노력하고 최선을 다했다고 해서 과연 잃어버리는 것이 없었을까.

지루함에 힐끗 최기자를 쳐다봤다. 얼굴 한쪽이 팔뚝에 눌려 보기 싫게 짜부라졌다. 게다가 코까지 골면서 간간이 방귀도 꿨다.

나는 기형적으로 변해버린 그의 얼굴을 보며 한동안 실없는 웃음을 날렸다. 서울을 떠날 때부터 일정이 빡빡하다고 연신 투덜대더니만 오히려 이렇게 망가진 시간이 그에게는 행복한 듯 했다.

차안의 탁한 공기를 피하기 위해 문을 열고 바깥으로 나갔다. 범람, 습격이라는 단어가 저절로 입에서 튀어나올 만큼 안개는 단숨에 나를 쓰러뜨렸다. 몇 초 동안 정신없이 안개 속에 으깨진 기분이었다.

고속도로 가장 자리에 사람들이 서 있는 것이 희미하게 보였다. 그들의 말소리 역시도 안개로 인해 흐려졌다. 돌연한 안개 때문에 무참히 시들어 버린 이곳의 어둠과는 달리 도로 아래쪽의 어둠은 너무도 질서 정연했다.

국도를 따라 더디게 흘러가는 차량의 불빛과 양쪽으로 움푹 패인 산등성이가 수묵화처럼 깊어 보였다. 어디선가 안개를 뚫고 들어온 야윈 바람 한 줄기가 답답한 열기를 걷어 냈다.

한동안 강물처럼 흘러가던 불빛에 맥을 놓고 있던 나는 우리가 지나쳐 갈 길에 평창이 있고 그곳에 엄마 산소가 있다는 것을 늦게서야 깨달았다. 엄마가 살아 있을 때는 그 앞을 지나도 존재조차 떠오르지 않던 것이, 이젠 존재하지 않기 때문에 이렇게 생생하게 느껴지는 걸까.

작년 여름 휴가 때 엄마의 죽음을 알았다. 친구 둘과 동해안에서 휴가의 마지막날을 보내고 있을 때였다. 마지막의 의미가 다 그렇듯이 다리에 쥐가 날 때까지 수영을 했고 남은 필름을 다 쓰기 위해 쓸데없는 포즈를 취했고 뭔가 흔적을 남기기 위해 모래톱에 수많은 글씨를 새겨 넣기도 했다.

어둑해질 무렵 포구에 나가 가자미와 산 오징어 회를 샀고 소주와 담배도 샀다. 화진포의 널찍한 민박집 툇마루에 앉아 저마다 저문 바다를 향해 외치고 싶은 서러움 때문에 우리는 제법 많은 양의 소주를 마셨다.

— 그가 나를 버렸나, 내가 그를 버렸나. 그 인간과 헤어진 지가 일 년이 다 되가는 데도 이 쓸데없는 화두가 끊임없이 나를 따라다녀.—

대학에서 미학을 전공한 보희가 연신 줄담배를 태우며 한때 사랑했던 사람을 잔인하게 물어뜯었다. 막상 헤어지고 나면 그동안 진행되었던 두 사람 사이의 모든 것들이 위선과 허위처럼 여겨지는 모양이다.

— 내가 변하지 않는 이상 죽어도 변하지 않는다고 자신의 마음을 신앙처럼 받들더니만…… 야들아, 이 세상에는 말이야. 믿을 놈 하나 없다. —

끝말이 곡선을 그리듯 미끄럽게 치솟았다. 그녀는 말을 토해냄으로써 옛 애인을 향한 증오심이 새삼 살아나는지 담배를 필요이상 짓이겨 껐다.

— 이 세상에 절대적인 진리가 어떻게 있을 수는 있니? 세상의 모든 것이 유동성을 지녔는데……. 변한다는 것 자체가 진리 아니겠어? —

물리학을 전공한 진경이가 상추와 깻잎에 보쌈한 오징어를 맛있게 씹어 삼키고는 융통성 없는 학자처럼 무표정하게 말했다. 그녀는 사소한 풍경 하나에도 결코 마음을 박아두는 일이 없다.

— 넌 매사를 그렇게 계산만 하니깐 이날 이때까지 연애 한번 못해보고 폭싹 늙었지. 보나마나 남자 만나고 집에 들어오면 공책에다가 애정의 질량이 얼마고 부피가 얼마고 강도가 어떻고 하는 따위의 공식을 새겨 넣겠지. —

— 무엇이든지 정확하지 않으면 불안해. —

— 살아가는데 전혀 도움이 안 되는 수치를 끌어안고 사는 너보다 사랑으로 인해 자고 나면 다리가 잘리고 팔이 잘리고 마음마저 반신불수가 되어버린 내가 훨씬 인간적이지. 그러나 솔직히 너가 부러울 때도 있어. 감정에 콘크리트를 입혀놨으니 상처 따위는 없을 거 아니야. —

— 넌 매사 나를 광물성으로 보는데 너가 나를 이런 식으로 대할 때마다 나라고 마음이 안 상하는 줄 아니? —

진경의 발끈한 반격이 의외라는 듯 보희는 나를 향해 입과 눈을 있는 대로 벌렸다. 그리곤 다시 담배를 붙여 물더니 이미 어두워져 아무것도 안 보이는 바다를 향해 담배 연기를 무섭게 토해냈다.

그녀가 말하는 반신불수의 마음이란 어떤 것일까.

나는 가자미의 뼈를 오도독 씹으며 생각했다.

술이 오른 탓인지 갑자기 쓸쓸해졌다. 어쩌면 이곳이 오늘로써 마지막이라는 생각 때문인지도 모른다. 그러나 정작 내가 쓸쓸한 건 마음속에 은닉되어 있는 외로움이다. 그 외로움을 뜻밖에도 보희가 일깨워준 것이다.

누군가와 헤어지면 모든 과거가 완벽하게 생략되거나 지워지는 것 같지만 끝난 사랑은 뒤늦게 많은 것을 쏟아낸다.

정형외과 인턴 과정이 무엇보다 복잡하고 바쁘다는 것을 알면서도 함께 오래 머물 수 없다는 것에 대해 나는 대체로 인색했다. 어쩌면 그와의 만남에 있어서 내가 괴로워하는 것은 아직까지 그와 나의 관계를 정확히 파악하지 못하고 있었는지도 모른다. 일시적인 감정이 아닌, 보다 논리적으로 이성적으로 우리의 관계를 직시했다면 우리의 만남은 오랫동안 튼튼한 체력을 유지했을 것이다.

크리스마스 이브에 대판 싸우고 헤어진 커플이 우리말고 또 있을까.

아무리 바빠도 그 날 하루쯤은 그가 나를 위해 온전히 시간을 내줄 줄 알았다. 하지만 그는 나를 극한의 한계까지 몰고 갔다. 만나자마자 한시간 뒤에 수술이 있어서 저녁을 먹는 대로 급히 병원으로 들어가 봐야 된다는 것이다. 짧은 순간 나는 회의에 빠졌다. 바쁘기만 한 그의 전공을 경멸했고 나를 향한 그의 무력한 애정을 증오했다. 빠른 속도로 밥을 먹는 그가 허약한 겁쟁이처럼 보였다.

우린 그때 서로를 용서할 수가 없었다.

갑자기 그에 대한 그리움이 목까지 차 올랐다. 민박집 전화로 그에게 전화를 걸었다. 괜한 자존심이 발목을 채웠지만 그리움의 강도는 이미 극에 달해 있었다. 그러나 내가 힘들게 전화를 했음에도 그는 어디에도 없었다. 당연히 있어야 할 자리에 그가 없는 탓에 마음은 또 얼마나 많은 곳을 서성댔던가.

자동 응답기에 혹시 그가 메시지를 남겨놓지 않았나 싶어 집 전화의 비밀 버턴을 눌렀다. 그러나 응답기에 메모된 것은 뜻밖에도 아버지가 전한 엄마의 갑작스런 죽음이었다.

— 애비다. 니 엄마가 이틀 전에 밭고랑에 처박혀 죽었다. 연락 받는 대로 주진으로 내려 오너라. —

솔직히 엄마의 죽음보다 그의 메시지가 들어와 있지 않음에 더 절망했다. 절망하면서도 일말의 양심은 있어 마치 이방인의 뫼르소가 된 기분이었다.

모친의 죽음을 애도함. 내일 매장.

어쩌면 오늘 매장했는지도 모르고 운 좋으면 내일 매장하는지도 모른다.

갑자기 시간이 없는 것처럼 바빠졌다. 그것은 그에 대한 상실감을 잊으려고 부지런히 엄마의 죽음을 뒤쫓아갔는지도 모른다.

다음날 바쁘게 짐을 싸서 주진에 도착했을 때 엄마의 관이 집 뒤에 파놓은 무덤으로 운구중이었다.

나는 건조한 곡소리를 들으며 풀 섶에 피어난 야생화를 몰래 짓이기며 걸었다. 산길을 따라 흩하게 피어있는 야생화가 어쩐지 마음에 들지 않았다. 구석에 처박힌 채 자학하는 듯한 야생화의 자태가 엄마의 창백한 그늘과 너무 닮았기 때문이었다. 그러나 시간 속으로 조금 더 깊이 들어가 보면 내가 야생화를 짓이긴 것은 엄마를 향한 감정이 아니라 그를 향한 감정이었다.

얼마나 미련한 짓인가. 이미 끝나버린 이별을 애써 보듬는다는 것이.

차는 두시간 이상을 정체 한 뒤에야 움직이기 시작했다. 차갑고 훤한 새벽 기운에 못 이겨 안개는 올 굵은 망사처럼 몸을 비웠다.

고속도로 곳곳에 안개가 입힌 상처들이 수두룩했다. 아이의 피 묻은 운동화, 깨진 헤드라이트의 빨갛고 노란 조각과 장렬하게 산화된 유리 파편들. 상처는 하나도 아물지 않은 채 여기저기에 뒹굴고 있었다.

— 산소에 잠깐 들렸다 가자고? 누구 산손데? —

뒷 차의 크랙숀 소리에 놀라 일어난 최기자의 이마는 핸들에 눌린 자욱이 흉터처럼 박혀 있었다.

— 엄마 산소가 평창 조금 지나서 있거든요. —

어째서 갇힌 길 위에서 생각지도 않은 엄마를 떠올렸는지 이것도 다분히 안개 때문일까. 사람들은 마음이 몹시 허전하거나 메마를 때 미처 생각지 못한 것을 떠올릴 때가 있다.

— 좋아, 어차피 어디에서든 아침 요기를 해야 하니깐 잠시 시간을 내보지. 하지만 빨리 움직여야 된다구. 가리왕산 휴양림 취재가 끝나면 곧바로 대관령 휴양림을 취재해야 하니깐. —

회사 창사 삼십주년 기념 특집으로 전국의 휴양림 실태를 취재하라는 홍보실장의 특명으로 우리는 봄부터 주말도 없이 바쁘게 움직였다. 제지 회사다운 발상이었지만 아직도 넘어야할 산이 많았다.

평창 시장에 들려 순대 국밥으로 간단히 요기를 한 다음 슈퍼에서 북어포와 소주 한 병을 샀다. 안개가 걷힌 아침은 여느 때보다 싱싱하고 밝았다.

평창에서 주진으로 넘어가는 길목에서 우회전을 한 다음 우리는 자잘한 자갈이 깔린 산길로 접어들었다. 이곳엔 비가 내렸는지 잎사귀마다 굵은 빗방울을 앉혀 놓았다. 그 위에 지그시 내려앉은 찬란한 햇살이 뭔가를 축복하려는 듯 유난스런 울림과 느낌으로 다가왔다.

엄마를 묻을 때만 하더라도 그저 단순한 산길이었던 것이 초입에 커다란 대문을 달아놓았다. 활짝 열린 대문 너머로 얼룩덜룩한 젖소 서너 마리가 우리에 갇혀 있는 것이 보였다. 멀리 산등성이에서 풀을 뜯는 젖소도 보였다. 무성하던 나무들을 베어내고 초목지를 조성한 것이다.

차가 젖소 우리에 닿자마자 야구 모자를 쓴 늙은 관리인이 일하다 말고 달려왔다. 아크릴사가 많이 들어간 작업복을 입은 탓에 그의 옷은 온통 지푸라기로 뒤덮여 있었다.

— 어디 가요? —

— 저 위 어머니 산소요. —

— 어머니 산소라고? 가만있자, 그럼 너가 주혜가? —

관리인은 모자를 벗어 들었다. 푹 눌린 흰 머리칼에서 인생의 고단함이 느껴졌다.

— 저를 어떻게 아시네요. —

— 알다마다. 너 아버지가 대전으로 이사를 가기 전까지만 해도 맨날 책가방 메고 우리 가게 앞을 지나가는 것을 봤는데……. 세월이 유수 같다더니만 그 말이 꼭 맞네. 대놓고 물어보지 않으면 모를 정도로 커버렸으니. —

자세히 보니 사진관 아저씨였다. 눈가에 성긴 주름과 금방이라도 갈라질 듯한 메마른 피부가 세월의 잔인함을 보여줬지만 선량하면서도 몹시도 따뜻해 보이는 눈이 과거 모습 그대로였다.

— 아직도 사진관 하세요? —

— 벌써 관뒀지. 엉뚱한 짓 안 했으면 이 나이에 등 따시고 배부른 삶을 살아갔을 텐데…. 돈 없이 객지를 떠돌다보니 고향만 한 데가 없더군. —

한때 그의 사진관은 시내 큰 사거리 코너에 있었다. 지금도 뚜렷이 기억에 남는 건 크게 확대한 엄마의 결혼 사진을 아저씨는 내가 태어나기 전부터 사진관 진열창에 세워 두었다. 지나가는 사람들 대부분이 웨딩 드레스를 입은 아름다운 신부의 얼굴에서 눈을 뗄 줄 몰랐다고 했다. 내가 사물을 분간할 나이가 될 무렵 엄마의 사진은 누렇게 쩔은 상태로 사진관 한 귀퉁이에 처박혀 있었다.

— 어서 올라가 봐라. 니 엄마가 좋아하겠다. —

엄마를 묻을 때만 해도 처녀지 같았던 산이 한 많은 세월을 견뎌낸 작부처럼 여기저기 많이도 망가져 있었다. 빼어난 산세에도 불구하고 볼품없이 세워진 가건물과 축사에서 함부로 흘러나온 폐수가 이 곳의 아름다움을 말살했다.

가건물 몇 개를 더 떠나보낸 뒤에야 산은 예전 모습으로 돌아왔다. 무성한 푸른 잎들이 터널을 이룬 것하며 이름 모를 산새들의 지저귐이 이곳에 불멸의 생명을 불어넣는 것 같았다.

— 와! 길 위에 꽃잎 떨어진 것 좀 봐. 마치 눈이 쌓인 것 같애. —

나직이 부는 바람에도 이름 모를 꽃잎들이 우수수 떨어졌다. 자잘한 꽃잎들은 한 많은 시공을 지나 제각각 흩어졌다. 더 이상 살아서는 못 돌아올 지상의 마지막 여행이었다.

껍질이 더 두터워진 산사 나무와 가짜 죽나무라는 뜻의 가죽 나무와 하늘을 모자이크 한 듯한 상수리나무와 굴참나무. 그 외에도 무수한 이름을 가진 나무들이 은밀한 조화를 이루며 숲을 만들어 냈다. 반 여 년에 걸친 휴양림 취재 덕분에 산에 자라는 웬만한 나무 이름은 거의 다 알고 있었다.

— 촬영차 산을 수도 없이 다녀봤지만 이렇게 느낌이 강하게 오는 산은 없었어. 미움도 아니고 사랑도 아니고 그렇다고 해서 그리움도 아닌 모호한 감정이 이 산에서 느껴져. —

— 감정치곤 복잡하네요. —

— 아마 이기자 어머니가 묻힌 산이라 그렇게 느끼는 건지도 모르지. —

— 멋대로 유추하지 마세요. —

— 글깨나 쓴다는 여자가……. 모가지에서 선지 피가 콸콸 쏟아져야만 대지의 아픔을 알게 되는 건 아니잖아? —

나는 최기자를 향해 눈을 흘겼지만 언제나 거칠고 원시적인 표현이 좋았다.

최기자는 한 손으로 운전을 하면서도 연신 카메라 앵글을 맞췄다. 몸의 일부분처럼 함께 하는 카메라. 그는 화장실 갈 때도 밥을 먹을

때도 카메라를 줄창 목에 걸고 다녔다. 카메라는 이제 그의 신체 일
부나 다름없었다. 축구로 부상을 안 입었다면 사진은 그의 인생 어디
에도 없었을 것이다.

　—나이 사십이 다 되도록 왜 결혼 안 하느냐구? 나하고 사진기하
고 잘 어울리는 것 같지 않아? 생긴 것도 그렇고 느낌도 그렇고 취향
도 그렇고……. —

　—그러고 보니 투박한 인상이 닮았네요. 혹 사진기가 애인이라도
되세요? —

　—물론이지. 언젠가 사진기와 헤어지면 외로워서라도 결혼을 하
겠지. 하지만 내 생에서 사진기를 떠나보낼 일은 결코 없어. 그러니
이기자 괜히 나한테 눈독들이지 마. 이렇게 임자 있는 몸이야. —

　그는 목에 걸린 사진기를 조심스럽게 안았다. 우습게도 그의 보호
아래 있는 사진기가 나를 외롭게 했다.

　차는 넓은 마당으로 들어갔다. 차가 올라갈 수 있는 길은 여기가
끝이다. 한눈에도 오래돼 보이는 너와집 한 채가 너덜너덜한 몸을 아
침 햇살에 다 열어 놓고 있었다. 한여름임에도 이곳은 서늘한 한기가
느껴졌다. 산이 너무 깊은 탓일까.

　칠이 벗겨진 툇마루에 햇살이 이불처럼 말갛게 널려 있었다. 울컥
눈물이 났다. 많은 세월을 저 툇마루에 정물처럼 앉은 채 한줌 햇살
로도 녹지 못하는 자신을 자학했을 엄마. 엄마는 어째서 많은 세월을
바깥에서 헤매다가 폐인이 돼서야 이곳으로 돌아왔을까. 끝까지 우
리에게서 몸을 숨겼으면 서로가 서로에게 조금은 더 편할 수도 있었
을 텐데.

　엄마가 아무도 몰래 이곳에 돌아왔을 때 이 산은 이미 우리 산이
아니었다. 아버지는 엄마가 집을 나간 그 이듬해에—할머니가 돌아
가신 해이기도 했다—평창 일대에 흩어진 재산들을 모조리 정리했

다. 그리곤 뒤도 돌아보지 않고 고모가 살고 있는 대전으로 옮겨 앉
았다. 인연의 줄을 애써 끊은 것이다.

　— 주혜 에미가 얼마 전 평창에 들어와서 자넬 찾더군. 갈 데가 없는
것 같아서 당분간 주진 산에서 살으라고 했어. 자네 산이었을 때 산지
기가 살다가 비워둔 집 있잖는가. 건강? 어디가 아픈지 병색이 완연해.
아, 그러고 보니 이곳에 묻히고 싶어서 들어왔다더군. 아무리 미워도
한때 처였고 아이들 어미였는데 한번 들여다봐야 하잖는가. —

　엄마가 우리에게서 완전히 잊혀졌을 때 평창에서 운수업을 하는
아버지 친구한테서 걸려온 전화였다.

　— 내쫓아 버리지 그 사람을 왜 받아 줬는가. —

　— 이 사람아, 사람 사는 일이 그렇게 매몰차서야 되겠는가. 외지
가 얼마나 외롭고 삭막했으면 힘들게 버리고 떠난 여기에 다시 들어
올 생각을 했겠나. —

　아버지의 불같은 당부가 아니라 하더라도 식구들 그 누구도 자진
해서 엄마를 찾지 않았다. 혹 할머니가 살아 계셨다면 불쌍한 년, 불
쌍한 년을 되뇌이며 선걸음에 엄마를 찾아갔을 텐데.

　폐가가 되다시피 한 집은 숲 속에 던져진 쓰레기처럼 꼴이 처참했
다.

　나는 집 뒤쪽에 난 오솔길로 바로 올라가지 않고 엄마가 기거했던
방문을 열었다. 어릴 때 산지기가 캐논 감자나 밤, 혹은 마늘을 가지
러 할머니 따라 몇 번 온 적이 있었다. 그때는 산지기가 살림을 하고
있은 탓에 집이 꽤나 따뜻하고 아늑해 보였다.

　산 쪽으로 난 격자창의 유리가 깨져 바람이 들이닥쳤다. 습기로 인
해 귀퉁이 한쪽이 떨어져 나간 꽃무늬 벽지가 깃발처럼 뒤집어졌다.
아랫목 쪽의 벽지는 때가 쩔은 탓에 무늬는 알아볼 수 없을 정도로
뭉개져 있었다. 엄마가 오랫동안 기댔을 벽이라고 생각하니 눈물이
돋았다.

나는 한동안 햇볕이 널린 툇마루에 앉아 시름에 잠겼다. 이곳으로 돌아온 뒤 한번도 마음을 제대로 펴지 못하고 구부정하게 살았던 엄마의 음울한 날들이 눈에 밟혔다.

— 여기가 이기자가 살았던 집이야? —

최기자는 집 뒤쪽 숲에서 나오면서 물었다. 그의 바지 가랑이에 젖은 쭉정이들이 무늬처럼 붙어 있었다.

— 어머니 혼자 살았던 집이에요. —

— 그럼 유배지나 다름없네. —

— 그럴지도 모르죠. —

— 어쩐지, 이 산에 들어 설 때부터 묘한 감정이 느껴지더라니깐.—

더러 눈치가 없는 최기자는 부엌으로 방으로 헛간으로 생쥐처럼 돌아다녔다. 필름을 두 통째 갈고 나서도 연방 셔터를 눌렀다. 어느 시인의 절규처럼 추억은 빛을 주면 일순에 지워진다는 것을 최기자는 어째서 모르는 걸까. 삶에서 가장 두려운 것은 현상과 인화라고 하지 않던가. 그럼에도 그는 신들린 사람처럼 사진을 찍어 댔다.

나는 곧바로 산소로 올라가지 않고 신발을 신은 채 방에 들어갔다. 부엌으로 나가는 쪽문 한 귀퉁이에 빈 소주병이 놓여 있었다. 그 안에 담배꽁초가 한가득 들어 있었다. 꽤나 오래 머문 흔적이 아닐 수 없다. 누가 다녀간 걸까. 아버지? 나는 머리를 흔들었다. 한 사내의 손을 잡고 도망간 엄마를 찾기 위해 그는 벌여논 사업도 다 내팽개쳤다. 그렇게 해서 찾아진 엄마는 원주 시장 바닥에서 함께 도망간 남자와 생선을 팔고 있었다.

— 그 남자와 얼마나 열심히 생선을 팔던지 차마 그 앞에 나설 수가 없었습니다. 그러나 솔직히 저를 더 용기 없게 만든 것은 주혜 에미의 표정이었습니다. 비록 생활은 고달프지만 그녀의 얼굴에 어린 생기는 행복 그 자체였습니다. —

　몇 달만에 패잔병 모습으로 돌아온 아버지가 할머니한테 털어놓은 말이다.
　— 그러니 평소에 내가 뭐랬니. 사업도 사업이지만 가정도 돌봐야 된다고 그러지 않았니. 넌 허구헌날 사업을 핑계로 툭하면 며칠 몇 달씩 전화 한 통 없이 집을 비웠잖아? —
　— 옆에 어머니가 계셨잖아요? —
　— 주혜 에민 성격상 누군가가 돌봐주지 않으면 제풀에 시들어 버리는 여자야. 지금이라도 늦지 않았으니 주혜 에밀 데리고 와라. 한땐 얼마나 반듯하고 정숙한 여자였니? 내가 볼 때 너 잘못이 더 크다. —
　평소에 엄하기만 하던 할머니는 엄마의 배반에도 불구하고 크나큰 용서의 힘을 지니고 있었다.
　— 데리고 오기에는 너무 늦었어요. 게다가 동네 사람들이 다 아는데……. —
　— 이사를 가면 될 거 아니냐. —
　— 이 곳은 어머니 고향이자 제 고향이에요. 몹쓸 여자 하나 때문에 고향을 버릴 순 없어요. —
　그러나 아버지는 말과는 달리 왼 종일 술에 쩌들어 있을 때가 많았다. 그리고 이따금씩 할머니 치마폭에 엎드려 꺼억 꺼억 울었다.
　— 미련한 놈! 그렇게 못 잊을 것 같으면 머리채라도 잡고 끌고 오든지 그게 싫으면 에미에 대한 감정을 단칼에 쳐내든지……. —
　나는 이미 어린 나이에 아버지의 깊고 두꺼운 외로움을 알아 버렸다. 한밤중에 화장실에 가려고 일어나 보면 아버지는 어둠이 켜켜로 내려앉은 굴참나무 밑에나 단풍나무 밑에서 하염없이 담배를 피웠다. 내가 학교 가기 위해 다시 일어났을 때도 그는 여전히 그 자리에 앉아 있었다. 처참한 자학이었다.
　굳이 아버지가 아니라 하더라도 외롭기로 작정하면 앉은자리에서 담배 몇 갑쯤은 문제도 아니다. 하지만 많은 날을 술과 담배 속에 나를 담귀 놓는다 하더라도 이미 채워진 사랑은 조금도 비워지지 않는다.

깨진 유리창을 통해 나뭇잎 스치는 소리가 덮치듯 들려왔다. 한 여자의 호젓한 시름이 강하게 느껴졌다.

— 이기자, 당신은 말이야. 내게 끊임없는 영감을 주는 여자야. 무릎을 세우고 머리를 벽에 기대놔 봐. 그리고 시선은 깨진 창문 쪽으로 보내. 표정은 처절할 정도로 공허하게 하고……. 담배는 왼쪽으로 십 센치만 떼고……. 좋아. —

최기자는 어딘가에 낼 작품을 만든다고 이곳에 도착하자마자 기갈들린 사람처럼 설치고 다녔다. 그는 앉아서도 찍고 누워서도 찍고 엉거주춤 서서도 찍었다. 우리는 산소에 온 것이 아니라 마치 사진 촬영하러 온 것 같았다. 그러나 더 한심한 것은 그가 연출하는 대로 내가 포즈를 취한다는 것이다. 그러나 솔직히 내가 포즈를 취하는 것은 엄마의 시름이 어떤 것인지를 나름대로 표현하고 싶었다. 한 인간의 내재된 아름다움과 우수(憂愁)가 모든 예술 작품의 중요한 모티브가 아닌가. 그러기 위해 짧은 시간동안 나는 기를 쓰고 엄마의 삶 안으로 들어가야 했다. 엄마의 아름다웠던 과거의 모습에서부터 흉하게 일그러진 노출된 죽음에 이르기까지. 그러나 나는 안다. 인생에 있어 곧바로 사진으로 만들어지는 필름보다 못쓰게 되어 버려지는 필름이 더 많다는 것을.

최기자가 차 트렁크에서 세면 도구를 꺼내는 것을 보고 오솔길로 접어들었다. 걸을 때마다 길 가장자리에 있는 풀포기에서 여린 물방울이 떨어졌다. 이름도 모를 야생화가 불안스런 얼굴을 내밀고 있었다. 한순간의 위안도 없이 때가 되면 제 스스로 사라지는 꽃들이 안쓰러웠다.

산소에는 빈 쭉정이 같은 풀들이 많이 자라 있었다. 무성한 풀 때문에 무덤은 한결 낮아 보였다. 그 사이사이에 자잘한 야생화가 은하수처럼 박혀 있었다. 하얗고 노란 들꽃이 매력적인 것은 거칠은 외로움 속에서만 피기 때문일까.

나는 봉지에서 북어포와 소주를 꺼내 엄마에게 한잔 따라 올렸다. 피붙이보다 몇 배나 더 위안이 되었을 술. 그럼에도 나는 살아 생전에 술 한잔 권하지 못했던 못난 딸이었다. 엄마의 그 무엇을 나는 용서할 수 없었던 걸까.

남은 술은 산소에 흩뿌렸다. 독한 술 냄새가 누선을 자극했다. 세상에서 죽은 사람의 살아 있을 때를 생각하는 것만큼 슬픈 일이 또 어디 있을까.

동네 사람들이 엄마의 근황이 궁금해서 산에 올라가 보면 그녀는 고추밭이나 풀섶에 술이 취한 채 잠들어 있을 때가 태반이었다고 했다. 어떤 땐 툇마루에 길게 누워 지는 해를 바라보며 하염없이 울고 있을 때도 있다고 했다. 엄마에게 무슨 일이 일어났는지 동네 사람들이 물어 볼라치면 그녀는 그저 휙휙 손만 휘저을 뿐이라 했다. 도대체 아름다운 엄마를 처참하게 유기하고 파괴한 것은 무엇이었을까?

— 내가 그를 버렸나. 그가 나를 버렸나. —

어쩌면 엄마도 보희처럼 자고 나면 팔이 잘려 나가고 다리가 잘려 나간 폐허 위에서 마음마저 반신불수가 되어 이곳으로 돌아왔는지도 모른다.

하늘 한쪽이 시커멓게 멍들더니 이내 소나기가 쏟아졌다. 나는 조금도 피하고 싶지가 않았다. 소나기 덕분에 엄마의 무덤에서 푸른 향기가 피어났다. 물안개였다. 살아 있을 적엔 무겁고 칙칙한 기운만 감돌더니만 죽고 나서야 그 때를 말끔히 벗은 것 같다.

최기자가 우산을 가지고 올라오지만 않았어도 나는 엄마의 창백한 그늘 속에서 오래도록 맥을 놓고 있었을 것이다.

자정이 다 되어서야 우리는 서울에 진입했다. 떠날 때와는 달리 거리는 온통 안개 투성이다. 또 모험을 겪을 것을 생각하니 아찔했다.

안개를 핑계로 나는 큰길에서 내렸다. 몇 시간 줄창 운전한 최기자에 대한 나름대로의 배려였다.

큰길에 내렸을 때만해도 안개는 보통 때의 부피와 두께로 퍼져 있었는데 골목 안에 처박힌 안개는 석회칠을 해 놓은 듯 아무 것도 보여주지 않았다.

하지만 문막에서 엄마를 떠올렸을 때처럼 안개는 어떤 애착과 울림으로 나를 사로잡았다.

나는 가시덤불을 헤치듯 조심스레 안개를 뚫고 걸었다. 들끓는 애욕처럼 안개의 축축한 혓바닥이 온몸에 달라붙었다. 나는 두 팔로 휙휙 안개를 걷어냈다. 그럼에도 만져 볼 수도 없고 모양지을 수도 없는 것이 내게 부딪쳐 왔다.

어떻게 내가 사는 원룸까지 걸어 왔는지 모를 정도로 안개 속을 헤맸다. 전면에 살빛 대리석을 붙인 건물임에도 습기 때문에 금방이라도 돌 조각들이 떨어져 나올 것만 같았다.

두터운 안개 속에 선 채 나는 나의 창문을 찾았다. 비록 창에서 새어나오는 한 줄의 불빛은 없어도 창턱에 올려진 제라늄 화분에서 몇 장의 꽃잎이 얼굴을 내밀고 있는지를 명징하게 알고 있는 나만의 공간이 새삼 소중하게 여겨졌다.

나는 여느 때처럼 집에 들어오자마자 불 켜는 것도 잊은 채 자동응답기의 보턴을 눌렀다. 오늘도 여전히 그는 아무런 메시지도 남겨 놓지 않았다. 그러나 그를 향한 기갈을 여느 때보다 깊고 아름다웠다.

김 순 녀

약력
강원 인제 출생
한국방송통신대 국문
과 졸업
경원대학교 국어국문
학과 재학중

장편소설
『거꾸로 도는 물레방
아』,『먹이사슬』
소설집
『아담의 잉태』

주소
서울 서초구 서초동
진흥아파트 5동 303호

전화
집 : 02)3482-1453
휴대폰 : 011)753-1453

회리바람

아래 혈압이 백 이상으로 오른 것은 요즘 들어서였다. 머리가 아프고 재채기까지 나오길래 극성스레 유행하고 있는 감기려니 하고 애꿎은 판피린에다 콘텍까지 곁들여 가며 매일 먹어댔다. 약은 먹을 때 뿐이고 약 기운이 가시고 나면 또 머리가 아파왔다. 소화가 안되는 모양이었다. 나는 언제나 소화가 안되면 머리가 아팠고 그 소화의 원인을 병원에 가서 진단해 보면 신경성 위장증세 때문이라고 했다. 남들이 생각할 때 별스러운 일도 아니건만, 남달리 신경이 예민한 나는 작고 보잘 것 없는, 아무튼 소소한 기분 나쁜 일에도 소화가 안되곤 했고 또 머리가 아팠었다. 또 그런 일이려니 하고 약방에 갔다. 아무래도 머리가 자꾸 아픈 것이 소화가 안 되어서 그러는 것 같다며 나는 스스로 진단을 하고 소화제를 달라고 했다.

요즘 약사들은 배가 불러서인지 아니면 돈이 별로 궁하지 않아서인지는 몰라도 약국은 지키지 않고 심부름하는 처녀를 하나씩 두고는 언제나 약국을 비우고 밖으로만 나돌았다. 벌써 십여년 이상 약국을 지켜온 처녀는 이제거의, 반 약사가 다 되어 있었다. 혹시 혈압은 재 보셨어요? 하고 처녀가 묻는다. 아니, 안 재 봤는데…… 그러자 처녀는 혈압부터 재 보자면서 나에게 팔을 내놓으란다. 아주 명령조다. 혈압기에다 동전 오백원짜리를 집어넣고는 내 팔에다 고무싸개 고정대를 싸 감는다. 그리고는 빨간 단추를 누르자 동전이 쨍그랑 소리를 내면서 아래로 떨어지는 순간 압박대는 조여지면서 부르릉 소리를 낸다. 팔을 사정없이조여댄다. 얼마쯤 압박을 가하더니 공기가 스르르 빠지면서 혈압기에 내 혈압의 숫자가 빨간 점선의 숫자로 나타났다. 참으로 편리한세상이다. 그저 돈만 집어넣으면 안되는 일이 없다. 백오에 백사십오예요. 윗혈압은 괜찮은데 아랫 혈압이 높으시네요. 이럴 때는 소화제를 드실 게 아니라 혈압 강하제를 잡수셔야 되겠어요. 무슨 신경 쓰시는 일이 있나봐요. 아니면 갱년기가 온 것인가? 하며 고개를 한 번갸웃거리고는 갱년기에는 흔히들 혈압이 올라가거든요. 호르몬제를복용하셔야 되겠네요 하고 웃는다. 처녀는 말 수단도 좋았다. 어떤 이유를 끌어 붙여서라도 약을 팔아대려고 애를 쓴다. 무슨 약을 어떻게먹어야 하는지 알 수도 없고 또 정식 자격증이 있는 약사도 아니라서나는 우선 한 번 먹을 소화제나 달라고 했다. 그럼 이걸 잡수셔야지요 하면서 처녀는 서랍 속에 미리 지어놓은 약 한 봉지에다 위청수한 병을 주면서 이천오백원을 받는다. 나는 어이가 없었다. 하루치 약값 세 봉지를 지어도 삼천원인데 한봉지에다 위청수 한 병을 주고 이천오백원이라니, 약을 먹어도 비싸다는 이유 때문에 소화가 더 안 될것 같았지만 체면상 거절할 수 없어서 그냥 돈을 주고 약을 사서 먹은 뒤 약국을 나왔다. 약을 먹어도 머리는 여전히 아프고 쑤셔댔다.한 달이 멀다하고 판피린을 박스로 사가는 나에게 약사는 판피린을그렇게 많이 잡수시면 중독이 돼 버려요 라고 말렸다. 약사의 말대로 이제는 그 도가 넘쳐서 판피린 따위의 약 가지고는 치료가 불가능해진 것 같았다. 집에 돌아와 있는 혈압기로 다시 재어 보았다. 이번에는 아래혈압이 조금 더 올라가 있다. 백십에 백오십이다. 도무지 혈압은 떨어질 생각조차 하지 않는다. 왜 혈압이 이렇게 올라갔을까하고 곰곰이 생각을 해 본다. 그러다가 광일이를 생각해 낸다. 이건 순전히 광일이 때문이다. 광일이 때문이야. 나는 광일이에게 그 이유를 갖다 붙였다. 그 착하디 착한 동생이 어떻게 그런 짓을 하리라고는 정말 상상 밖의 일이었다. 도저히 이해가 가지 않았다.

그 날도 나는 내 건강관리를 한답시고 헬스장에서 열심히 운동에 열중을 하고 있었다. 그 때 남편에게서 전화가 왔다. 남편은 아주 심각한 목소리로 큰일이 났다는 거다. 무슨 큰일이냐고 묻자 남편은 깊은 한숨을 쉬고는 글쎄, 광일이가 십일억이란 돈을 해 먹었어. 일, 이억도 아니고 십 일억이래. 나 참 기가 막혀서 말도 안 나오네. 남편의 그 말에 나는 그럴 리가 없다고 펄쩍 뛰었다. 그 애가 그렇게 방탕스럽거나 사치스럽지도 않았는데, 그 많은 돈을 어디에다 썼겠냐면서 뭔가 계산이 잘못되었을 거라고 다시 한 번 잘 검토를 해 보라고 우선 남편을 달랬다. 그러자 남편은 깊은 한숨을 내 쉬면서 말을 이었다. 문제는 지금 그놈이 튀어 버렸다는 거야. 행방 불명이 되었다구. 만일 계산이 잘못 된 것이라면 제가 없어질 이유가 없잖아. 도대체 그놈이 어디로 갔는지 빨리 찾아 봐. 이건 내가 망하느냐 마느냐의 중요한 문제인거야. 알았지? 빨리 찾아 봐. 찾아서 어서 데리고 사무실로 오란 말이야. 알았지? 전화는 곧 끊겼다. 맑은 하늘에 날벼락도 이렇게 황당할 수는 없었다. 그럴 수는 없다. 아마도 무슨 계산 착오이던지 누구에게 사기를 당했던지 둘 중의 하나일 것이다. 거기에다가 십일억이 뭐냐. 몇 천도 아니고, 억도 아닌 십일억이라니. 말도 안 된다. 나는 하던 운동을 집어치우고 얼른 집으로 돌아왔다. 친정어머니에게 전화를 걸었다. 전화를 받지 않는다. 다시 막내에게로 전화를 걸었다. 언니세요? 예, 웬 일이세요? 천진스럽고 맑은 막내 동생의 목소리다. 금년에 둘째 아들을 낳아서 통화를 하는 도중 수화기를 통하여 애기 우는 소리가 들렸다. 아기 때문에 친정 어머니는 막내딸네 집에 자주 드나드셨다. 어머니 거기 오셨니? 내가 묻자 막내는 안 오셨는데요 한다. 집에 전화를 받지 않는데 모두 어디를 갔을까? 하고 물었더니 아마, 올케 언니는 애들 데릴러 유치원에 갔을 것이고, 엄마는 찜질방에 가셨을 것이라면서 한 열두시쯤 걸면 올케 언니가 올 것이라고 했다. 애, 지금 아주 급한 일이 생겼다. 글쎄, 광일이가 사무실에서 십일억이나 공금을 써 버렸단다. 내가 말하자 막내도 깜짝 놀란다. 십일억이요? 아이, 그럴리가요. 그럴 리가 없어요. 뭔가 계산이 잘못 되었겠지요. 오빠는 절대로 그럴 사람이 아니예요. 웃으면서 대답을 한다. 아무러나 광일이가 지금 사무실에서 없어졌다니까 빨리 찾아야 돼. 찾아서 데리고 오란다. 어떻게 해야 빨리 찾을 수 있을까? 막내동생에게 물었다. 맏딸은 살림 밑천이라는 옛말대로 삼남매나 되는 동생들 치다꺼리며 집안 일을 보살피다가 결혼도 맏며느리로 와서 바삐 사느라고 친정과도 거리를 두고 살았다. 대신 막내는 친정 일을 제 일 마냥 훤히 들여다보았고 참견을 해댔다. 언니, 그렇게 급한 일이면 내가 지금 사당동에 가야 할 일이 있으니까 가서 찾아볼께요. 혹시나 내가 가기 전에 올케언니가 들어올런지도 모르니까 언니가 자꾸 전화를 해 보세요. 막내는 싹싹했다. 성격이 좋았다. 막내로 사랑을 듬뿍 받고 자란 탓이리라. 그래, 그러마 하고 전화를 끊고 나는 막내의 말대로 계속 친정집으로 다이얼을 돌렸다. 드디어 열두시가 다되자 올케가 전화를 받았다.

아이, 형님, 그동안 안녕하셨어요? 웬 일이세요?

올케는 항상 다정한 말솜씨를 갖고 있다.

광일이 지금 어디있어?

하고 내가 묻자 올케는

모르겠는데요. 엊저녁에 집에 들어오지 않았어요. 소식도 없구요.
왜 소식도 없이 집에 안 들어왔어?
잘 모르겠어요.
몇 번이고 되물어도 똑 같은 대답을 했다. 도대체 어디를 간 거야.
고개를 갸웃거리다가 그 때부터 약간 이상한 생각이 들었다. 뭔가 사
고가 나긴 난 모양이었다. 그러니 행적을 감추었지. 그래서 다시 막내
에게 전화를 걸었다. 사당동에 볼일이 있다면서 곧 떠난다던 막내는
아직도 떠나지 않고 있었다. 나 지금 올케하고 전화 통화를 했는데
엊저녁에 광일이는 집에도 들어오지 않았단다. 어디에 있는지는 모
른대. 그러고 보면 무슨 일이 있었던 것은 확실한데 혹시나 광일이가
증권을 한 것은 아니니? 하고 물었다. 막내는 요즘 한창 증권에 열을
올리고 있었다. 아기가 울어도 내버려둔 채, 손바닥만한 컴퓨터를 들
고 앉아 연방 삑삑 소리를 내면서 증권 시세를 들여다보고 있었다.
그걸 내가 나무랐다. 애기엄마가 애기나 잘 키울 것이지 애는 안 보
고 뭣 한다고 증권 속에 머리를 박고 앉아서 신경을 쓰느냐고 말하자
어머니는 막내의 그런 솜씨를 언제나 나에게 자랑을 했다. 덕자는 말
이다 돈 버는 솜씨가 대단하단다. 증권을 해서 삼천만원을 벌어 제
남편 자가용을 사 주고 또 아파트도 여러 채 팔고 사고 하여 지금 아
파트가 두 채나 된다야. 그래 가지고 제 시어머니에게도 아파트 작은
것이지만 한 채를 사 드렸잖니. 그래도 저것이 증권을 해서 돈을 벌
어 갖고 나와 제 시어머니에게 용돈을 두둑하게 주니까, 요즘은 나하
고 제 시어머니 하고 교대로 다니면서 애기를 봐 준단다. 젊어서 부
지런히 돈을 벌어야지. 라던 어머니의 말씀이 생각나서였다. 그렇게
묻자 막내는 펄쩍 뛰었다. 오빠가 무슨 증권을……. 안 해. 그러지 않
아도 내가 한 번 증권을 좀 해 보라고 권했더니 펄쩍 뛰더만. 자기는
사무실에서 돈 관리를 잘 해야 하기 때문에 절대로 증권 같은 것을
하면 남의 돈에 손을 대게 되므로 안된다면서 그런 소리 말라고 하던

데 뭐. 오빠는 그럴 위인이 아니야. 나는 막내의 말을 믿을 수 밖에 없었다. 그렇다면 한 두푼도 아니고 그 많은 돈을 다 어디에다 썼다 는거야. 무슨 계산 착오인지도 모르니까 어찌 되었던지 광일이를 빨리 찾아야 해명이 된다면서 어서 함께 서둘러서 찾자고 사정을 했다.

그동안 남편은 광일이를 찾았느냐는 전화를 불같이 해댔다. 그 놈이 대체 어디로 갔어. 본인이 나타나야 해명을 하든지 아니면 무슨 해결점을 찾을 게 아니냐구. 어서 빨리 찾아 봐. 닦달에 시달리다가 해질 무렵에야 나는 다시 친정으로 전화를 했다. 마침, 어머니가 전화를 받으셨다. 광일이는 어제부터 휴가라면서 부산에 간다고 떠났다는데. 왜 찾아? 어머니는 엉뚱한 소리를 하신다. 휴가라니 무슨 휴가요? 지금 사무실에서는 광일이 찾느라고 난리인데. 하니까 아니, 금년 여름에는 바빠서 여름휴가도 못 갔었다면서 머리가 아프다고 머리를 식히기 위해 부산에 갔다 온다고 했다던데 하신다. 그러고 보면 올케와 어머니의 말이 틀린 것을 알 수 있었다. 올케는 전혀 모른다고 잡아 뗐고 어수룩한 노모는 아들이 휴가를 갔다고 여기고 계신 것이다. 어머니에게까지 숨기고 있는 것을 보면 올케와 광일이는 한통속이 되어 무슨 일인가를 꾸민 것이 분명해 보였다. 또 남편에게서 전화가 왔다. 이번에는 술이 머리끝까지 취한 혀 꼬부라진 목소리였다. 광일이 찾았어? 나 정말 못 살겠구먼. 이를 어째, 난 이제 거지 신세가되게 되었어. 그 놈 때문에 말이야. 십일억이 뭐야. 십일억이. 내 재산을 다 팔아도 난 십일억이 없어. 그 고생고생 해서 번 돈이 겨우 집한 채 뿐인데 십 일억이 어디서 나서 그 많은 돈을 물어낸다는 거야. 난 그 놈 때문에 다시 옛날의 거지 신세로 돌아가야 한단 말이야. 어서 광일이를 찾아 봐. 그 놈을 찾아야 해. 어서. 그 놈은 지금 공금을 횡령하고 튀었단 말이야. 어서 찾아봐. 지금 중앙에서 감사가 나왔는데 그 회계사들이 근거를 찾아낸 거야. 튄 것을 보면 무엇인가 발이 저린 게 있는 것이 분명하다구. 걸리는 게 있을 정도가 아니라 지금

현찰 십일억이 빈다는 거야. 대체 이게 무슨 날벼락이냐구. 나에게 갖은 화풀이를 다 해 댔다. 친정으로 다시 전화를 걸어 광일이의 행방과 소식을 물어 보았으나 올케는 계속 모른다고 잡아떼기만 했다. 그저 태평스러운 야무진 목소리였다. 그 점이 얄미웠다. 일을 저지른 장본인들은 태평스레 앉아서 편하게 있는데 왜 옆 사람들이 볶여야 하느냐는 생각이 들자 나는 올케에게 사무실로 같이 가자고 제의했다.

제가요?

그래.

애기는요?

물론 데리고 와.

나는 잔인한 명령을 내렸다. 나도 이대로 있을 수만은 없었다. 적어도 사무실 직원들에게 광일이를 찾고 있다는 성의는 보여야 할 것 같아서였다. 평상시에는 멍청하다가도 큰 일이 터지면 어디서 그런 힘이 솟아나는지 나는 나 스스로도 알 수 없었다. 어떤 때는 지독스럽게 악독해 지기까지 했다. 올케는 내가 시키는 대로 아기를 들춰 업고 택시를 타고 나타났다. 올케와 함께 사무실로 향했다. 어제부터 중앙에서 감사로 나왔다는 회계사들은 밤을 새워 가면서 감사를 하고 있었다. 더불어 사무실 직원들까지 밤잠도 못 자고 고생들을 하고 있는데 정작 일을 저지른 사람은 어디에 가서 나타나지도 않고 찾으라 해도 들은 척도 안하고 있으니 그래서야 되겠어? 찾아 볼 생각조차도 안하고. 어쨌든 그 사람들에게 찾는 노력이라도 보여줘야 할 게 아니냔 말이야. 나는 올케에게 짜증스럽게 말하면서 언성을 높였다.

사무실로 들어서자 중앙에서 나왔다는 회계사들은 서류란 서류철들을 다 내놓고 뒤져댔고 사무실 직원들은 죄인인양 차렷 자세로 굳어 있었다. 애기를 업은 올케를 데리고 사무실 안으로 들어서면서 내가 변명을 해댔다. 도대체 그 많은 돈을 쓴 데도 없는데 무슨 돈이 그렇게 많이 빈다는 거예요? 참으로 이상한 일이네. 좀 잘 찾아보세

요. 어디에서 계산 착오가 있었을 거예요. 요즘 농부들까지도 다 한다
는 증권도 하지 않았다는데 사치를 부리는 성격도 아니고 쓴 곳도 없
는데 십일억이 뭐예요. 말도 안돼요. 떠들어대자 전무가 나를 잡아끌
더니 밖으로 데리고 나갔다. 그리고 내 귀에 대고 속삭였다. 지금 전
상무에게서 전화가 왔는데 부산에 있대요. 올라오고 있는 중이랍니
다. 그 말에 나는 고개를 저었다. 부산이라고요? 그럴 리가 없지요. 부
산에 아는 사람도 없는데 제가 뭣하러 혼자서 부산까지 갔겠어요. 아
닐거예요. 내 말에 올케가 나를 빤히 바라보았다. 아무래도 안 되겠어
요. 내가 다시 전화를 걸어봐야 되겠어요. 말하고는 친정집으로 전화
를 걸었다. 어머니가 전화를 받으신다. 광일이한테서 전화가 왔었어
요? 라고 묻자 어머니는 그래, 전화가 세 번이나 왔었는데 두 번은 제
딸이 받아서 뭐라고 뭐라고 말하길래 내가 받으니까 딱 끊더라. 그러
더니 한참 있다가 다시 전화가 와서는 왜 사무실에서 제 처를 데리고
갔느냐는 거야. 제처가 무슨 상관이 있느냐면서. 어찌 되었던지 네가
빨리 와야 일이 해결된다고, 암튼 어서 빨리 오라고 했는데 아마도
올 것이야. 그리 알고 있어. 나는 전화를 끊고는 올케를 노려보았다.
너 왜 나한테까지 거짓말을 하니. 광일이가 집으로 세 번씩이나 전화
를 했었다는데 그동안 너와 연락을 주고받았을 게 아니야. 내가 뭐랬
니. 광일이에게서 전화가 왔었느냐고 연락이 있었느냐고 몇 번이나
물었어도 넌 아무 것도 모르는 듯이 딱 잡아뗐지. 전화도 없었고 아
무 것도 모른다고 말이야. 이유가 뭐야. 무슨 이유로 나한테까지 거짓
말을 시키느냔 말이야. 너 아주 나쁜 인간이로구나. 왜 나까지 속이는
이유가 뭐냐. 나는 화가 머리끝까지 치밀어 올라 마구 소리를 질러댔
다. 광일이가 외아들이라서, 내 딴에는, 요즘 시부모 모시고 살지 않
으려는 여자들이 더 많은데 그 나마도 노부모를 모시고 함께 살아주
는 것만으로도 너무 고마워서 이때껏 올케에게 나쁜 소리는커녕 동
생들이 뭐라고 해도 언제나 올케 편을 들어주곤 했었다. 그런데 그

공이 이게 뭐야. 나를 빼돌리고 제 부부끼리 대체 무슨 수작을 부리고 잇는 것이냔 말이다. 나는 올케로부터 받은 배신감이 더 컸다. 올케는 내가 화를 내고 소리를 질러대도 말대꾸 한마디하지 않고 아기를 안은 채 눈만 깜짝거리고 서 있었다. 이런 저런 대꾸조차 하지 않는 것이 나를 더 화나게 했다. 너 아주 못된 인간이야. 때문에 넌 광일이가 나타나기 전에는 절대로 집으로 못 보내 줘. 나와 함께 여기서 광일이 올 때까지 있어 줘야겠어. 알겠니? 매정스럽게 내뱉는 나의 말에 이어 남편도 한마디 덧붙엿다. 가라. 어서 꺼져 버려. 인간 같지도 않아. 꼴도 보기 싫으니까. 어서 꺼져 버리란 말이다. 짜장면집 딸 데려다가 갖은 호강을 다 시켜주니까 하는 짓이라고는 겨우 고작 그 따위로 은혜를 갚는거냐? 못된 것 같으니라구. 어서 가서 그 자식 보내. 내일은 내가 그 놈을 형무소에 꼭 보내고 말 것이니까. 알아서 해.

기가 막힐 일이었다. 대체 그 많은 돈을 쓴 흔적도 없이 자취를 감추었다면 틀림없이 어디에다 빼돌린 것이 분명했다. 거기다가 올케마저 제 남편을 감싸고 도는 것을 보면 부부가 짜고 한 일이 틀림없었다. 나는 올케 몰래 밖으로 나와 막내에게 전화를 걸었다. 세상에 이럴 수가 있니? 올케 말이다. 광일이한테서 계속 연락이 왔었는데도 연락이 없었다고 앙큼스럽게 딱 잡아떼는 걸 보면 아무래도 수상하다. 저것들이 돈을 다른 데로 빼 돌린 것 같아. 내 말에 막내가 덧붙인다. 언니, 그럴지도 몰라. 언젠가 오빠가 우리집에 와서 술을 잔뜩 마시고서는 엄마가 미워 죽겠다면서 아버지가 돌아가시면 엄마를 내쫓겠대. 글쎄, 그게 아들로서 매제 앞에서 할 말이냐구. 그게 어디 오빠의 생각이겠어. 다 올케가 그렇게 오빠를 꼬드겨 놨기 때문이 아니겠느냐구. 먼젓번에 아버지가 오빠한테 그랬대. 딸년들은 다 소용이 없는데도 요즘의 법이 딸들에게까지 골고루 유산이 돌아갈 것이니까 아버지가 돌아가시기 전에 재산 관리는 네가 모두 알아서 하라고 말이지. 오빠는 아버지의 그 말아 너무너무 고마웠던 거야. 그래서 아버지에게는 지극 정성을 부리고 엄마는 딸들만 감싸고 돈다면서 원수 같이 생각을 하면서 마구 떠들어대잖아. 엄마는 애꿎은 며느리에게 허구한 날 친정으로 돈을 빼 돌렸다고 하면서 미워한다나 어쩐다나 하면서 떠들어대니 내 꼴이 뭐가 되겠어. 매제 앞에서 갖은 추태를 다 부리고 펄쩍 뛰니까 김서방이 그러면 자기가 엄마를 모실테니 걱정 말라고 하더라니까. 세상에 그럴 수가 없어. 어떻게 해야 돈을 빼낼 수 있느냐구 하더만. 어쩌면 돈을 어디에다 빼돌려서 감춰 두었는지도 모를 일이야. 오빠가 그렇게 된 것은 다 올케언니 탓이라니까. 그 돈을 누가 다 번 것인데. 아버지가 무슨 돈 번 것 있나. 엄마가 다 번 것이 아니냐구. 그런데 아버지가 뭔데 그런 소리를 오빠한테 하느냔 말이야. 말도 안돼. 막내도 펄쩍 뛰었다.

광일이가 나타난 것은 다음날 밤이었다. 제 말에 의하면 부산에서 기차타고 올라와 서울역에 여섯시에 도착해서 집에 가서 샤워를 하고 사무실로 나오려면 아무래도 여덟시는 되어야겠다고 전화를 했다. 그래, 네가 와서 계산을 해야지. 그렇지 않으면 모든 죄를 너 혼자 다 뒤집어 쓰게 되어있어. 알겠지? 아무 걱정 말고 어서 올라와. 나는 광일이를 달래고 달래고 또 달랬다. 그동안 광일이는 부산에 갔었던 게 아니라 명동의 단골술집에 처박혀 있었다고 고백했다. 그러면 그렇지. 네가 뭣하러 아는 사람도 없는 부산까지 갔었겠느냐고 콧방귀를 뀌고 있는데 광일이는 지금의 이 상황이 제가 피해 있어서 일이 해결될 처지가 아니란 걸 알고는 미리 술을 얼근하게 하시고 제처를 친정으로 보내 놓은 뒤, 소주 냄새가 풀풀나는 몰골로 사무실에 아홉시가 다 되어서 나타나서는 취한 몰골로 죄송합니다. 맑은 정신으로는 나타나지 못할 것 같아서요. 제가 모두 잘못했습니다. 모두 맞는 말입니다. 순순히 시인을 했다. 제가 사무실에 입사한지 육 년입니다. 그동안 저는 사무실에 늦게까지 남아서 컴퓨터로 돈 조작을 했습니다. 매일 매일 조금씩 돈을 빼다가 술도 마시고 어려운 사람을 도와

주기도 했습니다. 죄송합니다. 지로서도 잘 할려고 최선을 다 했지만 너무너무 스트레스가 많이 쌓여서 술을 마시지 않고서는 견디어 낼 수가 없었습니다. 그래서 돈을 썼습니다. 쉽게 시인을 했다. 모두들 어처구니가 없어했다. 그래서 더 의심이 갔다. 이 바보야. 네가 얼마를 썼는지도 모르면서 무조건 시인만 하면 어떻게 해. 어디 그렇지 않다고 한마디라도 변명을 해 봐야지. 그렇게 순순히 시인을 하면 어떻게 하니. 글쎄. 그렇다면 그 많은 돈을 다 어디에다 썼단 말이냐. 가슴을 치면서도 남편은 행여나 광일이의 시인이 그저 술김에 시인하는 가벼운 말이라고 여기고 싶은 심정으로 달랬다. 그렇다면 너 그 많은 돈을 어떻게 갚을 속셈이었냐. 그 대답이나 좀 들어보자꾸나. 남의 돈을 함부로, 그것도 공금을 썼으면 갚아야지 네가 갚지 않고 그냥 넘길 수 있을 성 싶더냐. 그래, 어떻게 갚을래. 남편이 다그쳐 묻자 광일이는, 어머니에게 땅이 있어요. 원주 일산동에 있는 땅을 팔면 아마도 빚을 갚을 수 있을 겁니다. 라고 순순히 뱉었다. 원주 일산동에 땅이 있다는 것은 금시 초문이었다. 남편도 나도 한꺼번에 놀랐다. 그렇게 숨겨놓은 땅이 있으니까 그걸 미끼로 마구 써 버렸구나. 나쁜 놈이로구나. 무엇엔가 속은 것 같은 기분이 들었다. 그래, 그 땅 값이 얼마나 되는데 그것으로 이 빚을 다 갚을 수 있다고 생각이 되니? 그러자 광일이는 아마도 될 겁니다. 그 땅만 팔면요. 라고 가볍게 대답했다. 아주 계산된 계획이었구먼. 모두들 감탄을 했다. 컴퓨터라는 기계가 사람을 미치게 하는 요물단지인가 봐. 돈의 액수도 모르게 하고 인륜도 도덕도 망치게 하고 있잖아. 그토록 착하디 착한 광일이가 컴퓨터에 빨려 들어가더니 영 미쳐버렸잖아. 그게 무슨 인간이냐구.

　두 딸 낳고 아들 하나면 외아들이라서 버릇없어 못쓴다고 어머니는 굳이 여러 자식 놔두고 아들 낳기 위하여 다시 하나를 더 낳았는데 또 딸을 낳았다. 결국 딸 셋에 아들 하나여서 광일이는 딸들 속에서 금지옥엽으로 귀하게 자라났다. 딸들은 잘 가르쳐봐야 남의 집으로 보내고

마는, 아무짝에도 소용이 없는 것들이라면서 어머니는 아들에게 대학에다가 더 보태어 불란서 유학까지 보냈다. 외국 낯선 땅에서 말도 제대로 통하지도 않고 외로워서 살 수가 없다면서 혼자서 살다가는 자살을 하고 말 것이라는 엄포를 쳐서 어머니는 결국 지금의 올케와 결혼을 시켜 함께 불란서로 보냈다. 둘은 불란서에 가서 공부는 하지 않고 보내준 학비로 유람이나 다니면서 돈만 써 댔다. 화가 난 둘째 동생 덕희가 어머니에게, 저 애들을 어서 불러들이라고 난리를 쳤다. 돈을 보내지 말아요. 돈을 꼬박꼬박 보내니까 공부는 하지 않고 돈만 쓰면서 다니잖아. 우격다짐을 써서 결국 돈을 보내지 못하게 했고 광일이 내외는 귀국을 했다. 무려 오년간의 외국 유람생활이었다. 다니던 대학을 마저 마쳤으나 나이가 너무 많아져서 취직을 할 수가 없었다. 마침 남편이 신용조합을 하기로 되어 있어서 거기에 취직을 시켰다. 불문과를 나온 그 애한테 무얼 시켜야 돼. 남편은 투덜거렸다. 광일이는 컴퓨터에는 도사예요. 늘 집에서 컴퓨터만 가지고 놀고 있으니까 컴퓨터에 관한 일을 시키면 될 거예요. 그 말에 마침 잘 되었다고 남편이 응했다. 요즘은 은행이고 사무실이고 모두 컴퓨터 바람이 불고 있으니까 그걸 시키면 되겠군 그래. 컴맹인 남편은 처남이라고 한껏 믿었고 신용조합의 일을 모두 맡기고 상무 자리까지 주었다. 광일이는 그 기회를 이용해서 은혜를 화로 갚은 셈이었다. 컴퓨터라는 기계가 사람을 그토록 악랄하게 만드는 도구인지 전혀 몰랐었다. 보턴 하나로 수억의 돈이 왔다갔다 하다보니 억이란 돈이 그저 억자로만 보일 뿐인지 그 숫자가 어느 정도인지 감이 가지를 않은 모양이었다. 남편에게 면목도 없고 할 말이 없던 나는 억지를 부려댈 수밖에 없었다. 도대체 육년씩이나 거기 앉아서 돈을 빼냈다는데 그동안 감사는 무엇하러 했으며 윗자리에 앉아서 감독도 하지 않고 눈감고 살았느냐고 오히려 성질을 부렸다. 육년씩이나 해마다 감사를 했어도 한 번도 걸리지 않고 스쳐 지나갔다는 것도 이상한 일이었다. 그만치 주위에는 컴맹이 많아 전문 회계사가 아니면 부정을 찾을 수가 없다는 거였다. 이번에도 중앙에서 나온 회계사가 그 부정을 찾아낸 것이다.

암튼, 이 돈을 어떻게 할 꺼야. 제가 아니라고 부정을 하면 어떻게 해서든지 다른 방법을 찾아보겠다만 제 스스로 그렇다고 긍정을 하는데는 어쩔 수 없잖아. 하는 수 없군. 광일이 입사할 때 세운 보증인 두 사람 있지. 그 재산에 차압을 붙이는 수밖에 없어. 친정집에 재산 갖고 있는 것이 다 얼마야. 어서 가자구. 빨리빨리 해결을 해야 돼. 남편이 서둘렀다. 남편의 재촉에 몰려 광일이를 대동하고 친정으로 갔다. 이일을 절대로 아버님 모르시게 해야 돼요. 그렇지 않아도 풍으로 쓰러져 계시는데 이런 일이 생긴 걸 아시면 아주 일어나시지도 못하셔요. 절대로 아버님에게는 비밀로 해 주세요. 신신당부를 하던 올케는 어느 사이 제 아이들을 데리고 친정으로 가버렸고 먼지낀 흐린 전깃불 아래 오늘따라 더 초췌한 몰골의 노부모님이 얼굴을 마주 대하고 앉아 계셨다. 아들과 딸과 사위, 그리고 사무실 직원 한 사람을 노부모는 겁먹고 맞이했다. 일산동에 있는 땅 값이 얼마나 돼요. 다짜고짜 남편이 어머니에게 물었다. 한 삼억은 될까. 아마 그 정도 나가겠지. 그럼 산은요. 산은 삼, 사억은 나갈게야 이 집은요? 사억은 나갈 것인데 전세금 빼고 나면 이억은 될꺼야. 그럼, 모두를 합친다해도 팔억 밖에 안 되잖아. 나머지 돈은 어떻게 갚을 거요. 어서 말을 해 봐요. 암튼 우선 산(山)문서, 땅문서, 집문서. 다 가져와요. 만일 이 집 전 재산으로도 모자라면 하는 수 없지요. 보증인 재산에까지 차압을 붙여야 돼요. 어서 가져와 봐요. 남편은 냉정하게 서둘렀다. 사위 자식은 개자식이라더니 그 말이 맞는 말 같았다. 다 늙어 병까지 들어 초라해진 아버지와 쪼그라진 어머니는 쌈지 속에 꼭꼭 싸 둔 것도 모자라 장롱 속에 깊이 박아 두었던 문서들을 하나씩 하나씩 가져다 내 놓으시면서 통곡을 했다. 세상에, 어려서 너무너무 배가 고프게 살아서 늘그막에는 배부르고 등따시게 살겠다고 악착같이 돈 모아 이제는 두 다리 뻗고 잘 살겠구나 했는데 이게 대체 무슨 날벼락이냐구. 무슨 날벼락이야. 어머니의 울음소리가 내 가슴을 후벼팠다. 그런 중에도 미운 마음이 고개를 쳐들었다. 대학 보내달라고 그토록 졸라댔지만 계집애라고 계집애가 고등학교만 나오면 됐지 대학은 가서 무얼 하느냐고 야박하게 거절하시던 목소리가 내 머리를 후려치는 것 같았다. 그렇게 돈을 아끼고 아껴대더니 그저 한 입에 한꺼번에 아무런 가치도 없이 다 처넣어 버리는군. 생색 한 번 내지도 못하고서.

광일이는 내 곁에서 한숨만 푹푹 내 쉬고 있었다. 왜 그랬느냐. 어째서 그래야 했느냐 무엇 때문에 그렇게 해야만 했느냐고 묻고 싶지도 않았다. 만일 딸 중 누가 몇 십만원이라도 빚을 지고 빚쟁이를 끌고 왔다면 어머니는 머리채를 끌어잡고 야단법석을 쳤을 터였지만 금쪽 같은 아들이 저지른 일이라 욕 한 마디 하지 못하시고 얼굴만 두 손으로 감싸고 울어댔다. 허우대 좋고 귀공자 스타일의 광일이는 앉아서 눈만 껌뻑거렸다.

광일이가 고백한 공금 횡령액의 내용은 이러했다. 이사장(남편)의 결재도 없이 돈을 빌려 달라고 와서 사정하는 사람들의 애원을 거절하지 못하고 빌려주다 보니 액수는 날이 갈수록 늘어만 갔고 드디어 4억 가까이 되자 이번에는 에라 모르겠다는 식으로 명동 로얄호텔 라운지에 가서 예쁜 술집 여자들을 끼고 양주를 마시면서 썼노라고 자백했다. 세상에, 내 평생에. 나는 일억이란 돈도 만져보지도 못하고 살아왔는데 어떻게 그런 배짱이 나왔느냐고 아버지가 한마디 하셨다. 솔직히 말해서 우리도 그래요. 호텔 커피 값이 얼마나 비싸요. 우리 같은 사람도 커피 값이 비싸서 호텔에 가서 커피도 못 마시고 사는데, 거기 가서 양주에 여자들까지 놓고 흥청거리면서 놀고 마셨다니 돈 한 번 멋지게 자알 썼네요. 미쳐도 보통 미친 게 아니지 뭐요. 모두들 기가 막혀서 한숨 섞인 말만 떠들어댔다. 고향에 있는 선산은 잘 받아야 4억에다가 원주 시내에 있는 상가 건물과 땅값이 삼억, 지금 살

고 있는 집값에 전세금 빼주고 나면 2억이 조금 넘을 것이고 빌려준
돈을 무슨 수를 동원해서 받아낸다 하더라도 1억 이상이 모자란다고
남편은 얼추 계산을 뽑아냈다. 그 1억을 어떻게 할 것이냐. 하는 게
문제였다. 하는 수 없지 뭐. 제 2의 보증인에게 차압을 붙이는 수밖에
도리가 없잖아. 그것은 공금이야. 이건 구속감이라구. 어쩌겠어. 어서
빨리 돈을 물어내지 않으면 조합에까지 지장이 간다구. 당장 사람들
이 알아봐. 이건 하루 아침에 망하는거야. 떼거지로 몰려와서 돈 내놓
으라고 하면 그 아우성을 어떻게 막겠어. 그러기 전에 어서 빨리 수
습을 해야 한다구. 알겠어? 잘 먹고 편하게 잘 살라고 취직을 시켜 줬
더니만 은혜를 이렇게 갚고 있구먼. 나쁜 놈. 남편이 광일이를 욕해도
나는 아무 말도 할 수 없었다. 나쁜 놈은 나쁜 놈이지. 아니, 나쁜 놈
정도가 아니라 미친놈이다. 정신병자야. 아니고서야 어떻게 대책도
없이 그런 짓을 저지를 수 있단 말인가.
　다음날, 어머니는 인감도장을 갖고 사무실로 오시겠다더니 행방불
명이 되었다. 여기 저기 갈만한 곳을 다 찾아도 찾을 길이 없었다. 동
생들도 모른다고 잡아뗐다. 애가 타는 것은 나와 남편이었다. 나는 막
내에게 전화를 했다. 하는 수 없다. 어머니가 인감도장을 갖고 오신다
고 하고서는 행방불명이 되었으니까 어쩔 수 없다. 보증인 집에 차압
이 들어가야지 별수 없어. 보증인 집으로 연락을 해야겠다고 말했다.
그러자 막내가 사정을 했다. 언니, 그러지 말고 우리 형제들이 돈을
거출해서 그 1억을 물어내는 게 어때요. 보증인 집 사위가 깡패라서
작년에도 어떤 사람이 삼천만원을 빌려갔다가 주지 않는다고 때려서
코뼈가 다 부러졌다는데. 만일 그 집으로 차압이 들어가면 엄마, 아버
지는 그 날이 죽는 날이래요. 지금 엄마가 여기 와서 무서워서 벌벌
떨고 있어요 라고 실토를 했다. 결국 취직 시켜주고 봐 주려던 나만
못된 취급을 받고 따돌림까지 당하는 꼴이 되었다. 내가 알면 누구를
잡아먹기라도 하는 듯이 매사가 쾌씸했다.

　결국 노부모는 괄시에 천덕꾸러기였던 세 딸들의 도움을 받아 사당동 산꼭대기 단칸방으로 이사를 했다. 가슴 찢기는 일이었다. 사람은 늙어갈수록 잘 되어야 하는데 그러기가 쉽지 않았다. 중풍 때문에 다리에 힘이 없으신 아버지는 산 아래를 내려오지 못하신다. 화가 난 내가 성깔을 부렸다. 못된 놈, 바보 같은 놈, 그런 대책없는 놈은 형무소에 처넣어버려야 하는데. 그 병신을 뭣에다 쓴대요. 뭐 할 줄 아는 게 있어야지. 아무짝에도 쓸모 없는 인간은 그저 형무소에 들어가서 주는 밥이나 먹고 주는 옷이나 입고 앉아 있어야 제격인데 말이야. 정말 못된 놈이야. 내 말에 어머니가 처량스런 목소리로 애원을 하신다. 그걸 쳐 넣으면 어떻게 하니. 처자식도 있는데 살도록 해 줘야지. 엊그제 구로동 우체국에 이력서를 내고 면접시험을 보고 왔다니까 취직을 해서 살도록 해 줘야지. 하시면서 딸네들이 고기며 과일이며 생선 등을 싸 들고 가면 그것을 반으로 뚝 나누어서 아들에게로 갖다 주신다. 아버지 돌아가시면 엄마는 모시지도 않고 갖다 버리겠다는 아들의 말을 들었는지 못 들었는지 어머니는 늘상 그저 마음 전부가 온통 외아들에게만 가 계신다. 그애가 그래도 학교 다닐 적에는 제일 효자였단다. 엄마는, 찬밥을 먹으면 안된다고 행여나 내가 찬밥을 먹을까봐 뺏어다가 제가 먹고 얼마나 나를 위했는데, 그러던 놈이 장가를 가더니만 제 댁한테 푹 빠져서 에미도 몰라본다니까. 그게 다 여편네 잘못 얻는 탓인게여. 어머니는 모든 죗가를 며느리에게 돌렸다. 제가 돈을 제 친정으로 빼돌리지만 않았어도 누가 저를 의심했겠어. 어머니가 한 마디 덧붙이셨다.

　광일이와 올케가 귀국하고 얼마 안 있어서 어머니는 살던 헌 집을 헐고 새 집을 짓는다고 일을 벌리셨다가 그만 병이 나셨다. 장출혈이었다. 그것도 모르고 소변인 줄 알고 있었는데 아침에 기진해서 쓰러지는 바람에 병원 응급실로 실려갔다. 출혈을 너무 많이 하셨기 때문에 위급합니다. 중환자실로 옮겨야 돼요. 중환자실로 옮겨진 어머니는 계속 피주사를 맞아야 했다. 어머니가 쓰러져 병원에 있는 사이 올케는 어머니가 관리하던 돈을 제 멋대로 써댔다. 제 친정 오빠들에게 각각 삼백만원, 이백만원씩 보내고 백화점 카드로는 제 친정어머니에게 진도 밍크코트도 사 주었단다. 그 영수증을 둘째 동생 덕희가 올케의 방에서 찾아냈다. 딸들에게는 그토록 아끼고 아끼던 돈을 그년이 함부로 써 대더라니까. 수상해서 화장대 설합을 뒤져봤더니 글쎄, 이 영수증이 나오는 거야. 지가 뭔데 우리 돈을 제 친정으로 빼돌리느냐구. 지가 뭔데. 어머니는 곧 회복이 되셨고 퇴원을 하셨지만 올케의 그 흔적은 지워지지 않았다. 진작에 딴 살림을 내보내야 했어. 엄마는 뭣하러 그 젊은애들을 끼고 잇다가 이 낭패를 당하느냔 말이야. 엄마에게도 잘못이 많아. 딴살림을 내보냈으면 이런 일은 없었을 게 아니냐구 하면서 덕희가 투덜거렸다. 일은 이제 다 벌어진 끝이다. 집안이 망하려니 별 일이 다 있다. 며느리 하나 잘 못 들어오면 집안이 망한다더니 그 말이 맞네 그려. 막내도 한마디 거든다.

산꼭대기에서도 3층에 있는 단칸방의 문을 열고 계단을 내려오는데 회리바람이 불어온다. 나선 모양으로 돌면서 골목으로 먼지와 휴지등속을 몰아넣는다. 모든 게 다 인과응보야. 원인 없는 결과란 없는 법이거든. 저렇게 질긴 목숨 오래 살면 뭘해. 이젠 어버지도 엄마도 살만큼 살았으니까 그만 가도 되는데. 덕희가 눈물을 찔끔거리면서 말한다. 누가 아니래니. 인생이 뭔지. 나도 한마디했다. 집에 돌아오고부터 머리가 쑤셔대고 아파왔다. 언제나 신경을 쓰면 소화가 안되고 머리가 아파왔었기 때문에 그저 속이 상해서 소화가 안되는 줄만 알았었다. 그런데 이번에는 혈압까지 올라가 있었다. 혈압약을 잡수시고 호르몬제도 복용하세요. 갱년기가 온 모양입니다. 다시 병원을 찾아갔을 때 나의 썩어지는 속을 알 길 없는 의사가 말했다. 그래, 내 인생에도 갱년기가 온 모양이다. 나는 씁쓸하게 웃으며 의사가 건네어주는 약을 받아 들었다.

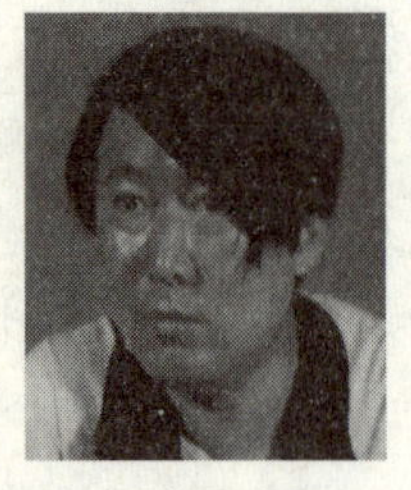

이 문 신

약력
강원도 춘천 출생

주소
강원도 춘천시 동산면
원창2리

전화
집 : (033)261-7287

춘화 팔던 남자

I

밤은 깊어 가는데 그이는 아직 오지를 않는다. 이제껏 거리에서 물건을 팔 리도 없을 텐데. 거지 출신이라 보통 사람과 뭔가 달라도 다르다. 외팔이도 아니건만 집에 전화하는 법이 없다. 남이야 소식을 몰라 애통터지든 말든 무사 태평이다. 어쩌다 그이가 밤늦도록 돌아오지 않으면 늘 이 모양이다. 나도 어느덧 평범한 주부가 다 됐다.

괘종시계 뻐꾸기가 두번 울자 이쪽으로 다가오는 발자국 소리가 들린다. 어딘가 귀익은 소리지만 불규칙하다. 사글세방에 멍청한 도둑이 방문한 것일까. 이윽고 문이 열리면서 그이 얼굴이 드러난다. 역겨운 냄새가 코를 찌른다. 그이가 방으로 들어서자마자 앞으로 폭 꼬꾸라진다. 혀 꼬부라진 소리로 옛날 동료를 만나 술을 먹었다고 중얼중얼한다. 바로 누이자 이내 곯아떨어진다. 술에 절은 그이 얼굴을 물끄러미 내려다본다.

성난 바람이 달음박질할 때마다 뒤란 오동나무 잎이 하나 둘 떨어진다. 투둑! 툭! 그 소리가 마치 옆에서 나는듯이 나직나직 들린다. 나도 모르게 가슴이 찡해 온다. 내가 엉뚱한 곳에 와 있는 듯하다. 그이도 낯설고 이 방도 그렇다. 저 바람처럼 나도 어디로 훌쩍 떠나고 싶어진다. 지난날 일들이 생각나서 벌떡 일어난다. 새근새근 잠자는 소리가 들린다. 아랫목으로 고개를 돌리니 순돌이와 순임이 세상 모르게 자고 있다.

2

우리 그이는 누가 보더라도 남자답게 생겼다고는 안 할 것이다. 교도소에서 오래 살다가 방금 나온 여자가 있다면 또 모르겠지만. 나도 늘 같이 지내기는 하나 남자다운 맛이란 요만큼도 없다. 아무리 좋게 보려 해도 그게 잘 안 된다. 그러나 남자가 얼굴 잘생기고 말을 그럴싸하게 해야 매력이 있는 건 아니다. 아무때나 마누라 말을 잘 들으면 그만이다. 내가 그이와 애들 장난 같은 살림을 시작했을 때에 그것 이상을 바라지 않았다. 이 거리 저 거리 다니면서 구걸이나 하던 사람에게 많은 걸 기대했다면 내가 아주 나쁜 여자다.

내가 미쳐 이 도시 저 도시로 배회하지 않았더라면 결코 이렇게 살진 않는다. 제정신을 차렸을 때는 도립병원이었다. 교통 사고를 당했던 것이다. 재생의 은인인 그분으로부터 돈을 받고 퇴원했을 당시엔 암담한 심정이었다. 어떻게 살아야 할까. 이런 심각한 생각을 하며 거리를 어슬렁어슬렁 걸었다. 그러다가 저녁놀을 바라보며 하염없이 서 있는데 뒤에서 인기척이 났다. 뒤돌아보니 이상하게 생긴 남자가 코를 벌름거리며 수캐처럼 킁킁 냄새를 맡고 있었다.

얼굴 생김새는 형편없었지만 반짝이는 구두도 신고 싸구려 양복도 걸친 남자였다. 일하기 싫어 구걸이나 하며 살아가는 사람임을 대번에 알아보았다. 그렇지만 산맥처럼 우뚝 솟은 그 코가 내 마음을 강하게 끌었다. 내가 먼저 여관으로 앞장섰다. 아마 그때 귀신 장난으로 내가 그이를 유혹한 모양이었다. 그 다음날 여관 근처에 사글세방을 얻어 애들 장난 같은 살림을 시작했다. 그이 신분을 미주알고주알 캐보니 내 짐작이 정확히 맞았다.

지금이야 그이가 거리에서 리어카를 끌고 장사하니 그전에 비하면 셈평펴였다. 순돌이를 낳고는 하루하루 살아가기가 막막했다. 애 낳은지 한달만에 다시 식당에 다녔다. 식당에서 늦도록 일을 하고 집에 돌아오면 울화통이 터진다. 순돌이는 뭐가 못마땅한지 칭얼대고 기저귀는 윗목에 수북이 쌓여 있다. 그이는 눈알이 새빨갛도록 텔레비전을 보며 앉아 있다. 방은 걸레질 한번 안 해서 지저분하다. 이런 걸 보고 바보처럼 그냥 참을 수 있느냐.

그이와 다짜고짜 싸울 수 없으니 방을 치우고 기저귀를 빨라고 꽥 소리친다. 일하기 싫어 빌어먹던 인간이라 냉큼 일어날 리가 없다. 한바탕 악쓰며 땀을 뻘뻘 흘린다. 그러고 나면 답답한 가슴이 웬만큼 풀린다. 딴 여자들은 어떠한지 모르겠지만 나는 이 맛에 신랑이 고마운 거라 생각한다. 가는 주먹이 있으면 오는 주먹이 있어야 하는 법. 하지만 그이가 윗목에 쪼그려 앉아 질질 짜면 신바람이 꺾이고 괜히 슬퍼진다.

"서방님, 이리 와 주무시지."

"호주를 쥐똥같이 여기는 너나 자빠져 자."

그이는 호주를 지독히 사랑한다. 그럴 때면 나는 입이 열개라도 할 말이 전혀 없다. 남녀 동등권 세상이지만 대통령과 호주는 남자가 되어야 정상이다. 그러나 가만히 생각해 보면 되게 우습다. 호주는 커녕 주민등록증도 없던 인간이 큰소리치는 꼴이라니.

"좋게 말할 때 이리 와 주무시지."

독이 바짝바짝 올라 씩씩대다가 못 이기는 체하며 아랫목으로 내려온다. 천장을 쳐다보며 무슨 생각을 하다가 내 옆에 살그머니 눕는다. 나만 아니었으면 어디 이런 방에서 매일 잘 수 있겠는가. 아무데서나 쓰러져 자던 인간이 나를 만나 호강하는 것이다. 그이도 그걸 잘 안다. 연약한 아내가 악쓰며 덤볐다고 해서 자신의 복을 뻥 차버릴 바보가 아니다. 알고 보면 그이만큼 머리 좋은 인간도 드물다. 허구한 날 빈둥빈둥 놀면서 굶어죽지 않았으니 말이다.

이웃 사람들은 우리를 보고 이렇게 사는 게 참 용하다고 한다. 눈길만 마주치면 곗돈 떼어먹고 도망간 사기꾼을 만난 듯이 으르렁대며 어떻게 사느냐고 한다. 하나는 알고 둘은 모르는 사람들이다. 우리만큼 끈적끈적한 정을 가진 부부도 드물 것이다. 우리가 낮에 떨어졌다 밤에 만나면 괜히 티격태격하는 건 세상이 다 아는 사실이다. 그러나 잠자리에 누우면 우리만큼 서로를 아끼는 부부도 없을 것이다. 부부란 고운 정만 들어서는 안 된다. 우리처럼 미운 정까지 들은 부부는 이혼이란 걸 모른다.

그이를 보고 있노라면 한숨이 절로 나온다. 거지 출신 남자를 신랑이랍시고 데리고 사니 그럴밖에. 때없이 속이 부글부글 끓는다. 이러면 나는 옷이 땀에 흠뻑 젖도록 운동을 하지 않고는 못 배긴다. 그런데 참 묘한 게 부부의 정이다. 그 짓을 하고 나면 나도 모르게 마음이 약해진다. 푸르뎅뎅하게 멍든 눈자위를 호호 불어 주고 옆구리에 가장 비싼 파스를 붙여 준다. 내가 그이와 쌈을 하고 싶어 환장한 여자가 아니다. 이래야 속에 돌처럼 묵직하게 얹힌 것이 조금이나마 풀어진다. 만일 그이가 곁에 없었으면 울화병에 걸려 또 미쳤을지 모른다. 그이도 내 손발에 시달리고 나면 속에 맺힌 한이 웬만큼 풀리는지,

"그래도 나만한 신랑이 없지?" 하고 묻는다. 참 어려운 질문이다. 대답할 말이 궁해 천장만 멀뚱멀뚱 쳐다보다가 "집도 절도 없이 빌어먹던 인간이 뭐가 잘났다고 그래. 당신도 사내야?" 하고 톡 쏘면, 입은 누구 못지 않게 살아 말끝마다 대꾸를 한다.

"나 온, 사내가 아니면 계집인가."

“어디 사낸지 아닌지 보자꾸나.”

“이러다가 앨 또 낳으면 핵교는 개구멍으로 보내고 싶어?”

“돈은 내가 벌 테니 애나 똑바로 봐.”

이렇게 큰소리치지만 조금은 걱정이 된다. 먹이고 입히는 거야 어떻게 하겠지만 남들만큼 제대로 가르치려면 돈이 여간 드는 게 아니다. 없는 집에서 자식을 유치원에 보내는 것도 벅차다. 애를 또 낳아 서로 고생하느니 차라리 순돌이나 남부럽잖게 키우는 게 한결 나을지 모른다. 그이가 말하는 걸 가만히 들어보면 소견머리가 아주 없는 게 아니다. 그런 사람이 왜 거지 노릇을 했는지 알다가도 모를 일이다.

3

요즘 우리는 맞벌이를 해서 달마다 꼬박꼬박 적금을 붓는다. 그러나 처음엔 나 혼자 일을 해서 하루하루 근근이 살았다. 참다못해 돈을 벌어오라고 바가지를 긁으면 그이는 회사에 나간다. 그이 회사는 거리. 이 거리 저 거리 다니면서 손을 벌려 몇 푼 벌어오는 게 고작이다. 둘이서 개미처럼 일을 해도 션찮은데 그렇게 해선 굶어죽기 십상이다. 방세 쌀 연료비 세금……. 이런 것들을 감당할 길이 없었다. 그당시 순돌이만 아니었으면 그이 뺨을 모질게 철썩철썩 때리고 미련 없이 돌아섰을 것이다.

퇴원할 때에 받은 돈을 야금야금 빼서 쓰니 너무 불안했다. 직장을 잡았다. 닭갈비와 술을 파는 식당이었다. 월급은 적었지만 주인여자를 잘 만나 그런대로 할 만했다. 애 낳은 지 한달 만에 일하는 게 안 됐다며 주인여자가 매일 반찬과 닭갈비를 주었다. 그걸 냉장고에 넣어 두면 느루먹겠지만 우리는 쩨쩨하게 굴지 않는다. 얻어온 건 되도록 빨리빨리 먹어야 또 생기는 법. 거지 출신인 그이 말씀이다.

그이는 온종일 애를 보느라고 힘들었던지 고기를 잘도 먹었다. 혼자 그걸 아귀아귀 먹고 모자라 입맛을 쩝쩝 다신다. 뱃속에 거시가 우글대니 회충약을 쎄게 먹어야 하겠어. 이렇게 구박을 좀 하면 그이는 앵돌아 앉는다. 그리고 한마디하는 걸 잊지 않는다. 애 보는 게 어디 쉬운 일인가. 그래, 그놈의 닭갈비 실컷 먹어라. 우리 같은 것들은 그저 먹는 게 남는 거다. 우리집 냉장고에도 언젠가 고기가 쌓일 날이 있겠지.

그러나 그이가 애나 보고 닭고기나 밝히지 않음을 알고 나는 깜짝 놀랐다. 순돌이가 크기 전에 부지런히 돈을 벌어 집도 장만하고 가게도 얻어야 한다며 맞벌이를 하겠다는 거였다. 거지 출신이라 마냥 먹고 놀 줄 알았는데 이게 웬일인가. 그이가 나를 만나 차츰 사람이 돼가고 있다는 증거였다.

그이는 그 흔한 운전 기술조차 없는 한심한 인간이다. 술을 잘 먹는 것하고 툭하면 욕을 하는 것하고 거지 노릇을 하는 게 그이의 기술이라면 기술이다. 그런 기능올림픽이 있다면 세 개의 금메달은 보나마나 그이 차지다. 뭘 해서 돈을 벌겠다는 건지 몹시 궁금했다. 애 보기 싫어 거짓말을 하는 게 아닐까 하고 의심도 해보았다.

"돈이고 뭐고 애나 열심히 봐. 애 맡기려면 돈도 수월찮거든."

"오래 전에 올림픽도 치렀고 앞으로 일등 선진국이 될 나라의 국민이 언제까지 콧구멍만한 남의 집에서 살 수 있나, 원. 내가 돈을 벌어야 집안이 벌떡 일어나."

"집에 틀어박혀 신문만 보더니 제법 유식해졌어. 뭘 해서 집안을 벌떡 일으키려구?"

"책장수. 자본이 좀 필요하고 리어카 하나면 만사 오케야."

자기 생일이 언제인지 모르는 사람이 영어는 곧잘 한다.

정말 그이가 그런 장사를 할 수 있을까. 거리에서 장사를 하는 게 결코 쉬운 일이 아닐 텐데. 단속반 눈치도 봐야 하고 자존심 따위도 모두 버려야 한다. 하긴 거지 출신이니 자존심이 있을 리가 없겠지만. 큰 서점들도 문을 닫는 판국인데 책장사를 하겠다니 걱정이 되었다.

그 장사를 해서 성공할 수 있느냐고 몇 번이나 물어 봐도 똑같은 대답을 했다. 돈을 많이 벌 수 있다고 희떱게 장담했다. 속는 셈치고 밑천을 대주기로 했다.

어떤 책을 팔아야 돈을 많이 벌 수가 있을까. 내가 그전에 심심하면 보곤 하던 만화나 무협지, 소설책 따위를 팔으면 될 것도 같았다. 역시 신랑은 마누라 하기에 달렸다. 이웃 사람들만큼 살고 싶어 발버둥이치는 나를 본받아 거지가 개과천선을 했다.

"만화나 연애소설은 잘 팔릴 거야."

"세상 물정을 영 모르는구먼."

"떼돈 버는 방법이 있어?"

"암, 있고말구. 당신 오팔팔이란 델 가 봤는지 모르겠네."

그 소리를 듣자마자 가슴이 쿵쿵 뛰었다. 나는 가슴을 가라앉히려고 물을 한 컵 마셨다. 그이가 내 전직을 알고 있을 리가 없었다. 설령 내 전직을 알고 있다 해도 겁날 것은 없었다. 거지가 우리 사회에 이바지하는 게 뭐가 있느냐. 남한테 뭘 달라고 손을 벌리기만 하는 거지야말로 바퀴벌레 같은 존재다. 거지도 일종의 직업이라면 참 더러운 직업이다. 어느 부모가 자식을 낳아 장차 거지가 되길 바라겠는가. 팔자가 그러니 거리에서 빌어먹는 거겠지.

거지에 비하면 창녀란 직업은 참 훌륭하다. 몸을 거저 주지는 않지만 외로운 이들을 위로해 준다. 창녀를 만나러 오는 남자들 직업도 다양하다. 실업자 노동자 대학생 공무원 장사꾼 군인…… 이런 사람들에게 창녀는 필요한 존재다. 그런데도 그이가 그 사실을 영영 모르고 살았으면 싶었다.

"색시들 몸 파는데 몰라?"

"아, 거기!"

"나하고 친한 동생이 거기서 춘화를 팔거든. 나보고 그걸 해보라고 하잖아."

나는 끊었던 담배를 물었다. 감기에 걸려 콜록대는 순돌이 때문에 불을 붙이지 않은 채 담배를 질겅질겅 씹었다. 그이가 한 말을 되새겨 보았다. 사람은 그 직업에 따라 대우를 받게 마련이다.

"더러운 인간!"

나는 이 세상 여자들을 대표해서 그이 뺨을 철썩철썩 갈겼다.

"흑! 흑!"

가장이란 인간이 아내한테 뺨을 맞고 눈물을 질질 짠다. 담배에 불을 붙였다. 이럴 땐 내가 낳은 자식이지만 꼴보기 싫다. 그이가 징글징글하니 박씨들은 다 그럴밖에.

"전직이 거지였다고 계속 더럽게 살 거야?"

"그게 돈 버는데 이거라잖아. 걸리지도 않고."

"정말?"

"그런 것만 버젓이 파는 가게도 있어."

그이에 대한 소문이 맞았다. 요즘은 버스 운전사 혼자서 앞문 뒷문 다 여닫느라고 바쁘지만 그전에는 왜 차장이 있지 않았느냐. 그때가 그이 전성기였다. 모르는 차장과 운전사가 없어서 차비는 언제나 공짜. 신호등이 있건만 터미널 사거리 한복판에서 호루라기를 물고 육갑을 떨기도 했다. 워낙 컴퓨터처럼 정확히 하는 바람에 교통 경찰도 멍하니 구경만 했다. 그 시절에 서울에 자주 간 모양이었다.

"얼마면 되겠어?"

"리어칸 빌릴 수 있으니깐 물건값만 있으면 낼이라도 당장 시작할 수 있어."

"이번 일에 실패하면 우린 끝장이야."

통장에 돈이 얼마 남아 있지가 않았다. 하지만 그이가 장사를 한다니 밑천을 대줄 수밖에 없었다. 이번 일에 안 도와 주면 평생 놀고 먹으려 들지 모를 일이었다.

"나 참, 일없다니깐 그러네. 아는 경찰도 많아."

그 다음날 낮에 은행에 가서 돈을 부쳤다. 서너 시간 후에 의뭉스럽게 생긴 사내가 잡지를 가지고 왔다. 그이 후배라는 사내였다. 그 잡지를 보자 나는 난감해졌다. 잡지를 팔려면 그것에 대해 잘 알고 있어야 한다. 그러나 나는 여자로서의 자존심을 팽개치지 않기로 혓바닥을 깨물며 다짐했다.

그이는 밤늦게까지 그걸 보고 질리지 않는 모양이다. 새벽같이 일어나 그걸 또 보며 '히히' 대었다. 아주 훌륭한 잡지라서 많이 팔릴 거라고 귀가 따갑도록 장담을 했다. 그런데 아침밥을 세 그릇이나 든든하게 먹고 맘이 싹 변했다. 혼자서는 죽어도 그 장사를 못하겠다고 배짱을 튀겼다. 며칠 동안 옆에 있어 달라고 했다. 이런 인간을 믿고 밑천을 대준 내가 잘못이었다. 장사고 나발이고 다 때려치우고 싶었다. 그러나 우리로선 거금을 들여 잡지를 산 것이다. 적어도 본전은 뽑아야 한다.

그이가 낡은 리어카에 잡지를 얹고 앞장섰다. 나는 순돌이를 업고 그 뒤를 쫓아갔다. 골목골목 웅크리고 있는 게 그 흔한 자동차다. 사람보다 많은 것 같다. 우리의 자동차는 삐걱거리는 리어카. 역시 여자는 남자를 잘 만나야 한다. 순돌이만 아니라면 리어카 인생하고 당장 안녕을 하고 싶은 심정이었다. 집에서는 못 느꼈는데 밖에 나오니 그이가 내 신랑이라는 게 억울하고 또 억울했다.

그러나 달리 생각해 보면 아주 절망적인 것만은 아니었다. 내가 떡두꺼비같은 아들을 낳아 업고 다니니 이게 어디 보통 일인가. 세상에서 가장 못난 인간이지만 그래도 내 신랑이다. 차들 때문에 이리 비키고 저리 비키는 그이를 따라 걷는 게 왜 이다지 멀고 힘들게 느껴지는지. 겨우 닿은 그이 일터는 바로 정류장 앞이었다.

그이가 사람들 눈치를 살피다가 사료가게 옆에 리어카를 세웠다. 사료가게 사장하고 안면이 있는 사이였다. 거지 출신이라 발이 참 넓구나. 나는 저만치 떨어져 그이를 지켜보았다. 잡지를 봉투에 넣어 갖고 나왔기에 망정이지 큰 망신을 당할 뻔했다. 정류장 주변 사람들이 그이를 보더니 다 아는 체 했다. 아는 사람이 많으니 좀 배웠더라면 국회의원에 당선되는 건 식은죽 먹기일 텐데.

"꾀끼 장가가더니 사람 됐어. 뭘 팔려고 나온 거야?"

"먹고 대학 나온 놈이 아무 장사나 할 수 있나. 수준 높은 책이야 책."

그이가 자기에게 아는 체를 하는 사람마다 건물 입구로 강제로 끌고 갔다. 거기서 뭐라 쏙닥이고 나면 잡지 한 권이 뚝딱 팔렸다. 한 권에 삼만 원. 좀 어리숭한 사람에겐 사만 원 또는 오만 원. 한 시간도 채 안 됐는데 벌써 여섯 권을 팔았다. 이제 보니 그이는 타고난 장사꾼이다. 이런 걸 모르고 돈벌이도 못하는 병신이라고 매일 구박만 했다.

"꾀끼 오빠! 나 오늘 한가한 여자라우."

배달 갔다 오던 레지가 그이를 보더니 꼬리를 쳤다.

"리어카 확실히 지키고 있어."

그이가 옆구리에 잡지 세 권을 끼고 약속다방으로 들어갔다.

"글쎄, 저 여자가 꾀끼 마누라래."

"그래! 멀쩡하게 생겼는데."

"거지 노릇 하다가도 장가 하난 잘 갔어."

리어카 옆에 서 있노라니 사람들이 나를 보면서 저마다 한마디씩 한다. 꾀끼 마누라란 소리가 계속 들려왔다. 사모님 또는 누구 아내 소리는 못 들을 망정 꾀끼 마누라가 뭐냐. 돈도 좋지만 속이 부글부 글 끓었다. 그이를 기다리다 지쳐 다방에 전화를 걸었다.

"니에, 약속다방입니다아."

"손님 중에 박순철 씨 부탁합니다."

"여기 그런 손님 없는데요."

"그럼 꾀끼 바꿔 주세요."

참 한심한 인간이다. 제 이름은 어디다 헐값에 팔아먹었는지 꾀끼 라야 안다. 잠시 후에 그이가 전화를 받았다. 술 먹은 목소리였다. 벌써부터 다방에 앉아 술을 먹으니 돈 벌기는 다 틀렸다. 그리고 술은 술집에서 먹어야 정상이다. 거지 출신이라 격식을 모른다.

얼마 후에 그이가 약속다방에서 나왔다. 삼만 원짜리 잡지 세 권을 칠만 원에 팔았다. 이만 원으로 레지들과 함께 술을 먹었다. 이러니 마흔 살이 넘도록 거지 노릇을 한 것이다. 거리에서 그이를 혼낼 수 없어서 손과 발이 엉엉 울었다. 그이 팔뚝을 세게 꼬집어 비틀고 집 쪽을 향해 뛰었다.

모처럼 집에서 쉬니 안 아픈 데가 없었다. 그 이만 원 때문에 더 그런 것 같았다. 이만 원이면 식당에서 온종일 힘들게 일해야 받는 품삯이다. 그이 관리를 잘못하면 순돌이만 불쌍하게 될지 모른다. 어제까지만 해도 그이는 나 아니면 아주 처량한 신세였다. 그런데 오늘부터 사정이 크게 달라졌다.

"애, 순돌아!"

저녁을 지어 놓고 방을 치우는데 그이가 돌아왔다. 사글세방에 사는 사람이 주인집 바깥양반보다 목소리가 크다. 며칠 더 잡지를 팔면 어떻게 변할지 겁날 정도였다. 서른 권의 잡지를 다 팔았다. 재주가 여간 비상한 게 아님을 이제야 알겠다.

그이가 변해도 너무 변했다. 오늘 아침까지만 해도 내가 먼저 밥을 먹기 전에 감히 숟가락을 잡았으랴. 그러던 그이가 나보다 먼저 밥을 먹었다. 뭐 이런 것 때문에 화를 낼 만큼 속이 좁은 여자는 아니다. 그이는 엄연히 우리집 가장이다. 왜 이리도 반찬 맛이 없냐고 투덜대는 그이를 물끄러미 바라보았다. 반찬을 맛대가리 없게 만드는 여자는 여자가 아니라고 거침없이 막말을 하기도 했다. 자존심이 몹시 상했다. 그러나 가만히 생각해 보니 이제야 집안이 제대로 되는 것 같았다. 아무쪼록 그이 비위를 살살 맞추며 사는 수밖에 없었다.

"여보!"

신랑한테 여우 짓을 하는 것도 쉬운 일이 아니었다. 낯간지럽다.

"땡삐 같은 마누라가 갑자기 왜 이래?"

"당신 오늘따라 되게 멋있게 보이네. 다름이 아니라 책장살 하면 돈 많이 벌어 좋기는 하지만 아무래도 안 되겠어. 위험하고 남 보기도 그렇잖아. 땀흘리며 힘들게 벌어야 돈 귀중한 것도 알지. 그리고 꿈자리도 뒤숭숭해서 다른 장사로 바꾸는 게 좋겠어."

"하긴 그래. 돈은 젤 많이 남지만 치사한 장사야."

"어머, 여보!"

저녁을 먹고 슈퍼에 갔다. 그이는 거지 출신치고는 퍽 유별나다. 거지가 음식 가리는 걸 봤느냐. 아무것이나 게걸스런 돼지처럼 막 먹는 게 거지다. 그이는 까다로운 고양이처럼 입이 짧다. 그이가 매우 밝히는 오징어와 소주를 샀다. 이런 걸 보면 내가 많이 죽었다.

"오늘 누구 생일이야?"

그이는 자신뿐만 아니라 식구들 생일이 언젠지 모른다. 상에 먹음직한 음식이 놓여 있으면 누구 생일이냐고 묻는 버릇이 있다.

"아까 하던 말 더 하려구. 잡지를 팔면 돈은 벌지만 위험도 하고 순돌이 아빠로서 체면도 있잖아."

"아따, 일없다니깐 그러네. 얼른 팔자를 고치려면 그게 최고야."

사내대장부가 변덕이 죽 끓듯 한다.

"딴 장살 하라면 해."

"곧 죽어도 못해."

겨우 하루 돈을 벌더니 내 말을 호락호락 들으려 하지 않았다. 그러나 내가 누구냐. 그이는 체념으로 살아왔지만 나는 악으로 살아왔다. 더 이상 참으면 우리 아버지 딸이 아니다. 웃옷을 벗어제치고 술상부터 우당탕 둘러엎어 기선을 제압했다. 순돌이 때문에 그이를 끌고 밖으로 나갔다. 순돌이가 당장 숨넘어갈 듯이 헉헉 울었다. 잠시 방에 들어갔다 나온 사이 그이가 어디로 바람처럼 달아났다.

순돌이를 다독거려 재우고 이 생각 저 생각을 하고 있는데 방문이

소리 없이 열렸다. 그이가 슬금슬금 안으로 들어왔다. 주머니에 돈이 있었으면 집에 오지 않았을 것이다. 물론 아는 계집을 만났으면 며칠이고 소식이 없었을지 모른다. 그이가 거지 노릇을 하면서 가끔 싸구려 양복을 걸치고 다닌 건 망할 계집들 때문이었다. 한두 끼 밥과 입지 않는 옷이나 주면 그만이니 음탕한 계집들이 가만있을 리가 없었다.

"왜 여관에서 자고 오지. 공짜로 자는 여관이 한두 군데가 아니라며?"

"그러면 가만있을 여자가 아니라서."

그이가 기어드는 목소리로 말했다.

"잘 아는구먼. 이리 와 한잔해."

그이가 마지 못하는 체하며 아랫목으로 내려왔다. 술을 따라 주고 그이 얼굴을 뜯어보았다.

흔히 말하길 신랑은 예금 계좌처럼 보인다고 한다. 멋진 애인은 따로 두고. 그러나 그이는 암만 뜯어봐도 돈이 안 붙게 생겼다. 남자는 이마가 넓어야 마음이 넓다고 한다. 그이 이마는 조막만하다. 이러니 소견머리가 있을 리 없다. 게다가 굶기를 밥 먹듯 해서 이마에 주름살이 겹겹이 잡혀 있다. 눈은 너무 작아 눈알이 있는지 없는지를 확인하려면 시간이 좀 걸린다. 얼굴은 오직 산맥처럼 우뚝 솟은 그 코 하나를 위해 있는 것 같다. 코에 가려 입은 어느 구석에 붙어 있는지 찾기 힘들다. 한참만에 겨우 입이라고 찾아보면 엄지손가락 하나 들어갈 정도의 구멍이 뻥 뚫려 있다. 무슨 좋은 일이 있어서 밤낮 입을 헤 벌리고 있는지. 입은 되게 작은 게 욕하는 데는 선수다. 입만 뻥끗하면 욕이니 밥 먹으라고 뚫린 입이 아니다. 말을 점잖이 해야 돈도 들어오는 법이다. 누굴 닮아 그 모양인지 모르겠지만 보면 볼수록 안타까울 뿐이다.

딴 장사를 시켜야 하는데 그 얼굴 때문에 걱정이었다. 돈을 벌겠다고 리어카 끌고 정류장으로 진출한 건 정말 대견하다. 그런데 그 얼굴은 암만 봐도 빵점이었다. 이런 얼굴에 썩 어울릴 장사가 있을 것 같지가 않았다. 거리에서 세금 없이 하는 장사지만 인물은 기본. 사과 하나를 사더라도 누가 꽉꽉 쥐었다 놓은 메줏덩어리 같은 남자에게 사겠느냐. 고객들이 대부분 여자라서 하는 말이다. 그 얼굴엔 새우젓 장사가 제격인데 짜디짠 걸 누가 많이 먹겠는가.

"이봐, 그 얼굴 누구 닮았어?"

"왜 또 시비야."

"글쎄, 누굴 닮았는지 말을 해봐."

"느 엄마 닮았다!"

그이를 혼내려고 주먹을 높이 들었다가 힘없이 내렸다. 그러고 보니 시골서 큰오빠와 함께 살고 계신 어머니 목소리를 못 들은 지도 꽤 되었다. 그전엔 몸뚱어리 팔아 번 돈이지만 용돈을 보내 드리곤 했는데.

"언제 날 잡아 한번 장모님 만나러 가야지."

"장모!"

그이는 내 고향이 어딘지 아직 모르고 있었다. 그리고 장모가 있는 지 없는지 조금도 궁금해하지 않았다. 자식이 원수라고 하더니 그 말 이 맞다. 이럴 때면 순돌이를 원망하지 않을 수 없었다. 순돌이만 아 니라면…….

"어디 계시긴, 고향집에 계시지."

"나 온, 왈가닥 아줌마가 웬일로 눈물을 흘려. 엄마가 보고 싶었으 면 진작 말했어야지."

어머니 생각을 하자 눈물이 주르륵 흘러내렸다. 제정신이 아닐 때 야 어쩔 수 없었다. 그이를 만나고도 마음의 여유가 없었다.

"아, 헬로! 거시기 그러니까 거기가 내 마누라 집입니까?"

내가 적어 준 번호대로 그이가 전화를 걸었다. 얼른 수화기를 빼앗 아 들었다. 목메어 말이 안 나왔다. 그이가 내 대신 뭐라고 잘도 지껄였다. 여기 전화번호까지 가르쳐 주며 신바람이 났다.

"장모, 이 사람이 울기만 해서 고만 끊겠습니다."

가슴에 얹힌 돌멩이 같은 것이 쑥 내려가는 기분이었다.

"이봐, 이 얼굴로 장모 뵈러 가도 괜찮겠지?"

그이가 내 앞으로 바싹 다가앉으며 물었다.

"여러 가지로 문제다."

"그러지 말고 솔직히 말해 봐. 양복이나 쭉 빼입으면 나도 신사야."

그이는 어릴 적에 부모가 다 돌아가셨다. 그래서 여간 좋아하는 게 아니었다. 그러나 또 걱정이 되었다. 어머니와 큰오빠 보기도 그렇지만 마을 사람들 때문에 더욱 그랬다. 중학교를 졸업하고 돈벌이를 하려고 서울로 올라왔다가 결국 요 모양 요 꼴이 되었다. 그렇지만 나도 한때는 어깨에 힘을 주고 살았다. 이래봬도 마을에서 제일 예쁘다는 소리를 들으며 자랐다. 날 좋아했던 오빠가 한두 명이 아니었다. 자가용도 없이 초라한 모습으로 집에 가면 그 오빠들이 나를 얼마나 흉볼까. 어머니와 큰오빠는 그이가 이상야릇이 생겼어도 체념할 수밖에 없으리라. 그보다 걱정되는 건 그이 입이다. 심한 망신을 당하지 않으려면 지금부터 단단히 교육을 시켜야 하겠다.

"연말쯤에 집에 갔다 올 테니 내가 하라는 대로 해."

"오케이."

제 생일도 모르는 인간이 영어는 곧잘 한다.

그이를 앞에 앉히고 교육을 시켰다. 장모라 부르지 말고 장모님이라 할 것, 방에 들어가서 장모님을 아랫목에 앉히고 딱 한 번만 절할 것, 큰오빠한테 존대어를 쓸 것, 왕년에 거지 노릇을 했다고 하면 그 자리서 이혼이니 회사에 다녔다고 할 것, 아는 사람의 소개로 만났다고 할 것…… 참 가르칠 것도 되게 많구나. 여자든 남자든 머리가 커야 한다. 아무리 일러줘도 외우지를 못한다. 까마귀 고길 먹었는가 보다. 이런 걸 아들이라고 낳고 좋아서 미역국을 먹은 시어머니 얼굴을 한 번만이라도 보고 싶다. 일찍 죽었기에 망정이지 여태까지 살아 있다면 며느리한테 귀가 따갑도록 욕 좀 얻어먹을 것이다.

"낼 돈벌려면 고만 자자."

"이런 걸 배워야 집에 가지."

"남 걱정 말고 자기부터 배워. 신랑보고 이놈 저놈 하다 망신당하지 말구."

그래, 오늘만 날이냐. 내일 또 가르치면 되지. 집에 전화를 했으니 가장 큰 시름을 벗은 셈이다. 그이와 함께 집에 갈 생각을 하면 머리가 아프긴 하지만. 그이가 이내 곯아떨어져 드르렁 드르렁 코를 곤다. 그 옆에서 귀염둥이 순돌이는 새근새근 잔다. 전등불을 끄고 그이 옆에 누웠다. 맞벌이를 해야 작은 가게라도 얻을 수 있다. 그러나 애가 하나밖에 없어서 불안하다. 방정맞은 생각이겠지만 만일 순돌이가 잘못되면 큰일이다. 에이, 돈은 그이가 벌고 나는 애나 더 낳아 키워야겠다.

늦잠을 자고 일어나니 그이가 보이지 않았다. 어제 팔고 남은 잡지를 몽땅 들고 나갔다. 아무래도 그이가 너무 쉽게 팔자를 고치려고 한다.

"거기 뛰끼 집이죠?"

"예, 그렇습니다만."

"여기 파출소입니다. 뛰끼 때문에 지금 이리로 와 주셔야 되겠는데요."

뛰끼란 말에 기분을 잡쳤지만 반가운 전화였다. 그이가 잡지를 팔다 걸린 모양이었다. 순돌이를 업고 부리나케 파출소로 향했다. 내가 미치기 전의 일을 생각하면 경찰서나 파출소 근처에 얼씬도 하고 싶지 않았다. 하지만 그이 직업을 바꾸는 중대한 일이니 안 갈 수가 없었다.

화류계에 몸담고 있을 때였다. 내 방에서 보름 동안 머물던 손님이 있었다. 비싼 옷이며 반지까지 사줄 정도로 돈을 물쓰듯 했다. 얼굴과 몸매가 뛰어난 나는 밤낮 바쁜 몸이었다. 그때 나는 방 두 개를 얻어 혼자 뛰었다. 제법 값나가는 차를 몰고 다니면서 동생들 대학까지 가르치고 적금까지 부었다. 지금도 그게 궁금하다. 은행에 가서 적금과 예금한 게 어떻게 됐는지 알아봐야 하는데 아직 미루고 있다.

손님과 함께 있던 어느 날, 형사가 들이닥쳤다. 손님은 폭력단의 일원인데 사람을 죽이고 도피 중이었다. 그 일로 날마다 험악하게 생긴 사내들이 나를 찾아와 죽이겠다고 했다. 내가 손님을 경찰에 신고했다며 그랬다. 물론 내가 손님을 경찰에 신고했다. 자기와 함께 다른 데에 가서 살지 않으면 죽이겠다고 위협을 했다. 낮엔 사내들한테 시달림을 받았다. 밤엔 형사가 나를 보호한다는 명목으로 내 방에서 잤다. 강형사란 놈이었다. 모든 걸 정리하고 거기를 뜨려는데 사내들한테 납치되어 어디로 끌려갔다. 거의 서른 명은 될 것이다. 어둠침침한 지하실에서…….

파출소 문을 열고 안으로 들어가니 순경들이 잡지를 보고 있었다. 얼굴이 화끈 달아올랐다.

"제가 저분 아내 되는 사람입니다만."

"야, 소문대로 장가 하나 잘 갔네. 다른 게 아니라 잡지를 판다고 누가 신고했어요."

소장이 능글능글 웃으며 말했다.

"아따, 어느 인간이 신고했는지 또 전화 오면 내가 보잔다고 하쇼. 성님도 잘 알다시피 성인용품점에 가 보면 없는 게 없잖아. 비디오가게 가 봐도 찐한 거 천지야. 이런 건 정말 선생이라니깐."

거지 출신이라 보통 사람과 다른 게 한두 가지가 아니었다. 그이에게 존대어를 쓰는 순경이 없었다. 그이는 젊은 순경이든 소장이든 무조건 형님이라 했다.

"이 사람이 맘 잡고 살겠다는데 이런 거쯤이야 눈감아주지 않을 수 있나. 그래서 아주머닐 부른 겁니다."

소장이 애매모호하게 말했다.

"신고 들어온다니 낼부터 다른 거 하겠습니다."

"실은 이 사람이 아주머닐 자랑하겠다고 해서……."

분한 감정이 치밀었다. 내 기분이 몹시 상했음을 그이가 눈치챘다. 소장에게 멋들어지게 "충성!" 하고 거수 경례를 하기 무섭게 밖으로 쏜살같이 달려나갔다. 파출소 안은 온통 웃음바다였다. 나는 순경들에게 인사도 하지 않고 휑하게 밖으로 나갔다. 그이는 벌써 리어카를 끌고 허겁지겁 신작로를 건너고 있었다.

길을 오가던 사람들이 걸음을 멈추고 우리를 바라보았다. 돌덩이만큼 무거운 순돌이만 아니었으면 그이를 잡았을 것이다. 그이는 차 따위는 겁내지 않고 저만치 달아나고 있었다. 세상에, 자기 아내를 파출소로 불러 자랑하는 인간이 어디 있느냐. 그것도 나 혼자 갔으면 또 모르겠다. 아버지가 하나밖에 없는 자식의 교육을 망치고 싶어 환장했다.

내가 뛰자 순돌이도 덩달아 뛰었다. 엄마는 골이 잔뜩 나서 뛰는데 아들은 신이 나서 뛰니 참 잘되는 집안이다. 말을 알아듣지 못하니 욕할 수도 없었다. 그이가 리어카를 세워 놓고 무슨 가게로 들어가는 게 보였다.

나는 걸음을 멈추고 그이를 물끄러미 바라보았다. 그이가 과일상자를 들고 나와 리어카에 척척 얹었다. 과일가게 주인에게 돈을 치르고는 "아, 리아카! 비켜요 비켜. 리아카에 치면 보험혜택도 못 받아. 리아카 나간신다, 리아카." 하고 외치며 이쪽으로 다가왔다. 내 앞에 이르러 걸음을 멈추고 곰살궂게 아양떨었다.

"여보, 미안 미안. 우리 순돌이 자랑하려고 그랬어. 헤헤."

그이가 과일상자에서 사과 두 개를 꺼내 내 손에 쥐어 주었다. 그리고 지체없이 바람을 일으키며 정류장 쪽으로 향했다.

　나는 어찌해야 좋을지 몰라 우두커니 서 있었다. 순돌이가 사과를
달라고 몸을 흔들어대며 보채었다.
　늦가을 햇살이 사과에 스며들어 반짝반짝 빛나고 있었다. 가만히
보니 발갛게 익은 탐스러운 사과였다.

몽당연필로 그린 복제인간

인쇄일 초판 1쇄 2000년 11월 10일
　　　　　 2쇄 2017년 03월 20일
발행일 초판 1쇄 2000년 11월 15일
　　　　　 2쇄 2017년 03월 25일

지은이 예술시대 작가회(조성아) / **발행인** 정진이 / **발행처** 새미
등록일 1987.12.21, 제17-270호

서울시 강동구 성내동 447-11 현영빌딩 2층 / Tel : 442-4623~4
Fax : 442-4625
www. kookhak.co.kr / E-mail : kookhak2001@hanmail.net
ISBN 978-89-5628-417-0 *03810

가 격 10,000원

*저자와의 협의하에 인지는 생략합니다.